L'Évangile selon Youri

DU MÊME AUTEUR
(non exhaustif)

Œuvres littéraires

Ce pays qui te ressemble, *roman, Paris, Stock, 2015 et le Livre de Poche, 2017.*

Les Nuits de Patience, *roman, Paris, Rivages, 2013 et Rivages/Noir, 2014.*

Qui a tué Arlozoroff ?, *roman, Paris, Grasset, 2010 et Points Seuil, 2011.*

Mon patient Sigmund Freud, *roman, Paris, Perrin, 2006 et Points Seuil, 2011.*

Serial Eater, *roman, Paris, Rivages, 2004 et Rivages/Noir, 2006.*

613, *roman, Paris, Odile Jacob, 1999 et Rivages/Noir, 2004.*

La Damnation de Freud *(avec Isabelle Stengers et Lucien Hounkpatin), pièce en 4 actes, Paris, Les Empêcheurs de penser en rond, 1997.*

Dieu-Dope, *roman, Paris, Rivages, 1995 et Rivages/Noir, 1997.*

Saraka bô, *roman, Paris, Rivages, 1993 et Rivages/Noir, 1994.*

Essais

Jésus le Guérisseur, *Paris, Flammarion, 2017.*

Les Âmes errantes, *Paris, L'Iconoclaste, 2017.*

Les Secrets de vos rêves, *Paris, Odile Jacob, 2016.*

Quand les dieux sont en guerre, *Paris, La Découverte, 2015.*

L'Étranger… ou le pari de l'autre, *Paris, Autrement, 2014.*

Philtre d'amour. Comment le rendre amoureux ? Comment la rendre amoureuse ?, *Paris, Odile Jacob, 2013 et Odile Jacob Poche, 2015.*

Tous nos fantasmes sexuels sont dans la nature. Psychanalyse et copulation des insectes, *Paris, Fayard, Mille et une nuits, 2013.*

Ethno-roman, *Grasset, Paris, 2012, prix Femina de l'essai 2012.*

La Nouvelle Interprétation des rêves, *Paris, Odile Jacob, 2011 et Odile Jacob Poche, 2013.*

(Suite en fin d'ouvrage)

Tobie Nathan

L'Évangile selon Youri

roman

Stock

ISBN 978-2-234-08177-2

D'où viens-tu, gitan ?
Je viens de Bohême
D'où viens-tu, gitan ?
Je viens d'Italie
Et toi, beau gitan ?
De l'Andalousie
Et toi, vieux gitan, d'où viens-tu ?
Je viens d'un pays qui n'existe plus...

Les Gitans,
Les Compagnons de la Chanson, 1958
Hubert Giraud, Pierre Cour

1

J'ai gardé une consultation en cabinet, rue du Pot-de-Fer, vers Mouffetard. Je me demande pourquoi. Il y a longtemps que j'ai balancé Freud aux orties, le Viennois grincheux, l'insupportable suspicieux et sa manie de l'inquisition. Après mon divorce, je me suis installé au deuxième étage, dans un deux-pièces donnant sur rue. Au début, j'aimais bien cet antre, mon refuge. J'y avais aménagé des rayonnages pour mes livres. Mais aujourd'hui, sur le bord des étagères, c'est une invasion d'objets, achetés ici ou là, dans des boutiques à deux sous ou des brocantes… Des statuettes de la Vierge, des photos des années 50, des stylos plume avec seringue, des figurines de plomb, des voitures en métal, jouets rouillés d'un autre temps, posés là en attendant… Quelques bronzes de héros, une Jeanne d'Arc sur son cheval, le sabre en accordéon, de Sainte-Hélène un Napoléon, bedonnant... Et des crucifix, et des missels, par dizaines, et des petits bénitiers qui ne trouvent plus guère acquéreur. Des chinoiseries, aussi, boîtes laquées, animaux de porcelaine, sculptures de la taille d'une noix. Et les inévitables bouddhas. Onze ! Onze bouddhas, maigres, gras, assis, couchés, sommeillant, en ivoire, en argent, en bois. Et des fétiches africains, malinkés, fons du Bénin ou du Togo, vrais ou faux, ligotés, de substances fourrés, de lames de métal bardés, et des bracelets de laiton, des casques de cauris, des masques cornus... Et en plein milieu, l'objet que je préfère entre tous, une tabatière hermétiquement close, de la taille d'un paquet de cigarettes. L'Ivoirien qui me l'a vendue m'a assuré qu'elle était faite du cuir d'une langue tranchée à un python qu'il avait combattu en rêve.

On n'y fait pas attention, mais en s'appropriant l'apparence des êtres, les objets stockent des puissances, des énergies. Dans mon cabinet, voilà quelque temps que je me sens traversé par des courants, des zébrures, comme de l'électricité. Tout mon corps se met à vibrer. Quand la sensation devient trop forte, je prends la fuite. Je pars déambuler à la recherche d'objets incongrus, dans la rue ; je prends le pas d'un passant au hasard, me coule dans sa démarche ; je m'en vais rêver sur un banc au square des Patriarches, ou bavarder avec des paranos et des poivrots, au bistrot.

Dans mon cabinet, il m'arrive quelquefois de recevoir ceux que j'ai longtemps évités, ceux qui ont insisté. Je ne leur ai pas répondu lorsqu'ils essayaient de me joindre au téléphone ; j'ai changé de trottoir lorsque je les apercevais place Saint-Médard. Ils m'ont rappelé encore, ont déposé des messages sur mon répondeur, m'ont expédié des textos, m'expliquant une nouvelle fois leur problème, m'ont supplié. Malgré mes réticences (car je n'ai plus envie de travailler !), certains sont parvenus à s'imposer. J'ai cédé ; j'ai fini par les accueillir dans mon réduit. Ceux-là, qui ont attendu pour me rencontrer, en toute logique, je les appelle « les patients ». Attention, je ne les fais pas payer ; je déteste les relations d'argent. Autrefois déjà, mes collègues psys me faisaient remarquer que j'avais « un problème avec ça », ils voulaient dire avec l'argent. Mais non ! Pour moi, soigner est un don, pas un métier. On ne peut le monnayer. Un don, c'est gratuit ! Ce sont eux, mes collègues, qui ont un problème. Soit ils n'ont pas le don de guérir, dans ce cas je me demande bien pourquoi on viendrait les consulter, soit ils monnaient un don véritable et je n'aimerais pas être à leur place lorsque leur saint, leur dieu, leur diable, ou je ne sais quel esprit malin qui leur a consenti ce talent, viendra décliner le décompte de leurs jours…

Tout au long de mes années de consultation, des gens bizarres, j'en ai reçu beaucoup, des centaines, sans doute. Je veux parler de ces malades qui ont des phénomènes étranges. Ceux qui voient, par exemple – je veux dire qui voient ce que les autres ne voient pas : le Christ en chair et en os, la Vierge à vingt centimètres du sol, ou même Dieu, carrément. Une jeune femme, elle était juive celle-là, m'a raconté qu'elle l'avait vu, lui, Dieu en personne, pas plus grand qu'un baigneur. Elle m'a dit : « On raconte des bêtises sur la grandeur de Dieu. Il est petit, en vérité. » Et elle mesurait des deux mains : « Vingt centimètres, environ, pas plus que ça ! » Ceux qui entendent les voix, aussi ; des voix qui les injurient, parfois, ou les préviennent des dangers, leur annoncent les cataclysmes à venir, les tremblements de terre, les tornades, les chutes d'avion, les actes terroristes... Au fond, ceux-là reçoivent les actualités telles qu'elles devraient exister ; des actualités tournées vers l'avenir, qui prédisent et non qui déplorent, se lamentent et exigent le secours de bataillons de psychologues. Il y a aussi ceux qui dialoguent avec les morts, qui vous délivrent des nouvelles d'un cher disparu et prétendent révéler des secrets de famille. De tous ces patients singuliers, les plus précieux, à mon sens, sont les rêveurs, qui pré-voient, je veux dire qui voient en rêve ce qui adviendra le lendemain. Ils prétendent qu'on leur présente la nuit les événements dont la vie accouchera le jour... On aurait tort de se moquer. Certains, parmi mes confrères, ont même déclaré ici ou là dans les journaux, à la radio, que tout le monde est ainsi. Je sais que c'est faux. Certes, des gens qui voient, qui entendent ou qui rêvent, il y en a plus qu'on l'imagine, mais au total ils ne sont pas si nombreux – un ou deux pour cent de la population générale. Parmi mes patients, il y en a toujours eu bien davantage – trente, cinquante pour cent, peut-être... D'où provient cette concentration d'illuminés dans mes consultations ? On pourrait penser que je les attire, que je nourris un penchant pour l'ésotérisme. C'est tout le contraire ! Je suis ce qu'on appelle un rationaliste. Il faut me croire. Ce sont eux, les illuminés, qui me choisissent, me désignent ; eux qui m'assignent ce rôle de spécialiste en étrangeté. Et j'ignore pourquoi.

Ils me supplient de les écouter, de les conseiller. Combien de fois ai-je entendu ce type d'entrée en matière : « Docteur, j'ai participé à une séance de spiritisme et, depuis ce jour, le médium a pris possession de mon esprit. Je sais que vous pourriez m'en délivrer, si vous acceptiez seulement de me recevoir en consultation... » Ou encore : « Je les entends tous les soirs, mes voisins marocains. Ils chantent, frappent dans les mains, enflamment l'encens et la myrrhe. Je sais qu'ils m'expédient des djinns à travers les parois. Docteur... Sauvez-moi, docteur !... » J'aime parler avec ces gens-là. Ils m'enrichissent.

Tous les jours, je me rends au centre d'ethnopsychiatrie que j'ai fondé voilà trente ans. Il se trouve au métro Pyramides. De la fenêtre, j'aperçois la statue de Jeanne d'Arc, fondue d'or, celle-là. Je ne me lasse pas de la regarder. Au bout de quelques minutes, je repense à la Pucelle – je suis certain qu'elle l'était ! – et à l'amitié qui la liait à Gilles de Rais, le premier véritable tueur en série de l'Histoire. Quelle histoire ! La sainte pucelle qui était possédée par la parole de Dieu et Gilles, ce fou du diable, qui, au XVe siècle, a violé, empalé, démembré, brûlé au moins cent quarante enfants… Fous, Gilles et Jeanne l'étaient peut-être tous deux ; inspirés en tout cas, et humains, c'est certain, par leur capacité à s'abandonner à la puissance des invisibles. J'ose à peine imaginer ce qui serait advenu de leur vie s'ils avaient consulté un psychiatre. Ils auraient traîné comme des loques, le corps alourdi de neuroleptiques, les yeux hagards, mendiant des cigarettes en place publique. Ils n'ont pas été soignés ! L'une a sauvé le royaume, l'autre y a installé le mal. Gilles et Jeanne ! Elle l'aimait d'un amour qui la purifiait. Il l'aimait plus encore, rendu fou de ne pouvoir l'approcher. Je reste persuadé que Jeanne, juchée sur son cheval, protège le centre d'ethnopsychiatrie. L'idée de les honorer me traverse souvent l'esprit… Mais j'ai appris qu'il est plus sage d'éviter certains sujets.

On pourrait me croire désabusé. En vérité, depuis quelque temps, je me sens plutôt désencombré, débarrassé. Plus d'étudiants, plus d'obligations et, depuis six mois, plus de femme – enfin, plus d'épouse, plus exactement.

La dernière thèse de doctorat que j'ai fait soutenir remonte à une dizaine d'années ; la dernière conférence que j'ai prononcée au moins à six mois. Au centre d'ethnopsychiatrie, ce sont des jeunes qui travaillent maintenant, qui reçoivent les patients. Les plus âgés d'entre eux ont été mes élèves, certains mes étudiants, mais les nouveaux, je ne les connais presque pas. Les uns et les autres me respectent comme on respecte les vieux en France, c'est-à-dire très peu.

Par gentillesse – ou peut-être par compassion – ils m'ont aménagé un temps de « supervision », pour les éclairer sur les cas difficiles, m'ont-ils dit. Une fois sur deux, lorsque j'arrive, je ne trouve personne. Ils se terrent dans leur bureau. Puis, ils m'annoncent en scrutant leurs souliers qu'il nous faut remettre la séance à la semaine suivante, qu'ils ont trop de travail… Ah bon ? Parce que la supervision, ce n'est pas du travail ? Et je reste quelques minutes à tournoyer dans le centre avant de repartir. Mais aujourd'hui, sitôt que j'ai ouvert la porte, j'ai été happé par Anne-Sophie, l'assistante sociale. Elle m'a entraîné dans son bureau.

Belle Anne-Sophie au visage de madone, elle avait l'air terrifié.

– Que se passe-t-il ? lui ai-je demandé.

Elle était d'une pâleur de fantôme. Elle a balbutié :

– Il est là…

– Qui ?

– Le môme.

– Quel môme ?

– Lui, là ! Elle était troublée… Enfin, quoi !… Le môme dont nous t'avons parlé lors de la dernière supervision, le petit Youri.

Et ses mains tremblaient. Et ses lèvres, aussi.

Lorsque j'y repense, c'est à ce moment précis, entre sa frayeur et mon étonnement, qu'a débuté l'histoire que je relate ici. Cette histoire qui a engagé mon âme jusqu'à la fin de mes jours et sans doute bien au-delà…

Voilà trois semaines de cela, les éducateurs de l'Aide sociale à l'enfance avaient conduit à notre centre une Roumaine qui paraissait très jeune, vingt ans, vingt-cinq tout au plus. Elle parlait à peine le français. Je n'étais pas présent lors de cette consultation, mes collègues me l'ont rapporté lors d'une séance de supervision. Lorsque Thomas, le psychologue, lui posait une question, elle levait vers lui des yeux immenses, clairs comme la rosée, et, les paumes vers le ciel, lui signifiait qu'elle ne comprenait pas sa langue. Le gamin qui l'accompagnait, les cheveux hirsutes, couleur de suie, avait les yeux plus clairs encore que ceux de sa mère et son sourire d'ange exprimait l'innocence du Ciel. Ils avaient tous deux été ramassés sur un trottoir, dans les beaux quartiers, non loin des Champs-Élysées.

– Quel âge as-tu ? avait demandé Thomas au garçon, et il lui montrait avec les doigts : Huit ans ? Neuf ans ?

Les éducateurs avaient déniché un accueil d'urgence pour la jeune femme ; son fils, Youri, avait été placé dans un foyer. Et c'est là que le problème avait surgi. Un accident incompréhensible le lendemain de son arrivée. Une cavalcade dans l'escalier. Alors qu'ils se rendaient au réfectoire, les enfants avaient dégringolé les marches de marbre. L'un d'entre eux avait été enseveli sous ses camarades, étouffé par leur masse. Il avait été conduit à l'hôpital, sans connaissance. Depuis, il était dans le coma, le pronostic réservé. Deux jours après l'accident, lors d'une consultation dans notre centre d'ethnopsychiatrie, la responsable du foyer avait confié à Thomas la terreur que lui inspirait le petit Youri.

– Lorsqu'ils sont tombés, lui avait-elle raconté, j'étais à l'étage. J'ai hurlé. Et puis, je l'ai vu qui me narguait. Il était resté en arrière, tout seul. Il regardait la cohue, les bras croisés, ce même sourire aux lèvres… Il avait l'air heureux.

– Mais enfin, madame Bauer, lui avait répondu Thomas, qu'êtes-vous allée penser ? Il venait d'arriver au foyer, il ne s'était pas encore fait d'amis. C'est sans doute pour cette raison qu'il était resté en arrière. Et devant son visage renfrogné, il lui avait demandé : Dites-le-moi franchement ! De quoi le soupçonnez-vous ? De sorcellerie ?

Lorsqu'un visiteur fait irruption dans notre monde, la lumière change de couleur, on ne sait plus d’où souffle le vent, les arbres – surtout les arbres – changent d’inclinaison et un son, presque imperceptible, une sorte de tintement, accompagne le pas des promeneurs.

2

Enfant hirsute, où es-tu tombé ? Ici, le monde est sens dessus dessous. Tu n'y gagneras que des coups. Va-t'en ! Fuis pendant qu'il est encore temps. Prends tes jambes à ton cou !

Il était né enfant d'enfant.

Il venait d'un pays où on racontait des histoires à dormir debout. Pas sur tous les enfants, bien sûr, seulement ceux qui naissaient à un carrefour, une bifurcation du destin. Lorsqu'elle avait accouché, sa mère n'avait pas treize ans. Enfant d'enfant, je vous dis !

C'était là-bas, nul n'aurait pu dire où précisément, en Roumanie, quelque part dans une forêt, du côté de Cluj, la forêt de Hoia Baciu. C'est à ce moment, durant la consultation, qu'Elena, l'interprète roumaine, avait expliqué à Thomas et aux éducateurs :

– Cette forêt a une réputation effroyable, vous savez... Elle engloutit les gens qui s'y risquent. Combien s'y sont perdus ! Dernièrement, un berger qui s'y était aventuré a disparu avec ses deux cents moutons. Les arbres présentent d'étranges courbures, des formes baroques, comme s'ils s'étaient figés en pleine danse. On dirait de gigantesques clés de *sol*. C'est un lieu sacré, ou maudit, comme vous préférez, le refuge des âmes en maraude, des disparus, des suicidés, des morts jamais enterrés. Vous pouvez y apercevoir des têtes sans corps, accrochées aux branches comme des fruits, et qui vous appellent, et qui parlent...

Thomas qu'elle agaçait avec ses interminables descriptions l'avait interrompue :

– Bon ! On poursuit... Demandez-lui comment est arrivé l'enfant.

Au début, elle ne se savait pas enceinte. Pourquoi son ventre s'était-il alourdi ? Personne ne lui avait expliqué. Lorsqu'elle avait compris, Moïra avait caché sa grossesse sous des vêtements amples, des capes et des manteaux. Mais une nuit qu'il s'agitait, ce devait être au septième mois, une nuit qu'elle s'inquiétait des sursauts, des ruades et des hoquets, elle s'était étendue sur le dos, les mains sur le ventre. C'est alors que son enfant s'était mis à lui parler, distinctement, avec une vraie voix, venue de l'intérieur.

– Tu vas souffrir, tu vas errer, toi, des vérités l'émissaire, des miséreux la commissaire...

Il avait prononcé cette phrase bizarre à deux reprises. Et elle s'était fâchée. C'était son enfant ! Il aurait pu lui révéler son nom plutôt que lui faire peur en lui annonçant toutes sortes de malheurs.

– Qui es-tu ? avait-elle demandé.

Et il l'avait narguée, lui qui était alors si petit qu'il aurait pu tenir dans sa main.

– Je suis nu ! Enfant poilu et décoiffé, petit comme une souris, vif comme l'araignée. Enfant poilu, maman perdue !

Et il avait éclaté de rire.

Qu'avait-il celui-là ? Il n'était pourtant pas né du hasard, mais de l'amour, ce salopard !

C'est ce gamin, les cheveux en bataille, qui était là, dans une salle de consultation, dans le Ier arrondissement de Paris, examiné par psychologues, médecins et travailleurs sociaux. Et Moïra, sa mère, nous racontait les circonstances de son apparition. Et Elena, la Roumaine, vêtue de longues chasubles de laine, les yeux immenses et la parole pleine, traduisait.

À l'époque où elle était tombée enceinte, Moïra était une enfant chérie, princesse d'un père trafiquant de Mercedes volées en Allemagne, maquillées en Roumanie, revendues en Ukraine et en Russie. Dans sa banlieue des environs de Cluj, le roi Iancu, c'était ainsi qu'on l'appelait, régnait sur une immense casse de voitures qui occupait tout un quartier. Dissimulée au milieu des cadavres de Dacia, ces Renault soviétiques rouillées, était entreposée la haute cour des limousines, Maybach et Rolls, supercars pour milliardaires rondouillards, Aston et Porsche. Il travaillait aussi pour l'exportation, Ferrari pour Chinois et Qataris, Lamborghini pour Saoudiens et Coréens. Aussi, il était riche, Iancu, et ne refusait rien à sa fille, son seul enfant. Moïra, qui avait à peine dix ans, s'était amourachée du petit Juif de la rue Horea.

Des Juifs, il n'en restait plus guère à Cluj, à peine quelques dizaines, rien que des vieillards, et ce gamin. On racontait qu'il habitait sous la synagogue, dans un des souterrains dont la ville est truffée. La journée, une minuscule kippa épinglée sur le sommet du crâne, en échange de quelques piécettes, il jouait du violon pour des Américains et des Australiens en pèlerinage. Petits-enfants de rescapés de la Shoah, ils promenaient leurs épaisses chaussures écolos sur les lieux de martyre de leurs parents. Et voilà qu'un enfant leur jouait les mélodies qui autrefois faisaient danser les fous, les illuminés, aux paroles de Dieu.

Par grand froid le vieux rabbin l'accueillait pour la nuit et là, devant un plat de *mititei*, ces saucisses sans peau dont il raffolait, il acceptait de se pencher sur une page de Talmud. À chaque fois, le rabbin s'extasiait. Comment cet enfant à qui il avait seulement pu enseigner les rudiments parvenait-il à commenter les paragraphes les plus ardus ? Il s'appelait Elias. Orphelin dont nul n'avait connu les parents, il semblait sorti de nulle part – nulle part où il est sans doute reparti se perdre après ce qu'il faut bien appeler l'amour de Moïra.

Et dans notre centre d'ethnopsychiatrie, cette même Moïra, cette jeune femme si gracieuse malgré ses guenilles, se mit à pleurer. Le gamin, entendant évoquer son père, écarquilla les yeux, perdant un instant son sourire.

Moïra et Elias fréquentaient la même école, c'est-à-dire qu'ils s'y retrouvaient pour la fuir. Elle, qui avait grandi dans une ferraille, au milieu de maquignons et de trafiquants, lui apprenait à voler ; et lui, qui parlait comme un livre, commentait les Écritures. Après leurs chapardages, elle l'entraînait à courir et lui, toujours, cherchait à discourir. Ils ne se quittaient pas, du matin au soir, et parfois dans la nuit, jusque tard. C'est qu'elle était certaine que le petit Juif de la rue Horea était un prodige, peut-être un envoyé du Ciel. Et lui savait d'expérience que la sauvageonne des douze cylindres, aux jambes aériennes et à la langue déliée, lui insufflait l'instinct de vie qui lui manquait. Pendant deux ans, ils se sont aimés d'un érotisme sans puberté. Ils se suivaient, comme ombre et lumière. Lorsque l'un rêvait, c'était de l'autre, de l'autre en train de rêver, en train de rêver de lui, de lui qui rêvait de l'autre et c'était sans fin. Ils se touchaient sans même le savoir. Ils se caressaient au soleil et, lorsqu'il pleuvait, se pelotonnaient dans une cave, imbriqués en chien de fusil, comme deux chatons.

Quelquefois l'amour, le vrai, vient aux enfants et c'est une bénédiction.

Un jour, dans un souterrain – oui, c'est elle qui en prit l'initiative ! – un jour, elle s'est dénudée pour lui. Elle se caressait entre les jambes, lui montrait ses fesses, dansait en un innocent strip-tease. Mais l'amour comme les grands, l'amour avec le sexe, ils ne le firent qu'une fois. Une seule fois !

Thomas, le psychologue du centre d'ethnopsychiatrie, les éducateurs de l'Aide sociale, les voilà tous retombés en enfance, pendus à la bouche de la Gitane qui délivrait son histoire en soignant ses effets. Et même Elena, l'interprète roumaine, s'était prise au jeu :

– Thomas, elle me demande s'il faut qu'elle raconte aussi la scène d'amour avec le père de l'enfant.

Un soir d'automne à la tombée de la nuit – c'était leur plus beau coup ! – ils avaient dérobé le sac à main d'une matrone qui vendait des bracelets au marché de la rue Bobâlnei. Poursuivis par les commerçants, ils avaient couru leur frayeur jusqu'à la ferraille du père Iancu. Ils s'étaient glissés sous le grillage, comme ils savaient le faire, accueillis par les jappements des deux molosses. Excités, haletants, les chiens avaient reconnu les enfants et les accompagnaient en aboyant. Moïra et Elias se questionnèrent du regard. Que faire ? Ne pas se laisser surprendre avec l'objet du larcin. Se cacher au plus vite, disparaître. Dans la cour, le vieux testait le moteur d'une Ferrari. Les quatre pipes chromées crépitaient en exhalant une fumée pure, subtil extrait, fleur de pétrole. Ce parfum de violence mécanique dont elle raffolait. Et alors qu'à petits coups d'accélérateur le moteur grimpait plus haut dans les aigus, ils avaient filé jusqu'au hangar. La secrétaire avait quitté le bureau ; ils étaient montés à l'étage. Et là, dans la pénombre, en tailleur sur le canapé de cuir, il lui avait demandé :

– Montre...

– Attends, je n'arrive pas à l'ouvrir.

C'était un beau sac de cuir de lézard, noir, verni, avec une fermeture dorée. Elle s'énervait.

– Tiens ! Essaie un peu, toi qui es si malin.

Il n'y était pas davantage parvenu.

Et ils s'étaient étendus l'un près de l'autre, essoufflés et fiers d'avoir échappé à toutes les polices, celles de la rue et celles de la morale.

Qui a commencé ? Elle, sans doute. C'était d'elle que provenaient les idées. Elle l'embrassa sur la joue, comme elle le faisait parfois. Mais ce soir-là elle s'attarda, ses lèvres parcourant longuement la peau du garçon. Elle effleura sa bouche. Il ferma les yeux.

Qui s'est aventuré plus loin ? Elle aussi ! Nul n'y pouvait. C'était ainsi. Elle était faite de ces flambées qui fabriquent les histoires ; il était de vent, ce souffle dont naissent les esprits. Elle l'embrassa jusqu'à l'excitation, à pleine bouche, en une sorte d'irritation qui s'empara de leur âme.

– Nous étions très jeunes, avait ajouté Moïra, en levant les épaules. Sous ma robe, c'était plus fort que moi ; nous étions deux siamois ; sous mon pull, je m'en souviens, il glissait la main. Au début, ce n'était qu'un jeu, mais notre peau était de feu.

Cela s'est passé une fois, une seule fois. Moïra n'a pas saigné. C'était si doux, si évident, comme l'ouverture du sac à main qui avait soudain déversé ses trésors, trois pièces d'or. Le sac s'était ouvert au moment précis où le sexe d'Elias s'était tendu, où il était venu ; ce même moment où, corolle éclose, Moïra s'était envolée d'un cri pour rejoindre un oiseau ébloui de soleil. Elle avait à peine dépassé douze ans et lui n'avait pas atteint les treize. Après l'amour, ils étaient restés interdits. Un moment. Puis il avait quitté le hangar. De la fenêtre, elle le regardait filer sur le sentier qui longeait le grillage. Et les chiens le suivaient sans bruit, sans aboyer ; on entendait seulement le léger crissement de leur trottinement sur le gravier. Lorsqu'il avait traversé la barrière, les chiens s'étaient immobilisés, secouant la tête, comme s'ils refusaient son départ. Si vous aviez vu son visage, il avait l'air tourmenté, pauvre enfant ! Il courait. Il courait encore sur la longue route droite qui mène à la ville, sans s'arrêter jusqu'à la rue du Roi-Ferdinand. Après avoir traversé le canal, il s'était enfoncé dans ses tunnels et ses galeries, dans ses poussières et ses vieilleries.

Elias n'avait pas tout de suite disparu. Moïra l'avait revu le lendemain. Il avait déjà détourné le regard. Il ne semblait plus vouloir parler, ni jouer, ni même l'approcher. Une phrase – ah si elle pouvait se rappeler laquelle ! –, elle avait prononcé une phrase et il s'était à nouveau évanoui. Elle n'avait pas eu le temps de le raisonner, de l'apaiser, de le bercer. Elle le savait fragile, comme une aile de papillon. Elle l'aurait consolé, n'avait-elle pas su l'apprivoiser ? Elle lui aurait dit ces mots qu'elle connaît, qui détendent l'âme, qui ferment les yeux, les mots qui rassurent, aussi, ou qui font pleurer. Mais il ne lui avait pas laissé le temps de souffler sur sa blessure... Aujourd'hui qu'elle était adulte, elle comprenait son désarroi.

– Nous étions des enfants. C'était trop fort. Vous comprenez ? Nous n'avions pas l'âme assez ferme, la carapace était encore tendre. Moi aussi, au début, j'étais perturbée. Mais j'étais plus forte que lui. Le lendemain, déjà, je voulais le revoir, l'aimer encore. Mais il était parti, sans doute rappelé par les anges qui me l'avaient envoyé.

Dans les semaines qui avaient suivi, devant la vieille synagogue de Cluj à la façade surmontée de quatre coupoles, Moïra l'avait attendu. Debout contre le réverbère, assise sur les marches ou sur le trottoir, elle restait sans bouger un moment, une heure, deux heures, trois, repartait, revenait. Elle interrogeait les passants. « Avez-vous aperçu le petit Elias, l'enfant de Dieu qui fait chanter son violon ? Celui avec lequel, tous les jours, nous jouions, nous rigolions ?... » Elle suppliait le ciel. « Allez, Dieu, rends-le-moi, le musicien de mon cœur. » Elle tentait le diable. « S'il revient, je tuerai un chat de mes propres mains, pour toi, je l'étranglerai, lui tordrai le cou. Et si cela ne te suffit pas, je crèverai les pneus d'un autocar bourré d'enfants. » Le rabbin, qui surprenait ses paroles de désespoir, en était affligé. Un jour, une phrase sortit de sa bouche qu'il ne s'était jamais entendu dire. « Les gens qu'on aime ne disparaissent pas. Regarde. Il doit être là, tout près de toi ! » Sur le moment, elle n'avait pas compris. Maintenant, elle savait : l'homme en noir en avait eu la vision. Elias était là, en effet, dans son ventre, jamais parti, installé pour une vie, c'était lui, son petit, c'était Youri.

Anne-Sophie, l'assistante sociale, d'un mouvement furtif, essuya une larme qui avait coulé jusqu'à la commissure de ses lèvres.

Un matin, en se levant, Moïra avait perdu les eaux. Plus elle marchait, plus elles se répandaient le long de ses jambes. C'est alors, comprenant que l'enfant s'apprêtait à naître, qu'elle partit en courant jusqu'à la forêt de Hoia Baciu. Elle savait que là-bas nul ne viendrait la déranger. Même son père, Iancu, qui n'avait peur ni de Dieu ni des hommes, ni des diables, ni même des Allemands, n'aurait osé y pénétrer. Aux premiers pas dans les bois, on est pris de nausées, de vertiges. Si on s'avance, des éruptions apparaissent sur les bras, sur les joues, sur le ventre, des pustules rouges, grosses comme une cerise. Si l'on emprunte un chemin, on entend gémir, des appels, des pleurs, des souffrances. On aperçoit au loin une clairière, ronde comme si un soleil s'y était posé et avait carbonisé la végétation. Et lorsqu'on s'en approche, des arbres gigantesques vous enserrent, font craquer branches et troncs, et, en un bruit terrifiant, éclater leurs bourgeons comme des grenades. Des savants ont parlé de phénomènes paranormaux ; des chercheurs ont pris des photos, de branches musculeuses, de visages étranges, d'ovnis, de points rouges dans le ciel. Moïra, quant à elle, s'y sentait bien, dans cette forêt.

Comment a-t-elle accouché, seule, pauvre enfant ? Sans vieilles pour la soutenir, sans sage-femme, sans eau, sans docteur ? Elle a choisi deux arbres au tronc fendu. Elle a couru jusqu'à l'un, jusqu'à l'autre, de l'un à l'autre pour aider la descente de l'enfant. Puis elle s'est arrêtée entre les deux, s'est accroupie, a poussé un grand cri, a poussé un grand coup. Elle a prétendu en riant que l'enfant touchant la mousse se serait écrié : « Je suis l'enfant nu que tu connais. » Mais elle sait bien que les enfants ne parlent pas en naissant.

À toutes les questions des psys, elle répondait : « Je ne sais pas… Je ne sais plus… » Le cordon ? Le placenta ? Les premiers soins ? Encore moins ! Le nettoyage de l'enfant… Elle se souvenait seulement de son gosse, Youri, chevelu, hirsute, posé sur ses cuisses, qui riait aux éclats. Et elle qui lui disait, déjà : « Je te reconnais ! Enfant noceur, enfant farceur, Tzigane noir, né d'un seul soir. »

Durant la supervision, je me rappelle, Thomas me demandait encore :

– Mais comment a-t-elle pu accoucher ? Je ne comprends pas.

Et moi qui lui affirmais :

– Pas seule, assurément !

– Mais enfin !... Elle a dit qu'elle était partie seule dans cette forêt, insistait le jeune psychologue.

– Sans doute ! Mais tu sais, d'après ce que nous a dit Elena, cette forêt est si peuplée...

Ils arrivent ainsi sans prévenir, sans crier gare. Ils trouvent des soutiens parmi les êtres volants, les êtres en mouvement, les bactéries, les électrons, les clochards, les fripons, les pillards. Qui les aime peut s'en faire un allié, une force d'appoint ; qui les craint aura beau serrer les poings, ils imposeront leur présence. Ils se mettront sur son chemin pour barrer l'horizon comme un rocher.

3

J'ai demandé à Anne-Sophie .

– Où est-il ?

– Dans le bureau de Kora.

J'ai pris peur.

– Vous l'avez laissé seul ?

– Non !... Enfin oui ! Kora était avec lui, puis elle est partie en visite à domicile. J'ai demandé au gosse de nous attendre un peu, et puis vous êtes arrivé.

J'ai pensé que ce n'était pas une bonne idée de le laisser seul. J'ai regardé la porte fermée du bureau. Et je me suis tout de suite rendu compte qu'il y avait quelque chose d'inhabituel. Comme un bourdonnement de la matière. D'abord un léger tremblement qui agitait le chambranle, puis une vibration qui venait de loin et agaçait les vertèbres. D'où provenait ce bruit ? Une musique à l'étouffée, cadencée, j'aurais dit une tarentelle. On ne pouvait la situer, une radio chez des voisins, peut-être, la sonnerie originale d'un portable enfoui dans une poche ou dans un sac à main... Et les choses se sont mises à danser, sans bouger, je veux dire sans changer d'emplacement. Le porte-parapluie de l'entrée qui oscillait en frémissant. Le gobelet vide sur le guéridon qui tournoyait comme une pièce de monnaie. Et les revues sur la table basse, qui se sont ouvertes, et leurs pages qui défilaient, au rythme de la musique.

– Qu'est-ce qui se passe ? a demandé Anne-Sophie.

– Ben rien, sans doute un courant d'air...

Elle avait l'air effrayé. J'ai répondu sans réfléchir, comme ça, pour l'apaiser. Mais c'était idiot. Quel courant d'air ? Aucune fenêtre n'était ouverte. Quand la sonnette de la porte d'entrée a retenti, nous avons sursauté. Thomas qui était en consultation a sorti la tête de son bureau avec de grands yeux. Tout notre petit monde semblait aux aguets. J'ai ouvert. C'était Mme Bauer, Isabelle Bauer, la directrice du foyer où avait été placé le petit Youri. Elle est arrivée comme une furie, sans même nous saluer.

– Nous avons pensé qu'il était peut-être venu ici, s'écria-t-elle. En quête de cette Mme Elena qui connaît la forêt.

Elle parlait en marchant, comme une folle. Elle a couru jusqu'au secrétariat, a ouvert la porte de la cuisine, puis celle des toilettes. Elle le cherchait.

– Ne vous inquiétez pas, madame Bauer. Il est chez nous, en sécurité, dans le bureau. Mais asseyez-vous donc.

Elle s'est alors effondrée sur l'un des fauteuils de la salle d'attente. Et la pression accumulée depuis des jours s'est relâchée d'un coup, comme le sifflement d'un semi-remorque qui couperait son moteur. Pourquoi je pense à un camion ? C'est qu'elle doit peser cent vingt kilos, Mme Bauer, au bas mot ! Elle est fichue contre la pesanteur, toute la masse dans le haut du corps, une grosse tête à double menton, la poitrine gigantesque, et tout ça sur deux petites jambes fines, comme les pattes d'une poule.

Soudain, elle a fondu en larmes.

Durant ces deux semaines, Youri l'avait rendue cinglée. Oh, il n'est pas indiscipliné, comme certains – la plupart des enfants qu'elle accueille, en vérité ! Lui ne chaparde pas, ne s'oppose pas aux adultes, ne recherche pas le conflit, ne fugue pas, ne s'aventure pas en compagnie de bandes, non ! Mais il est étrange. Comment dire ? Silencieux, secret, opaque… Il apparaît toujours par-derrière et vous observe sans un mot. On dirait qu'il patrouille, qu'il surveille, qu'il juge. Les autres enfants en ont peur.

– Calmez-vous ! Tenez, buvez un peu d'eau.

Elle est d'abord revenue sur l'accident qui a bouleversé son institution.

– Pour l'accident, ce n'est pas moi qui l'ai soupçonné, vous savez, ce sont les enfants ! Ils sont venus me voir dans mon bureau, comment dire, en… en délégation. Comme s'ils s'étaient constitués en syndicat.

– Et qu'est-ce qu'ils voulaient ?

– Je n'ai jamais vu ça ! En trente ans de carrière… J'ai d'abord été éducatrice, vous savez, durant vingt ans, puis chef de service, maintenant directrice, et toujours auprès des enfants… Des enfants, j'en ai vu passer, vous pouvez me croire ; comme celui-là, jamais ! Je leur ai posé des questions, bien sûr. Je leur ai demandé ce qu'ils avaient contre lui. Peut-être l'avaient-ils vu pousser un enfant dans l'escalier, par exemple, ou je ne sais pas… Mais non ! Ils n'avaient rien vu de tel. Ils étaient pourtant persuadés qu'il était à l'origine du désastre. Ils réclamaient son renvoi du foyer. Vous vous rendez compte ? Des enfants !… Des enfants qui exigent l'exclusion d'un enfant…

Et une nouvelle fois elle a raconté l'histoire. Tout avait commencé par une dispute. Avant de partir au réfectoire, Toumani, un grand, s'en était pris à Youri. Il l'avait traité de Gitan pouilleux. Il l'avait un peu bousculé, aussi. Une claque, peut-être une tape sur la nuque. Ce n'était pas bien méchant, mais tout le monde avait remarqué que Youri s'était senti humilié.

– Vous voulez dire…

– Oui ! C'est ce que pensent tous les enfants ; et moi, je n'arrive pas à m'ôter cette idée de la tête. D'autant, a-t-elle ajouté, que Youri l'a lui-même avoué.

– Avoué ? me suis-je étonné. Mais avoué quoi, grands dieux ?

C'était le pompon ! Ces cinglés avaient questionné l'enfant, l'avaient peut-être contraint à une autocritique publique. Le Cambodge de Pol Pot dans le XVIIIe arrondissement de Paris ! Que peut-on y faire ? Les intellos ont une tendance spontanée à la tyrannie, c'est dans leur nature. J'ai tout de même voulu expliciter les choses. J'ai pour principe d'appeler un chat un chat. Je lui ai demandé :

– Ils n'ont tout de même pas contraint Youri à avouer qu'il s'était livré à un acte de sorcellerie pour se venger de Toumani…

– Si ! Exactement ! a répondu Mme Bauer. Les enfants ont organisé un véritable procès. Et Dieu sait ce qui serait arrivé si nous n'étions pas intervenus. Ils l'auraient battu, blessé, pire peut-être… Eh bien oui ! Il a avoué. Il a même fourni des détails…

– Des détails ?… Quels détails ?

– Comment il s'y était pris… Il a avoué qu'il avait défait, comme ça, à distance, les lacets de Toumani, rien qu'en le regardant. Et l'autre s'était pris les pieds dedans, avait dégringolé. C'est ainsi que la catastrophe est arrivée.

– Et vous croyez à ça, madame Bauer ? Vous y croyez vraiment ?

J'avais lu des bouquins sur les prétendues « capacités Psi ». Des théories, pour moi fumeuses je dois le préciser, expliquaient que « l'énergie psychique » – qu'est-ce que ça peut bien vouloir dire, « l'énergie psychique » ? – pouvait, chez certains, se transformer en énergie physique. Les personnes douées d'une telle faculté seraient capables, à ce qu'on racontait, de déplacer des objets sans les toucher, de soulever une chaise, par exemple, ou de faire tomber un verre posé sur une table, sans l'approcher, en se concentrant, par leur seule volonté. Mais chaque fois qu'on avait tenté des vérifications en mettant en place un protocole rigoureux dans un laboratoire de recherche, l'expérience avait échoué. Dans ce genre de discussions, les sceptiques se réfèrent à la règle selon laquelle un phénomène que l'on ne peut reproduire à volonté ne relève pas d'une validation scientifique. Ceux-là disent que la théorie qui rend compte de tels phénomènes constitue typiquement ce qu'on appelle une « pseudoscience », *a fake science*. Quant aux autres, ceux qui sont persuadés de l'existence des phénomènes Psi, ils expliquent l'échec des expériences du fait que de tels phénomènes dépendent de l'humeur du sujet (par exemple sa colère ou, comme dans le cas de Youri, son sentiment d'humiliation) – humeur qu'on ne peut reproduire artificiellement en laboratoire. Moi qui suis rationaliste, je me place plutôt du côté des sceptiques.

La porte du bureau de Kora, notre directrice, s'est ouverte très lentement, en grinçant. Nous nous sommes tous retournés d'un même mouvement. Youri se tenait à l'entrée, la main sur la poignée. Avait-il entendu les horreurs que débitait Mme Bauer à son sujet ? Ses cheveux aile de corbeau en bataille, il la fixait de ses grands yeux clairs, profonds et beaux. Et ce qui s'est passé alors, je peux assurer que c'est vrai. Je l'ai vu ! Le collier de Mme Bauer, fait de fausses pierres multicolores, s'est littéralement désintégré. Les perles jaillissaient de leur serti et explosaient, myriades étincelantes couleur arc-en-ciel, en un tintamarre de cristal. Après cela, il y avait de minuscules éclats de verre partout et nos pas crissaient sur la moquette.

Deux heures plus tard, j'étais encore là, au centre d'ethnopsychiatrie. J'avais réussi à apaiser la fureur de Mme Bauer. Ce n'était pas tant la perte de son collier qui la chagrinait, mais le regard de Youri, qu'elle interprétait comme un défi. Étrangement aucun de nous n'a évoqué la responsabilité de l'enfant dans les étranges phénomènes survenus cet après-midi, les vibrations des murs, la danse des objets... Peut-être parce que nous ne savions les classer, encore moins les nommer, les inscrire dans l'ordre logique des choses. Qu'allait-on dire ? Que cet enfant était un magicien ? Un extraterrestre ? On aurait eu l'air fin... Et puis nous avions plus urgent. Nous étions préoccupés par l'immédiat. Qu'allions-nous faire de lui ? Il était devenu impossible de le ramener au foyer d'où il s'était échappé. Avec tout ce que les enfants racontaient, il y serait certainement plus en danger que dans la rue. Anne-Sophie s'activait pour lui trouver un abri pour la nuit. Pas facile, un vendredi à 17 heures ! Thomas dissertait sur la position de bouc émissaire que Youri avait adoptée et se demandait s'il en changerait. Quant à moi, je ne souhaitais qu'une chose : m'isoler avec lui dans un bureau pour parler.

– Mais il ne dit pas un mot de français, soutenait Thomas.

– On ne sait pas, remarque, lui a répliqué Anne-Sophie. A-t-on seulement essayé ?

– Bien sûr que j'ai essayé, a protesté Thomas. Je lui ai posé mille questions.

– Ah ben… si tu crois qu'on parle pour répondre à des questions…

Tandis que le psy et l'assistante sociale reprenaient leur éternelle guéguerre, Youri, sagement installé sur la banquette de la salle d'attente, impassible, regardait le plafond.

J'éprouvais une sympathie viscérale pour ce gosse. Comme lui, j'avais émigré à neuf ans. J'ai connu les bas-fonds, les bidonvilles des années 60 et les cités de transit des banlieues parisiennes. J'ai souffert de la pauvreté, parfois de la faim, mais surtout du rejet, du sentiment que mon existence était une gêne pour autrui. Mais je ne me souviens pas d'avoir été solitaire dans l'enfance. Ça non ! Pas un seul instant. Les enfants trouvent toujours d'autres enfants pour jouer. C'est alors qu'une phrase s'est imposée à mon esprit, remontée des tréfonds : « La solitude d'un enfant – la vraie ! – c'est un appel de Dieu. » À y réfléchir, je ne comprends pas cette phrase. Mais sur le moment, elle s'est imposée comme une vérité puissante. Et elle se faisait insistante. Elle se répétait dans ma tête comme une injonction.

J'ai pris l'enfant par la main.

– Viens !

Il m'a suivi sans hésiter.

Dans le bureau, il restait immobile, debout, fuyant mon regard. J'ai fouillé dans les armoires, retourné les papiers. Je savais qu'Aurélie, la secrétaire de Kora, avait un lieu secret, une cachette de cigarettes. J'ai grimpé sur une chaise. Sur la dernière étagère, derrière de vieux classeurs, j'ai mis la main sur un paquet d'antiques Marlboro Light. Ça faisait bien cinq ans que je n'avais pas fumé. Machinalement j'ai accompli le geste rituel, j'ai tapoté la cigarette contre le paquet comme s'il fallait tasser le tabac, automatisme d'une époque de bonheur de vie. Et l'autre, le mioche, pas plus haut que trois pommes, qui me tendait la main. Je lui ai demandé :

– Tu en veux une ?

Il m'a répondu d'un sourire.

Je lui ai présenté le paquet. Il en a pris une, l'a fichée dans son bec et m'a demandé du feu en agitant la main, pour montrer qu'il était pressé, comme un toxico en manque. J'ai posé une fesse sur le bureau ; il s'est installé dans le fauteuil de la directrice. Et nous avons fumé goulûment, tirant chacun sur sa cigarette, lui le geste expert, moi la main nostalgique.

J'ai fumé depuis l'enfance, depuis les cigarettes reconstituées à partir de mégots ramassés dans les rues jusqu'aux luxueuses Benson & Hedges en paquets métalliques rouges des années d'abondance. J'ai fumé lorsque j'étais angoissé, lorsque je réfléchissais, lorsque j'avais éprouvé une grande joie ou une déception ; j'ai fumé en buvant un coup ; j'ai fumé après le café, après dîner, après l'amour, après une grande frayeur, pour discuter, pour écrire, pour avoir l'air... Fumer est une permanence artificielle de l'être, mais une permanence contrôlée. J'ai fumé jusqu'à ce que mes bronches déclarent forfait, un soir, en montant un escalier.

En rejetant doucement la fumée, j'ai lâché :

– C'est bon !

J'avais presque oublié ce plaisir. Le gosse m'a répondu d'un sourire.

– Je me demande... ai-je poursuivi.

Il a levé la tête, intrigué.

– Je me demande qui t'accompagne. Parce que je vois bien que tu n'es pas seul.

Il restait silencieux.

– Si l'absence de ta mère ne te dérange pas vraiment, si tu refuses la présence des amis, des autres enfants, c'est qu'il y a quelqu'un auprès de toi, non ? Voilà ce que j'ai pensé.

C'est alors seulement qu'il s'est mis à parler. En français ! Pour la première fois, j'ai entendu sa voix, une voix un peu rauque.

– Ah, tu le vois ? m'a-t-il demandé. Toi aussi, tu le vois ?

Tout petits, les enfants crient. Leur voix n'est pas celle d'un humain. Elle est puissante, eux si menus, comme la corne de brume d'un paquebot. Ils appellent, on le sait ! Pas leur mère, elle est tout près, pourquoi crieraient-ils si fort ? Non, ils appellent au loin, ceux qu'ils ont aperçus dans l'entre-monde. Ils pleurent d'en être séparés. Ils appellent et attendent la réponse, souvent la nuit, parfois à l'heure du zénith, lorsque les humains, les animaux et les choses perdent leur ombre. Et lorsqu'ils ne crient plus, qu'ils restent silencieux, le regard tourné vers leurs propres profondeurs, regardez bien, ils écoutent. Ce sont les êtres qui leur répondent. Mais la solitude d'un enfant – la vraie ! – lorsqu'il ne crie ni n'écoute, oui, c'est un appel de Dieu.

4

En fin d'après-midi, je me rends chez Samuel, boulevard Arago. Pas tous les jours, mais très souvent, plusieurs fois par semaine, en tout cas. Sa boutique s'appelle Samuel's, pour faire british. Une belle enseigne à l'ancienne et cette inscription qui m'a tout de suite attiré : « Chaussures, vêtements, objets, vintage ». Samuel est fripier. Il tient ce métier de son père, un Ashkénaze qui était dans les *shmattes* depuis des générations. Je ne sais pas si c'était le cas de son père, mais Samuel est vraiment doué pour ça. Dès la porte franchie, il vous regarde par-dessous, l'air goguenard, et vous annonce : « Je n'ai rien pour vous aujourd'hui. Revenez demain ! » Il faut le croire ! Même si vous entrepreniez de fouiller toute la boutique, vous ne trouveriez rien à votre taille, rien qui vous plaise, rien qui convienne. Il le sait !

D'un coup d'œil il a noté vos mensurations, enregistré votre style et anticipé vos goûts, même ceux que vous ne vous connaissiez pas encore. Les vêtements, comme il le dit souvent, c'est la vraie nature de l'homme.

Les jours de chance, il vous accueille par une exclamation : « J'ai des chaussures pour vous, bicolores, c'est votre style ! » Ou bien : « Je vous l'ai mise de côté, une veste en velours, avec des coudières en chamois… » Et chaque fois il ajoute : « Elles sont pour vous. Ce sont les chaussures du patron !… C'est la veste du patron… » Et vous les achèterez, c'est certain. Car il sait ce que vous ne savez pas encore sur vous-même. Samuel's, c'est la boutique du destin. Vous ne cherchez pas un vêtement ; c'est le vêtement qui vous trouve. Il vous désigne, vous appelle et c'est par la bouche de Samuel – Samuel, la voix de votre propre désir !

Nous avons sympathisé dès le premier jour. Mais c'était sur un malentendu. Il me connaissait comme psychanalyste, alors que je ne pratiquais plus ce métier depuis longtemps. Et lui, il avait été suivi adolescent par un confrère dont il gardait un souvenir ému. J'étais pour lui une sorte de commémoration. C'est ainsi qu'a débuté notre relation, notre amitié… sur un malentendu. Par la suite, j'ai essayé de lui expliquer. La psychanalyse, c'était bon du temps où on était coincé de la braguette, le XIXe siècle bourgeois en Autriche ou l'Amérique et la France des années d'après-guerre. Avant la révolution de 68, en tout cas... Aujourd'hui, nous vivons un autre monde. Il ne veut rien entendre. Il est comme ça, fidèle, Samuel, et vintage, d'un autre âge, aussi.

Nous parlons de tout, rarement de psychanalyse, parfois de fripes, et du reste, de la vie, du monde qui va, de politique... de politique, surtout ! Lorsque j'arrive, il est toujours en discussion avec un client. Il parle tout le temps, Samuel, mais il ne faut pas s'y tromper, ce n'est pas un bavard. S'il parle, c'est pour écouter. Il capte tout, enregistre, classe, dans des fichiers invisibles. Son cerveau doit ressembler au ventre d'un ordinateur.

Je le salue, lui demande s'il va bien. Il répond : « Nous refaisons le monde. Il en a bien besoin ! » Puis il me pose une question, toujours la même : « Qu'est-ce qu'on va devenir ? » Et si je ne réponds pas tout de suite, il enchaîne : « Je vais vous dire une chose, Élie, les gens vont mal. De l'endroit où je suis, j'en vois beaucoup. Ils ne sont pas heureux. Mais vous le savez mieux que moi... »

Entrez, braves gens, entrez ! Ce désordre chaque jour différent, c'est le temple de la multitude, une chapelle dédiée au pouvoir immanent des objets, un hymne à l'animisme intrinsèque du monde. Venez explorer les sacs de chemises, essayer les vestes de marque jetées ci et là au hasard, les chaussures de prix auxquelles il ne manquait que votre regard, des John Lobb, presque neuves, de rutilantes Rudy's, juste cirées, des Red Wing qui ont traversé les continents. Glissez-vous dans ce manteau en soie et cachemire coquille d'œuf, c'est votre moment de prince ! Regardez-vous... Quelle allure, avec cette Stetson sur le pif ou ce Motsch sur la cafetière ! Venez échanger des paroles sans lendemain avec des personnages dont vous ignoriez l'existence !

Car Samuel's ce n'est pas une simple boutique, c'est là que se retrouvent des gens... Je ne sais comment dire. Je ne vois pas d'autre mot : « des gens » ! Pas des personnes, identifiées, avec leurs noms, leurs situations de famille et leurs fonctions ; pas des individus, comme lorsqu'on est qualifié par la police (« *L'individu* a fait un bras d'honneur en direction du fonctionnaire »), pas des sujets, à qui l'on attribue des désirs, pas des citoyens à qui l'on suppose des opinions... Non ! *Des gens !* C'est-à-dire ceux dont on ne sait rien ; ceux avec qui on parle, mais de rien ; ceux avec qui on passe du temps, comme ça, pour rien. La socialité dans son expression la plus pure.

Fréquenter la boutique Samuel's, c'est une sorte d'apprentissage philosophique ; on y étudie l'art de l'être-là... Certes on vient aussi pour qu'un vêtement vous fasse signe, pour entendre une parole insolite, pour recevoir une nouvelle que personne ne connaît, mais cela, c'est en plus... En vérité, on vient là pour être là. On peut y entrer, saluer Samuel et repartir aussitôt. On peut aussi se laisser tomber dans l'un des deux antiques fauteuils club et attendre. On peut y passer l'après-midi entier, jusqu'au soir.

Et voilà que Samuel poursuit :

– On est mal partis, Élie…

Il a une belle tête ronde, joviale, de grosses paluches au toucher précis, des paroles toujours aimables, circonstanciées. « Avec ce pantalon blanc, Élie, et vos chaussures bicolores, vous avez l'air de ce que vous êtes : léger, aristocratique, aérien. » Il exagère, bien sûr. Sa parole est de miel. Il ne parle que pour dire le bien. Mais il s'adresse à vous, en propre, vous appelle par votre prénom, reconnaît le vêtement qu'il vous a vendu deux ou trois ans auparavant, reprend la discussion là où vous l'aviez interrompue il y a un mois ou un an. Il fait cela non pas avec tous, mais avec chacun. Il me rappelle ces champions d'échecs capables de jouer une vingtaine de parties simultanément. C'est un surdoué, Samuel, un as de la friperie.

Quel âge a-t-il ? Quarante-cinq, cinquante ans, peut-être… Mais il est vieux comme le monde ! Il a l'air d'avoir traversé l'histoire sans en avoir été modifié. Il devait être le même dans l'Antiquité à vendre des toges ou des péplums d'occasion, le même au Moyen Âge à refourguer ses vieilles bottes en peau de biche, le même en pleine révolution industrielle à brader de vieux chapeaux melons angliches. Peut-être pas pendant la guerre, cependant, la seconde… Son être avait été suspendu.

Lorsqu'en 1940, après la débâcle, son père s'était fait débarquer de l'armée, il avait compris sur l'instant, le vieux, que ça tournerait mal. Des copains l'avaient prévenu qu'il ferait un sale temps pour les Juifs. Il n'avait pas cherché à faire reconnaître son statut d'ancien combattant, n'avait pas fait valoir les hauts faits militaires de son propre père durant la guerre de 14, non ! On aurait dit qu'il s'était souvenu des sept expulsions des Juifs de France des XIIIe et XIVe siècles. Il s'était tiré sur-le-champ, avait filé à la campagne, travaillé dans des fermes. Il n'avait jamais porté l'étoile – oh ça, non ! –, jamais révélé sa véritable identité, pas même à ses amis les plus proches. Lui qui venait d'Alsace, il parlait l'allemand comme un Allemand, le français comme un Français et même l'anglais comme un Anglais. C'était une sorte d'espion, le père de Samuel, mais pas pour un État étranger, pour lui-même et pour sa famille. S'il s'était tiré indemne du cataclysme, c'est qu'il l'était déjà, indemne de toute souillure. C'était un pur !

De la guerre, il lui était tout de même resté une terreur : que d'un seul coup la vie s'arrête à nouveau. Alors, jusqu'au jour de sa mort, il avait gardé des pièces d'or dans une valise, avec des effets de première nécessité pour lui et son épouse. On ne savait jamais… S'il fallait disparaître à nouveau, du jour au lendemain, comme en 40… Cette fois, on ne le surprendrait pas. Il était prêt !

– On est mal partis ! répète Samuel.

Je m'étonne :

– On est mal partis ? Vous parlez de la politique ?

– De la politique, de l'ambiance. Ça va exploser, c'est certain !

– Vous croyez ?

Je le sens, il va encore me parler du président de la République, du peu d'importance qu'il attache aux petites gens, ou bien de son épouse (il paraît que c'est elle qui dirige tout), ou de son ministre qui fait scandale (celui-là, faudrait qu'il s'en débarrasse !). À la boutique, le président est un de nos sujets préférés. À force d'en parler, de commenter ses paroles, ses postures, ses choix politiques, il est devenu un intime. On sait tout de lui parce que untel connaît quelqu'un qui était au lycée avec lui et qu'un autre l'a croisé dans un bar il y a une dizaine d'années…

C'est alors qu'entre « Old-New-Sex ». Un numéro, celui-là ! C'est moi qui lui ai trouvé son surnom. Il ne parle que de ça… d'aventures sexuelles qu'il n'a pas ou qu'il n'a plus. Il décrit dans le détail les habitudes de celle-ci, les positions avec celle-là, le temps infini pour la faire jouir par tous les orifices. Il nomme les filles aussi : Annie, Juliette, Cassandra… Cassandra, surtout, qu'il prend toujours par-derrière parce qu'elle aurait tellement aimé être un garçon. Mais ce n'est pas si grave, toutes ces filles, personne ne les connaît.

– Dis donc, Élie, on parle de toi ! s'écrie Old-New-Sex.

Il est grand, les cheveux blancs en bataille, la taille encore fière, et sapé comme un milord, rien que des vêtements Samuel's. Parfois il réclame en riant : « Samuel, vous devriez me faire un prix spécial. Je suis votre plus beau mannequin ! »

– On parle de moi ? je lui demande, amusé. Qui as-tu encore rencontré ?

– Ne t'inquiète pas, je n'ai pas croisé ton ex. Celle-là, un jour, ou un soir, par amitié pour toi, note-le bien, je la violerai dans un coin sombre.

– Tu perds ton temps, camarade, elle a viré sa cuti.

– Oh ? C'est vrai ?… s'étonne-t-il, l'air affligé, alors que je lui ai déjà raconté quinze fois que ma femme m'avait quitté pour vivre une passion pour une femme.

Pas n'importe laquelle, du reste, puisque la femme avec qui ma femme vit maintenant était ma maîtresse. Plus encore, pendant un moment, ma femme et moi, nous avions la même maîtresse. Et chacun pensait qu'il trompait l'autre. Alors que c'était la troisième qui menait la danse. Et puis, un jour, elles ont décidé de vivre leur amour en pleine lumière, c'était l'anniversaire des soixante ans de ma femme. Mais cette partie de l'histoire, je ne l'ai pas racontée. Je la trouve trop étrange. Je ne la comprends pas vraiment. Je l'accepte parce que je suis convaincu qu'en matière de sexualité il n'existe pas de normalité. Mais tout de même...

– Alors, elle en avait marre de sucer l'obélisque, elle est partie brouter la gueuse.

Il en rajoute toujours une couche, Old-New-Sex.

Le-Professeur, qui parle sans cesse, lui aussi, de ses problèmes de cœur, mais côté cardiaque, Le-Professeur a fait une grimace de dégoût. Dans la boutique, les autres ont levé la tête. Ils n'étaient pas choqués, bien sûr, ils connaissaient l'oiseau. Mais il aurait pu y avoir des étrangers, enfin des nouveaux clients, je veux dire, pas des habitués...

– Ben quoi ? renchérit Old-New-Sex qui a remarqué leurs sourcils froncés. Je parle d'amour, c'est interdit ? C'est ma façon de faire confiance à la nature, de rappeler qu'après la nuit se lèvera le jour. Chacun de nous a un soleil dans son pantalon. Faut pas être triste quand il se couche, car il se relèvera bientôt. Sonnez trompettes !

Si on le laisse développer le sujet, il ne s'arrête plus. Je lui ai posé une nouvelle fois ma question.

– Dis-moi donc qui tu as rencontré. Qui t'a parlé de moi ?

– Une femme ! Pas une femme, dis donc, s'extasie-t-il, une princesse ! Je ne mourrais pas pour des idées, mais pour ses fesses ! Ah...

– Oui, Christian (c'est son prénom), oui... mais encore ?

Il a alors pris ses airs de tragédien (il a longtemps travaillé dans le théâtre) et dans un ample geste, en montrant la porte :

– Mais c'est elle ! Regarde, elle est ici, sur le trottoir. Que fais-tu donc, garçon ? Ne vois-tu pas qu'elle te veut ? Et il a martelé : Elle te veut !

C'est alors que je l'ai aperçue à travers la devanture. Je suis resté interloqué, incapable de bouger. Je me demandais comment elle avait fait pour me retrouver, ici, dans mon quartier. Et Old-New-Sex qui insistait :

– Va, cours, vole et nous venge !... Nous qui toute l'année parlons des rencontres dont l'absence nous ronge. Montre-toi digne de nous que la nature démange. Va, garçon ! Va !

L'effrontée me faisait signe derrière la devanture, vêtue de cette même robe qui avait dû être rouge autrefois. Elle avait noué ses longs cheveux aux reflets roux en un vague chignon. Sa peau brune faisait vivement ressortir l'éclat de ses yeux d'or. Samuel a remarqué que j'avais rougi.

– Allez-y, Élie, puisqu'elle vous appelle.

Et nous voilà debout tous les deux, Moïra et moi, sur le trottoir du boulevard Arago, chacun de nos gestes, je le sais, épié par mes amis rassemblés derrière la vitre. Elle m'a parlé :

– Donne-moi ta main, bel étranger.

Elle a examiné ma paume. Un petit cri lui a échappé lorsqu'elle a constaté mon pli palmaire unique, cette ligne transversale qui rassemble les deux, bien distinctes chez les autres, qu'on appelle ligne de tête et ligne de cœur. Elle s'est appesantie, a parcouru la crevasse de son doigt. Peut-être avait-elle quelque connaissance d'anatomie ? Savait-elle que le pli palmaire transversal unique ne se rencontre que chez sept pour cent de la population générale mais chez vingt-six pour cent des trisomiques 21. Me prenait-elle pour un demeuré ?

Ben non ! Elle s'est écriée :

– Peur !

– Je te fais peur ?

– Oui ! Peur... Puissant ! Puissante, ta main... Et faible ton cœur... Sauve Youri. Je t'en supplie. Sauve mon fils !

– Ton fils ? Il est en danger ?

– Oui ! Tu feras quelque chose qui te rendra célèbre. Tu sauveras le président, je le vois. Je le sais. Demain ! Tout le monde parlera de toi. Mais n'oublie pas. Sauve mon fils !

Et elle est partie sur le boulevard en direction des Gobelins. Je l'ai regardée marcher. Je ne parvenais pas à décoller mes yeux de ses fesses qui dessinaient en cadence l'avenir du monde.

Il existe des lieux comme celui-ci dans chaque grande ville. On croit qu'il s'agit d'un commerce, d'un bureau, d'un immeuble d'habitation, d'une administration... Mais non ! C'est la porte d'entrée des profondeurs, le nombril de la ville. Sous les fondations de ce numéro du boulevard Arago, à l'endroit précis de la boutique Samuel's, reposent les restes d'une chapelle bâtie en l'an mil par Robert le Pieux. On dit que cent vingt hérétiques décapités gardent les reliques déposées là au tournant du premier millénaire. On dit aussi que dans cette chapelle le bon roi Robert imposait les mains, faisait disparaître les scrofules et apaisait les souffrances des possédés.

Je savais que les plus vieilles églises avaient été bâties au-dessus de sources. Peut-être en cet endroit coulait une fontaine où venaient se baigner les vierges aux premiers siècles de l'ère chrétienne, honorant Diane des forêts, une déesse qu'elles avaient peut-être déjà oubliée... Et encore, et encore, si on creusait plus loin, plus profond...

Les gens changent, leurs habitudes, leurs objets aussi. Mais les lieux diffusent les mêmes magnétismes au travers des temps, les mêmes flux, les mêmes angoisses, les mêmes apaisements – c'est pourquoi il faut chercher plus profondément, jusqu'au noyau du monde.

5

Ils l'avaient accueilli, lavé de la tête au pied. Ah ça, on pouvait dire qu'il était crasseux ! Ils l'avaient bichonné, dorloté, régalé. Maintenant, il sentait bon. « Te voilà propre comme un sou neuf », qu'ils lui disaient. Et ils le reniflaient, l'embrassaient, le portaient dans leurs bras.

Après le psychodrame que nous avions vécu vendredi au centre d'ethnopsychiatrie, Anne-Sophie avait convaincu la juge de placer l'enfant dans une famille d'accueil parlant le roumain. Elles avaient longuement cherché ensemble dans les listes de familles agréées jusqu'à dénicher ces Gitans qui vivaient dans un pavillon au milieu des caravanes, à Champs-sur-Marne. Ce n'était certes pas l'idéal, mais il fallait trouver une solution, fût-elle provisoire. Le placement avait été prononcé en urgence et, dès le lundi qui avait suivi, Youri s'était retrouvé là. Tout ne s'était pas arrangé par miracle grâce à la langue, cependant. Car dans cette famille ils avaient beau parler le roumain et même le rom, la langue des Gitans de Roumanie, le gosse restait silencieux.

– Quel âge ont-ils dit qu'il avait, les gens de l'ASE ? Neuf ans ? Mais alors, il est bien petit pour son âge !

S'il avait été un chien crotté ramassé en chemin, un chaton affamé réclamant un peu de lait, ils n'auraient pas agi autrement. Et « Qu'il est mignon ce garçon »... et « Regardez-moi comme il est sage »...

Ce vendredi, ils étaient tous dans la grande caravane qui trônait dans la cour du pavillon. Ils l'avaient installé dans le fauteuil, celui où le vieux Janos, le grand-père aux gros doigts aplatis, s'endormait tous les soirs devant la télévision. Ils l'avaient calé tout au fond, contre le dossier. Il paraissait minuscule, posé là comme une peluche. Et lui, il les regardait de ses grands yeux clairs, brillants comme des diamants, avec ce sourire permanent qui incommodait un peu. « Tu en veux ? » Ils ne pouvaient s'empêcher de lui en proposer encore et encore. Et « Tu veux du chocolat ? » et « Tu n'as pas trop froid, au moins »... « Des bonbons, peut-être ? » « Attends, je vais lui chercher la boîte de gâteaux, un coca-cola. » « Mais il ne mange rien, ce gosse ! »

L'ambiance n'était pas vraiment à la fête ; c'était plutôt une excitation un peu factice, comme s'il fallait évacuer l'inquiétude.

Et soudain, les yeux de Youri se sont posés sur Francesca, la fille aînée, debout dans sa longue robe de sorcière, noire à volants. Il s'est mis à la regarder avec insistance. Elle a étendu le bras pour faire sonner les anneaux d'or qu'elle portait au poignet. Elle faisait toujours ce geste lorsqu'elle se sentait gênée. Les autres pouvaient tournoyer en s'extasiant autour de lui, elle restait sur ses gardes. Ce môme l'angoissait. C'est qu'il avait beau être gracieux comme une fille, elle avait perçu au fond de ses yeux une détermination inflexible, comme s'il poursuivait un but, comme s'il avait une mission à accomplir. Et d'abord, d'où venait-il ? Personne ne le savait. Que faisait-il en France ? Pourquoi se retrouvait-il là, dans la famille de Janos, dans sa caravane ? Il n'avait pas surgi d'un terrier, non ? Il n'était pas sorti d'une mare, il n'était pas tombé du ciel ! Les enfants roumains que les services sociaux prennent en charge ne sont pas toujours « en danger » ; Francesca était bien placée pour savoir que parfois ils étaient eux-mêmes le danger !

C'est elle qui l'avait accueilli la semaine dernière lorsque l'assistante sociale accompagnée des deux éducateurs était venue le confier à leur famille. C'est elle aussi qui avait signé les papiers, les bordereaux, les engagements, l'assurance. Heureusement que sa mère était absente ; elle osait à peine imaginer la tête des travailleurs sociaux constatant que la vieille ne savait ni lire ni écrire. Comment diable s'était-elle débrouillée pour obtenir l'agrément de l'Aide sociale ?

Francesca avait posé des questions, bien sûr. Elle avait demandé d'où venait le gosse, de quel coin de Roumanie. Et l'assistante sociale, qui avait participé à la consultation au centre d'ethnopsychiatrie, s'était souvenue de cette ville, au nom qui sonnait comme le claquement d'une porte de prison.

– D'une ville qui s'appelle Cluj, je crois. Enfin de sa banlieue, si j'ai bien compris. Son grand-père y tient une casse de voitures.

Francesca avait fait la grimace.

– Ah ! C'est un Rom de Transylvanie !... Et en plus, il doit être orthodoxe !

C'est à ce moment, après cette parole, elle en était certaine, que Youri l'avait prise en grippe. Il lui avait jeté un regard noir.

Voilà bientôt une semaine qu'il traînait dans le camp. On aurait dit que les autres enfants l'évitaient. Aucun ne voulait jouer avec lui. La veille au soir, alors qu'il était parti dormir dans la caravane d'András, toute la famille s'était retrouvée dans le pavillon autour d'une bouteille d'anisette pour discuter. Et Francesca qui n'en pouvait plus s'était lâchée :

– Vous savez quoi ? Je crois qu'il nous méprise ! Qu'est-ce qu'un mioche qui ne daigne pas adresser la parole à des adultes ? Un prince, peut-être... ou bien un pauvre Rom comme nous qui se prend pour un prince ! Je vais lui montrer, moi, à ce prince de la misère !

– Allons, Francesca, l'avait raisonnée sa mère, il est timide, voilà tout. Il ne nous connaît pas. Il reste silencieux, c'est vrai, mais ce doit être sa façon à lui…

Francesca avait une fois de plus ravalé ses intuitions. Mais elle n'en continuait pas moins de ruminer.

Et voilà qu'aujourd'hui Youri la fixait effrontément. Ce n'était pas le comportement d'un enfant, ça ! Il voulait la défier ou quoi ? Et les autres qui poursuivaient leurs approches ridicules. Et « Il est mignon avec ses mèches de cheveux fous impossibles à coiffer »… Et « Regarde un peu comme ses mains sont fines. Ce sera un musicien, c'est certain »…

Joachim, le frère de Francesca, s'escrimait justement sur sa guitare, tentant pour la dixième fois cette même descente à la Django ; et il achoppait encore sur la même note. Couinement dans le petit haut-parleur, larsen à faire dresser l'échine. Il s'est interrompu, a relevé la tête, les yeux écarquillés.

C'est alors qu'on a entendu un bruit derrière Francesca, fort, puissant. Elle a sursauté. Un tremblement de terre ?… Puis un long silence, épais comme la nuit. La nature et les mouvements du monde retenaient leur souffle. Après quelques secondes, encore ce même bruit, plus fort, soufflant les tympans. Francesca s'est retournée. Une balafre serpentait sur la paroi de la caravane, à l'endroit précis où elle s'appuyait l'instant d'avant. Elle a hurlé en direction de Youri :

– C'est quoi, ça ?

Elle tremblait comme une feuille. Elle n'était pourtant pas peureuse, la Francesca. Et d'explosion, le bruit s'était fait roulement. Et la balafre est devenue entaille, et l'entaille crevasse. Et la caravane, longue pourtant de plus de sept mètres, s'est balancée d'arrière en avant, jusqu'à s'immobiliser de guingois, en deux moitiés. Elle avait été brisée par le milieu. Youri a bondi du fauteuil et s'est rué au-dehors.

– Rattrape-le ! a crié Francesca en direction de Joachim.

Mais le gosse avait déjà filé entre ses jambes. Un attroupement s'est aussitôt formé autour de la caravane éclatée de Janos. Les anciens, tout devant, marmonnaient dans leur patois. Et derrière eux, des curieux, apeurés, qui s'interrogeaient les uns les autres. « Il paraît qu'un éclair est descendu tout exprès... » « On a même aperçu une épée de feu... » « Vous vous rendez compte, une caravane presque neuve... » « Et solide, campée sur ses doubles essieux... » « Faut pas défier les anges ! » « Oui ! C'est peut-être ce qu'on gagne à vouloir monter plus haut que le ciel... » Car ils ne comprenaient pas, les autres, comment Janos et sa famille avaient réussi à obtenir le pavillon de Champs, les allocations qui l'accompagnaient et l'agrément de l'ASE par-dessus le marché. Ce qui venait d'arriver leur semblait un feu du ciel, une manière de punition divine.

Et le pasteur de l'Église évangélique est arrivé en courant, suivi de ses deux assesseurs. Il s'est approché de la vieille et lui a murmuré à l'oreille :

– Je t'avais dit de venir prier. Ça fait combien de temps qu'on ne t'a vue sous le chapiteau ?

Les anciens dodelinaient de la tête. Ils n'avaient pas l'air du même avis que le pasteur. La vieille a même surpris un mot qui l'a fait sursauter : « Kaloush… » Ah non ! Ils n'allaient pas remettre ça avec *Căluşari*, la danse de « l'homme-cheval », le rituel des initiés. Lorsqu'ils avaient appris que le petit Rom devinait les pensées, même les plus secrètes, les anciens l'avaient prévenue. Les enfants sont sensibles. Lorsque, par malheur, ils reçoivent trop de sorcellerie, trop tôt, il est indispensable de les introduire au cercle secret, de les lier par un pacte. Et pour la rassurer, ils avaient ajouté que ce n'était pas tant pour les priver de leur pouvoir que pour le juguler, le domestiquer. Sinon, la force pourrait se retourner contre eux. Elle avait haussé les épaules. Ce gamin n'était pas le sien. Il était juste un moyen d'arrondir ses fins de mois. Elle ne lui voulait pas de mal, notez bien, mais si sa propre force le dévorait, après tout, que pouvait-elle y faire ?

Percevait-il l'orage des pensées anxieuses qui explosaient autour de lui comme des missiles ? Le monde est ainsi, pensait Youri. Sitôt que Dieu détourne les yeux un instant, les hommes s'entretuent.

Poursuivi par les enfants qui le caillassaient, il avait grimpé sur le toit de la caravane d'András. Il s'était assis là, les mains sur les joues pour se protéger. Par moments il levait les bras vers le ciel en marmonnant ; on aurait dit qu'il lâchait des imprécations, comme un chat acculé qui se mettrait à cracher. Et les pierres retombaient alors au pied des lanceurs de pierres. Et ceux-là les ramassaient et les lançaient plus fort dans sa direction. Et les pierres retombaient plus près encore, presque sur leurs orteils. Ils en devenaient fous. Qu'était-ce encore que cette diablerie ?

On a entendu ronfler le gros V8 de la Mercedes de Janos qui rentrait. Joachim s'est précipité pour ouvrir la portière de son père. Le patriarche s'est extirpé avec peine de l'épais fauteuil de cuir. Il s'est approché en claudiquant et les autres le suivaient en grappe, aimantés par le pouvoir de l'ancien. Il a considéré l'état de sa caravane détruite. Il a marché lentement au milieu des débris, parcourant de sa canne les éclats de polyester.

– Jésus Marie ! s'est écriée sa femme. Tu as vu ce qu'il nous a fait, ce démon ?

Il a levé la tête et regardé le petit Youri dans les yeux. L'enfant soutenait son regard.

– C'est bien ! a simplement dit Janos en baissant la tête.

Et la vieille de pester :

– Tu trouves que c'est bien ? Ah oui ? Et qu'est-ce donc que tu trouves si bien ?

Pouvait-il lui rappeler, là, devant la communauté rassemblée, qu'il avait racheté la caravane à la veuve d'Ivan après le décès de son mari ? Tout le monde savait que ça ne se faisait pas. Lorsqu'un chef disparaissait, ses biens devaient être brûlés et partir dans l'au-delà avec le défunt. On raconte qu'autrefois on brûlait même son épouse. Mais cela, personne ne l'avait jamais vu de ses yeux. N'était-ce pas une légende ? En tout cas une belle caravane comme celle-là, une Fendt Diamant, la famille d'Ivan n'avait pas eu le cœur de la faire flamber. Ils n'ont pas cherché à la vendre, non ! Ils ont attendu, faisant le dos rond, évitant les questions. Jusqu'à ce qu'un puissant, un courageux, finisse par se proposer. Et qui donc aurait pu racheter les biens d'un mort ? Un chef, assurément ! Un mensch aux gros bras, à l'assise solide, un vieux routier comme Janos, qui ne craignait pas l'enfer.

– Maintenant, nous allons brûler les restes, dit Janos, sentencieux.

Et la vieille, qui venait de comprendre, se lamentait déjà :

– Qu'ai-je donc fait au bon Dieu pour hériter d'un mari comme celui-ci, qui ne se soucie pas du bien-être de sa famille ?

Francesca a murmuré :

– Rien, justement ! Elle ne lui a rien fait au bon Dieu, ni du bien ni du mal ! Le bon Dieu, elle ne sait même pas ce que c'est !

Lorsqu'une fumée noire s'est appesantie sur le campement et que l'odeur de plastique brûlé est devenue suffocante, Youri est lentement descendu du toit de la caravane d'András. Hypnotisée par le feu, la famille assemblée l'avait presque oublié. Il n'y avait guère que Janos qui le surveillait du coin de l'œil. L'enfant s'est approché du vieillard jusqu'à le toucher. Sans le regarder, Janos lui a pris la main.

– Il y a des gens qui dansent quand le feu joue du tambour, a dit Youri dans la langue des Gitans. Et il a ajouté : J'aime le feu !

– Tu as raison, mon garçon ! Le feu nettoie bien mieux que l'eau. Et quand le vent aura dispersé les restes, nous pourrons reprendre possession de la terre. Rappelle-toi bien : le feu, l'eau, le vent et la terre… C'est dans la perpétuelle combinaison de ces éléments primordiaux que réside le secret des Gitans.

Et Youri a pris son air sérieux. Il semblait comprendre.

Ils détiennent les éléments primordiaux, ceux dont la nature est voyage. Regardez-les tresser leurs paniers, ils savent saisir la forme à la croisée et, dans la paume, la destinée. Regardez-les assembler les chariots, apparier les chevaux, inlassables fabricants des attelages. Pour creuser, ils regardent le ciel, leurs racines sont nuages. Regardez-les poser sur l'eau qui s'en va l'âme en feu du défunt. Même leurs morts échappent au naufrage du monde.

6

Moi, les femmes, je ne pense qu'à ça. Ce n'est pas que j'aie une activité sexuelle débridée, non ! Il s'agit plutôt d'une conception de la vie, à l'ancienne – « vintage », dirait Samuel. Ça m'a pris un peu avant l'adolescence, à onze ou douze ans. Je n'en connaissais aucune alors – je veux dire que je n'avais pas de petite amie –, mais le soir, sitôt la lumière éteinte, leur présence m'habitait. Pas encore pubère, je les emportais dans mon lit, toutes les filles, celles du collège ou celles que j'avais croisées au bas des immeubles, la prof de maths et la fille de la gardienne. Et la nuit, je les visitais dans un harem secret, caché au fond d'une cave de mon HLM. Ni portes ni chaînes, ni eunuque ni gardien obscène. Rien que de l'amour murmuré, caressé, qui explorait les yeux fermés les vers de mes poèmes aimés.

C'est à ce moment, je crois, que j'ai choisi une philosophie. Et je m'y suis tenu. Ne jamais rater une occasion d'amour. Telle est encore ma devise. Les circonstances, l'endroit, le pays, tout cela m'a toujours paru secondaire puisque ma tâche consiste à visiter toutes les femmes, du monde entier, sans hiérarchie, sans exclusive, tous leurs corps, toutes leurs âmes. Impossible programme, mais qui a exercé sur mes intentions d'existence une pression de tous les instants. Les fantasmes oubliés de mes nuits d'adolescent se sont réfugiés en une couche souple et dense qui tapisse mon arrière-pensée, chaque jour, chaque soir, jusque tard dans la nuit.

Quelquefois, extraite de la multitude, une femme s'impose à mon esprit, insiste, occupe seule l'espace de mon harem imaginaire. Cela peut durer un jour, un mois, davantage... Je ne sais comment, je ne sais pourquoi, l'être qui émane d'elle s'empare alors de moi.

Sabrina !

Sabrina, ça fait bien six mois que je l'ai dans la tête, depuis que nous avons commencé à travailler ensemble au centre d'ethnopsychiatrie, depuis que nous nous sommes occupés de Redha, notre jeune patient délinquant. Sabrina, ça fait six mois que c'est le nom de mon arrière-pensée.

Oh, elle est bien plus jeune que moi ! Quarante, quarante-cinq ans, peut-être un peu plus... Élégante en noir, des formes de femme, des rondeurs qui appellent les images jusqu'à la pulpe des doigts, qui engendrent des idées jusqu'aux crissements de la peau, qui évoquent l'ivresse… Et d'immenses yeux sombres ouverts sur l'au-delà. Ce jour-là, nous venions de recevoir la grand-mère de Redha. Sabrina devait traduire, du kabyle. Pourquoi dit-on « langue maternelle » ? On devrait dire « langue-mère », cette langue, la première qu'on a parlée, la mère de toutes celles qu'on apprendra par la suite, matrice des mots à venir. Le kabyle est sa langue maternelle.

Montreuil où elle est née, ville aimée de son enfance en France, nous y sommes allés un jour ensemble chez une famille que nous suivions. Dans notre jargon, nous disons : V.A.D., « visite à domicile ». Sur la route du retour, au volant de sa belle automobile, une Twingo bleu ciel toute neuve, elle a effleuré ma main… Rien ! Un orage…

Trois semaines plus tard, à l'issue d'une séance houleuse avec la mère de Redha, dans la petite cuisine du centre, devant un café, je l'ai vue sangloter. J'aurais pu la prendre par l'épaule, lui caresser le visage, lui tendre au moins un kleenex. Mais non ! Je lui ai parlé. Paroles de psy… Débile !

– Elle a eu une chienne de vie ! lui ai-je dit, mais si tu es bouleversée à ce point, c'est que ce sont des Kabyles, comme toi… Ils te sont trop proches, presque des intimes.

C'était idiot ! C'était lui refuser l'intelligence de la situation, lui dire que sa perception était brouillée par ses émotions, qu'elle était incapable de traiter les éléments complexes avec son lobe frontal. Elle s'est rebiffée ; j'en aurais fait autant :

– Qu'est-ce que tu racontes ? J'éprouve de la sympathie pour la vieille, je la comprends, je crois ; quant à son petit-fils, Redha, il m'émeut. Mais que vas-tu penser ? Ça ne m'a pas pris la tête. Je sais qu'il s'agit d'une relation professionnelle. Et elle a insisté : Rien d'autre !

C'est alors que je l'ai prise dans mes bras. Elle s'est laissée aller contre ma joue. Une bouffée de chaleur quand j'ai senti ses seins me presser, durs, puissants, dans lesquels je pressentais l'écran géant de mes films panoramiques. C'était mon tour d'être envahi d'émotion. Je ne savais que dire…

– Viens ! l'ai-je invitée, comme on encourage une amante sur le point d'atteindre son plaisir. Laisse-toi aller. Viens !

Et elle a pleuré les larmes de son corps.

– J'ai des problèmes, m'a-t-elle avoué.

– Des problèmes ?

– Oui ! Des problèmes perso… Puis elle s'est reprise : Et je dois te dire que je ne suis pas d'accord avec ta proposition.

Un moment j'ai pensé qu'elle avait deviné mes rêves d'amour, mes scénarios secrets. Qu'elle me prévenait que tout cela ne l'intéressait pas trop. Mais non ! Elle pensait à notre séance, au fait que j'avais proposé que Redha, le petit délinquant, accompagne sa mère à la prochaine consultation.

– N'importe quoi ! Inviter le gamin... Je m'y oppose ! Je te trouve inconséquent. Irresponsable.

Et elle m'a hurlé son inquiétude au visage. Redha, dix-sept ans, musulman extrême, fricotant avec les salafistes déchaînés de son quartier du XIXᵉ... Et s'il lui prenait l'envie de débarquer là avec sa bande... Dieu seul savait ce qui pourrait arriver. Je mettais l'équipe du centre en danger, les autres patients, les voisins, aussi... Et elle a laissé éclater sa colère rentrée, fureur ancienne, contre le destin, contre les fous d'Algérie qui l'avaient chassée de son pays, contre un monde qu'elle ne comprenait plus, contre moi :

– Ça t'arrive de réfléchir, parfois ? a-t-elle ajouté. Non ! C'est toujours bille en tête... Seulement préoccupé de prouver que tu as raison...

– Arrête, voyons, c'est un gamin ! Et nous avons une dette morale envers lui. Nous le connaissons depuis qu'il a treize ans. Nous nous sommes occupés de lui il y a quelques années. Tu n'étais pas là. Mais lui, il s'en souvient. Il ne comprendrait pas que nous recevions sa mère sans lui...

Le corps de Sabrina était secoué de sanglots. J'ai fini par lui demander :

– C'est à cause de ton jules ?

– Il s'est tiré, ce con !

– Un de plus...

Elle s'est alors retournée, m'a fait face, sévère... Puis elle a éclaté de rire. Faisant mine de tracer une croix sur un tableau, elle a persiflé, amère :

– Oui ! Un de plus à ajouter au tableau de chasse.

– Combien de temps celui-ci ?

– Oh, presque un record : trois mois, peut-être…

– Je t'avais conseillé de choisir un Kabyle…

– Ah ça, jamais ! Tu peux crever la bouche ouverte !

Faut-il préciser que la nouvelle du départ de son dernier chéri m'a rempli de joie ? Le cœur suspendu de Sabrina, son âme en attente, oiseau fatigué du voyage… Je l'ai imaginée en un instant, réfugiée dans mes bras, sauvée du naufrage.

Ce n'était pas une débutante, je le savais ; au cours du temps, elle m'avait raconté. En vrac, comme ils me reviennent : un Breton fou amoureux, qui pleure encore ; un Anglais d'Angleterre distant et dévoué, universitaire ; un agriculteur du Morvan, spécialiste de l'époisses, un fromage ; elle avait même réussi à dénicher un catholique, un croyant, un intégriste, qui avait duré, lui, un moment ; elle s'était entichée d'un Vietnamien musulman, cas unique, peut-être ; et tant d'autres. Mais un Juif ancien mao comme moi, est-ce qu'elle avait essayé au moins ?

Rimmel en déroute, visage sombre, elle me fixait d'un air de défi. C'est alors que je me suis senti traversé par ce même courant électrique, celui émanant de mes objets hétéroclites. Sur le moment, je l'ai attribué à la tension faite de reproche et d'espoir qui planait dans ce réduit. Mais j'avais tort. C'était quelque chose de bien plus étrange. Je devrais faire confiance à mes pressentiments.

La cuisine du centre d'ethnopsychiatrie est minuscule, deux personnes debout, pas davantage. Anne-Sophie, figée sur le seuil, n'osait pas nous interrompre. J'étais de dos ; Sabrina l'a aperçue la première, m'a repoussé, s'est éloignée de moi en s'essuyant les yeux.

– Je peux ? a demandé Anne-Sophie.

Je me suis retourné.

– T'en fais une tête... On dirait que tu as aperçu le diable.

Elle a lâché dans un souffle :

– Il est revenu !

– Qui est revenu ?

– Le gosse. Youri, le petit Gitan.

Ramené au bureau de l'Aide sociale par Janos qui avait raconté une histoire à dormir debout, de destruction de caravane, d'incendie, de rixe, de révolte sous le chapiteau de l'église, une ambiance d'apocalypse, Youri s'était retrouvé une nouvelle fois dans le foyer de Mme Bauer. Lorsqu'il était apparu à la porte de son bureau, en apercevant sa tignasse et son sourire elle avait poussé un cri – que dis-je ?... un hurlement ! Youri avait sursauté. Il avait regardé derrière lui, le grand surveillant qui lui barrait la route, l'éducatrice qui le tenait par le col. Il s'était dégagé d'un coup, aplati au sol et avait filé comme une flèche. Il s'était faufilé dans les couloirs, avait dévalé les escaliers et disparu en dégringolant la rue Lepic. Comment a-t-il traversé Paris ? À pied ? En métro ? Comment a-t-il retrouvé son chemin ? À qui l'a-t-il demandé, lui qui savait à peine parler le français ? Et il a surgi à Pyramides, cet enfant pharaon. Apparition dressée sur la pointe de ses pieds, il venait sonner au centre d'ethnopsychiatrie. Anne-Sophie se demandait comment il s'était débrouillé pour atteindre la sonnette placée hors d'atteinte de ses petits bras.

J'ai jeté un regard furtif aux paumes de mes mains, cherchant je ne sais quelle indication.

– Il t'a parlé ?

– Il répète ton nom. Élie, Élie...

Dans la salle d'attente, l'air absent, comme à son habitude, Youri contemplait le plafond. Tel un enfant autiste, il se balançait d'arrière en avant. Je me suis approché, j'ai passé une main dans ses cheveux, étrangement soyeux. Tignasse d'aigle noir. Il n'a pas réagi, continuant de se balancer. Il évitait mon regard. Il s'est doucement tourné vers la fenêtre. Un bruit sur la vitre, *tic tac tic*. C'est à ce moment qu'est apparu l'oiseau ! Je l'ai vu. Un étourneau.

Il volette, avance, pique la vitre et recule.

Youri a cligné des yeux. L'oiseau a battu des ailes et Youri des paupières. J'ai pensé : « Ma parole, ils se font signe. » Il s'est posé sur le rebord de la fenêtre, remuant la tête, nerveux, à droite, à gauche. J'ai regardé l'enfant ; il en faisait autant.

Plus encore, ils croisaient leurs visions, d'un seul œil, une fois le droit, une fois le gauche. Voilà maintenant qu'il sifflait, l'oiseau... vraiment ! Comme un voyou appelant ses amis dans une cité, en pleine nuit. Deux longs appels. Il sifflait fort ! Je l'entendais distinctement à travers la vitre. Youri chantonnait, bouche fermée. Et sifflait l'oiseau, trois brèves, une longue et ensuite une grave. Pour finir, un croassement, un râle de garçon. L'étourneau était un mâle, en habit de soirée, noir à paillettes vertes et violettes. Et voilà qu'il recommençait le même air. Et encore. C'est alors que Youri a murmuré quelque chose. Était-ce une réponse à l'oiseau ou bien s'adressait-il à moi ? J'ai cru distinguer mon nom : Élie, Élie...

– Tu parles la langue des oiseaux ?

Ma voix l'a-t-elle effrayé ? L'étourneau s'est envolé. Youri m'a regardé en fronçant les sourcils. Je savais qu'il me fallait lui parler. J'ai prononcé la première phrase qui m'est venue à l'esprit :

– Les oiseaux ont des ailes ; c'est pourquoi ils sont fidèles.

– Ce n'était pas un oiseau, a rétorqué Youri.

– Ah oui ? Qui donc était-ce alors ?

– Toumani !

Toumani, c'était le nom de l'enfant qui avait dévalé l'escalier du foyer et qui, suite à un grave traumatisme crânien, avait sombré dans le coma. Je lui ai demandé s'il parlait bien du même Toumani. Il m'a répondu simplement :

– Il est revenu.

Et puis quoi encore ! Alors en plus de déplacer les objets, de les fracasser du regard, cet enfant saurait aussi parler aux oiseaux ? Des oiseaux qui ne seraient pas des oiseaux… Des âmes ailées, peut-être ?

Je suis né dans un pays, l'Égypte, où l'on dit que les illuminés, les hommes pris de folie ou les possédés de Dieu parlent la langue des oiseaux. On les pense plus sensibles, moins protégés, poreux à la cacophonie des êtres. Superstitions populaires, sans doute.

Je me souviens pourtant d'avoir lu dans ce même livre sur les capacités Psi que certaines personnes avaient le don de percevoir les morts, ou plutôt les mourants, ceux qui étaient en train de partir. On racontait même qu'ils pouvaient les retenir, leur redonner de l'énergie, les ramener parmi les vivants, au moins quelque temps. Suivaient des récits, des témoignages ; celui d'un frère sentant son jumeau mourir et vouant son énergie à le retenir ; celui d'un fils, accroché au chevet de sa mère pour l'empêcher de partir… Superstitions de savants, cette fois…

Ma spécialité, l'ethnopsychiatrie, m'a enseigné qu'au cœur des croyances archaïques ou savantes se cachent parfois des savoirs secrets, des façons de guérir ou de connaître l'avenir. J'ai voulu en avoir le cœur net. Je me suis écrié :

– Attends-moi un instant !

Et je me suis précipité dans le bureau de Kora pour lui demander d'appeler le foyer. Avaient-ils des nouvelles de l'enfant hospitalisé ? Elle a tergiversé. Quelle était cette nouvelle lubie ? Mais elle a fini par téléphoner. Au bout du fil, Mme Bauer s'est étonnée des questions que lui posait notre directrice parce que l'instant d'avant elle parlait avec le médecin de l'hôpital, précisément. Il venait de lui apprendre que Toumani, le jeune Malien, était sorti du coma. Il s'était même levé, avait pu faire quelques pas. Il ne semblait pas avoir gardé de séquelles neurologiques de son accident. Peut-être resterait-il un ou deux jours encore pour des examens complémentaires, mais il allait bientôt sortir.

– Putain de nom de Dieu ! me suis-je écrié.

Grimace de Kora.

Dans le bureau, Youri ne se balançait plus. Installé dans le large fauteuil, il avait retrouvé son sourire.

– Alors je vais rester avec toi ? m'a-t-il demandé, l'air de sortir d'une soucoupe volante.

Une bouffée d'émotion. Je ne suis pas un affectif, pourtant. Certaines femmes m'ont parfois accusé de n'éprouver aucun sentiment. Mais cette fois, les larmes me sont montées aux yeux. Le garder… et à quel titre ? Et même si je le voulais, je ne saurais où le loger. Dans mon cabinet, deux pièces, fauteuil et divan pour patients le jour, lit la nuit pour célibataire assombri ?

Il est vrai que je me demandais ce qu'ils allaient faire de ce gamin. Si les éducateurs de l'Aide sociale le restituaient à sa mère, on le retrouverait sur un trottoir le lendemain, à la sortie d'un grand magasin ou d'une épicerie de luxe, faisant la manche en caressant un chaton drogué. Et s'il restait dans le circuit de l'Aide sociale, je connaissais le parcours. Retour chez la juge, recherche d'un nouveau foyer d'urgence, sans doute au loin, à la campagne. Et on repartirait pour un tour. J'étais prêt à parier qu'il serait à nouveau au centre d'ethnopsychiatrie dans les quarante-huit heures.

J'ai soupiré en secouant la tête.

– T'as pas une cigarette ? m'a-t-il demandé en tendant la main.

– Et pourquoi tu resterais avec moi, hein ? Dis-le-moi… Pourquoi ?

Les âmes s'attirent comme des aimants, invisible fluidité des rencontres au-delà des temps, des langues et des pays. Les âmes s'engendrent de ces rencontres, se multiplient de ce scintillement qui les féconde. Les âmes jamais ne sommeillent qui s'élèvent à chacun de leurs accouplements, qui, une fois assemblées, s'élèvent encore, jusqu'au soleil.

7

Quelques semaines plus tard, c'était l'automne. Old-New-Sex m'avait saoulé de ses conseils. « Tu l'emmènes à l'hôtel et tu la tires ; et pas qu'une fois, mon vieux ! » Et il s'était mis à déclamer les funérailles de Napoléon par Victor Hugo : « "Le canon de l'hôtel tire de quart d'heure en quart d'heure. La foule piétine et bat la semelle." Toi, Élie, tu es canon et nous ici, nous sommes la foule qui piétine. » Et Le-Professeur qui ratiocinait : « Élie, vous qui savez tout, dites-moi un peu quelle était la hauteur de la flèche de la cathédrale de Strasbourg... Vous ne savez pas ? Eh bien, à l'époque, c'était la plus haute de toute la chrétienté. » Et il s'extasiait : « Cent quarante-trois mètres... En 1793, les révolutionnaires considéraient qu'elle faisait injure à leur sentiment d'égalité. Et qui sauva la flèche ? Qui lui épargna la violence des iconoclastes briseurs d'idoles, hein ? Sultzer, le maître serrurier, qui a proposé de la coiffer d'un gigantesque bonnet phrygien, en tôle rouge, qu'on pouvait encore voir en 1802. » Et Old-New-Sex, qui ne pouvait rater cette occasion, avait ajouté : « Ne te laisse pas faire, Élie, pas de camisole, pas de capote, fût-elle même rouge. Sache-le, vieux frère, et porte-le haut ! Nous sommes libres, notre sexe aussi ! »

Assis en terrasse d'une brasserie, gilet pistache (le gilet du patron !), cravate orange, mes bicolores crème et cognac aux pieds, je me sentais pacha de la nuit. Sabrina avait accepté un dîner. Il est vrai que c'était pour parler de Redha. Mais je me sentais des ailes, comme un adolescent pour son premier rendez-vous. Après ce foutu vendredi consacré au petit Youri – pourquoi ce cas nous revenait-il toujours le vendredi ? –, nous nous étions frôlés dans la cuisine. Le grain de sa peau avait laissé une empreinte au creux de ma joue. Son parfum enivrait mes papilles. Et lorsque je l'apercevais, je ne pouvais m'empêcher de rêver ses seins. Ah !... Y poser mon front, mes lèvres, jusqu'à sucer les pommes d'or de ma destinée. Devenue tout sourires depuis notre escarmouche, elle scandait nos rencontres d'un léger : « Faudrait qu'on parle ! »

Elle est arrivée en retard, mais pas trop, juste ce qu'il faut pour aiguiser le désir. Et nous avons devisé... de Louisa, la mère de Redha ; de sa première consultation au centre d'ethnopsychiatrie, voilà près de quatre ans, encore fraîche à ma mémoire, pourtant, comme si elle avait eu lieu la veille. Je lui ai expliqué :

– Louisa, vois-tu, c'est une histoire d'amour qui a tourné à la tragédie – une belle histoire, comme seules savent en produire les sociétés patriarcales et répressives. Des parents jetés en France en 62, le père harki, traître pour les siens laissés au pays, idiot utile pour les autres, les Français, qui l'avaient balancé après les batailles dans les oubliettes de l'Histoire.

Harki, de l'arabe *haraka*, le « mouvement », donc le « fantassin », celui qu'on envoie en première ligne. On devrait ajouter : et qu'on laisse en suspens, gigoter dans le vide, avant sa chute, inéluctable. Les harkis n'ont pas été plus trahis que les poilus de 14 ou les Sénégalais et les Marocains sacrifiés lors du débarquement de Normandie. Non, juste pareil !

Le père de Louisa venait d'un village, là-haut, près de Tizi Ouzou. Il avait intégré dans son corps la raideur sèche de la montagne. Sans doute avait-il été emmailloté, bébé, fort serré dans des mètres de langes pour inscrire la droiture dans son corps et dans son âme. En France, il avait travaillé une vingtaine d'années dans les mines du Nord et puis l'humidité avait fini par pénétrer ses os. C'est comme ça qu'avait commencé la douleur. Ralenti, il s'était néanmoins traîné chaque jour à la mine, pas une seule heure d'arrêt de travail. Mais un jour, elle l'a fait tomber ; il s'est fêlé une vertèbre. Et l'élan qui le portait s'est brisé tout net. Depuis, le mal ne le quitta plus. Louisa, qui était la dernière de ses quatre enfants, ne l'a jamais connu debout. Soit assis bien droit dans son fauteuil, calé contre une demi-douzaine de coussins, derrière les voilages, observant la circulation des ombres devant sa fenêtre, soit disloqué, soutenu par sa canne, se traînant à l'allure d'une limace, de la cuisine à la chambre.

Enfant, Louisa virevoltait autour de lui pour le distraire. Elle seule parvenait parfois à lui arracher un sourire, une parole. Elle était joyeuse. Elle s'amusait de sa propre dextérité à traverser les mondes. Meilleure élève de sa classe au collège, meilleure Kabyle, aussi, parmi la dizaine de cousines et de cousins qui grandissaient avec elle dans le quartier. Elle parlait le kabyle, le *taqbaylit*, avec sa grand-mère, Isfra, comme si elle avait grandi au pays. Et à la maison, c'était elle qui remplissait en français les formulaires des allocations familiales. Belle, avec ça, comme la lumière, la peau blanche parsemée de taches de rousseur et les yeux fauves, un peu jaunes, des yeux de chatte.

Enfants, ils se battaient ; ados, ils gribouillaient dans les escaliers les brouillons de leurs amours. À quatorze ans, elle découvrit qu'elle aimait son cousin, Arezki, le fils du frère aîné de son père. Elle pensait qu'elle l'épouserait. Toute la famille l'espérait ! Dès leur naissance, on les avait, en quelque sorte, fiancés.

À dix-sept ans, lorsqu'elle avait appris qu'elle était enceinte, en toute innocence, elle s'était confiée à sa mère. Elle pensait ses parents libres d'esprit, évolués, modernes. Ç'avait été un véritable cataclysme. Que s'était-il passé ? Pourquoi ce brutal changement ? Elle l'ignore encore. Ils parlaient pourtant sans cesse de leur mariage. Arezki et Louisa, Louisa et Arezki... Dans la famille, c'était devenu une ritournelle. Et voilà qu'ils devenaient fous en apprenant qu'elle était enceinte de lui, de son cousin. Ce qu'on leur reprochait, pensait-elle alors, c'était d'avoir pris la liberté de s'aimer par leur propre volonté, sans contrainte, sans le regard des autres, sans la famille regroupée autour de la couche nuptiale ; pour eux-mêmes, par désir.

Elle qui avait été adulée, ils l'ont battue, enfermée, ont exigé qu'elle fasse partir l'enfant, qu'elle avorte. Ils voulaient ensuite l'expédier au pays quelques années pour lui apprendre l'importance de l'honneur. Mais qu'est-ce que ça pouvait donc leur faire qu'elle soit enceinte puisque c'était d'Arezki ? Ses parents s'opposaient au mariage ; son oncle et sa tante, qui étaient les parents de son amoureux, plus encore. Mais elle, ce gosse, elle le voulait. Avorter, il n'en était pas question ! Elle a proposé à Arezki de s'enfuir, de partir à Paris ou Marseille, n'importe où... Mais le garçon a pris peur. À son tour, il lui a demandé d'avorter.

– Elle me l'a avoué elle-même : ce jour-là, le jour où Arezki l'a lâchée, elle est devenue folle, comme possédée. Elle pleurait en hurlant, se cognait la tête contre les murs, griffait ses joues à s'arracher des lambeaux de peau. Elle a entaillé les veines de ses poignets lorsqu'il lui a annoncé qu'il rompait avec elle, qu'il ne la reverrait plus jamais. Elle voulait mourir. Elle l'avait décidé. Elle allait mourir...

Sabrina m'écoutait avec de grands yeux. Pour elle, je le savais, Louisa était une sorte de sœur, kabyle comme elle, une femme libre, aussi, instruite en modernité tout en restant attachée au monde de ses ancêtres. Un moment, elle a posé sa main sur la mienne, avec un sourire. Nous étions à notre deuxième verre de vin blanc.

Une nuit, Louisa s'est échappée. Elle a quitté sa famille, Roubaix, les quartiers, ses amis. Elle s'est retrouvée seule à Paris, enceinte de cinq mois. Elle n'avait rien, pas un sou, pas même un T-shirt ou une brosse à dents. Rien ! Sinon qu'elle était mineure et qu'elle relevait de la protection de l'enfance. C'était sa seule richesse, si on réfléchit. L'Aide sociale lui a trouvé un foyer, elle a pu reprendre le lycée. Quelques mois plus tard, elle a mis au monde un beau petit gars. Et c'était lui, ce Redha, né joyeux, en riant. Les enfants de l'amour, quel que soit leur destin, gardent dans leurs traits la trace des jours heureux.

– Mais il a un nom bizarre, ce Redha, a remarqué Sabrina. Son nom de famille, je veux dire... Ce n'est pas un nom kabyle.

Quand Redha était âgé de six mois, Louisa, qui avait coupé tout contact avec sa famille, a rencontré Kevin durant ses errances nocturnes, un jeune gars imbibé de cannabis, qui vivait d'expédients. Elle est à nouveau tombée enceinte et a accouché d'une petite Sarah. Kevin a reconnu les deux enfants. C'est pour cette raison que Redha s'appelle Carbonnier.

– Redha Carbonnier, c'est vrai que ça fait bizarre, ai-je reconnu.

Et puis, les choses ont mal tourné. Kevin est devenu violent. Il était persuadé que Louisa avait des amants, qu'elle continuait de fréquenter Arezki, son amour de jeunesse. Il lui faisait des crises de jalousie. Il la battait. Le cannabis, à la longue, ça rend parano. Elle a tenu quelques années, et quand son fils a eu sept ans, elle a tout plaqué. Une nuit, Louisa s'est à nouveau échappée.

– Je te le disais. L'histoire de Louisa, c'est Roméo et Juliette en plus tragique. Les migrants, vois-tu, venus d'un monde oublié, fondateurs d'un monde à venir, vivent le temps du mythe. Le récit de leur vie a la puissance des légendes antiques.

Il se faisait tard. Le serveur, chairman des conférences de bistrot, était las de sa journée. Il tournait autour des deux tables encore occupées, nous faisant sentir qu'il était temps de conclure.

– J'ai une idée, s'est exclamée Sabrina. On va réorganiser une consultation avec la grand-mère de Redha – comment s'appelle-t-elle, déjà ?

– Isfra ! C'est un nom de chez vous, n'est-ce pas ? J'y ai pensé, bien sûr. Je lui ai transmis notre souhait de la revoir avec sa fille et son petit-fils. Je voulais une grande consultation familiale où l'on parlerait des choses de la tradition. Elle a refusé.

– Isfra ? Oui ! C'est un beau nom d'autrefois. J'irai chez elle, a insisté Sabrina. Je lui parlerai du pays, des habitudes des femmes. C'est très important, chez nous, les femmes... Elles ont des secrets, des pouvoirs. Elles savent se parler entre elles. Je la convaincrai, fais-moi confiance.

Descendant l'avenue depuis les Gobelins, j'ai alors aperçu deux silhouettes qui se dirigeaient vers nous. J'ai sursauté. Ce n'était pas Dieu possible ! Elle avançait lentement, une main sur le guidon de la poussette. Elle le tenait de l'autre main. Il m'a semblé boiter, ou bien rechignait-il à marcher. De loin, j'ai même eu l'impression qu'il pleurait. Elle s'est arrêtée. Je l'ai vue fouiller dans la nacelle. Elle lui a tendu un morceau de pain. Et ils ont continué d'avancer.

Ils se sont approchés.

C'étaient eux, sortis de l'obscurité pour nous y plonger. Youri et sa mère.

– Ouvre ta main, bel étranger, m'a ordonné Moïra.

Et Sabrina s'est écriée :

– Mais c'est le gosse de l'autre jour !

Comme je l'avais prévu, Youri, qu'on avait expédié dans un foyer en Maine-et-Loire, avait fugué deux jours plus tard. Depuis, il avait disparu. Personne ne le réclamait, du reste, ni les éducateurs du foyer duquel il s'était échappé, ni ceux de Mme Bauer, ni même l'assistante sociale de l'Aide sociale à l'enfance. Sans doute préféraient-ils l'oublier. Je les comprends ! Comment prendre soin d'un tel enfant, à la fois surdoué et attardé, presque sauvage ? Avec toutes ces manifestations étranges auxquelles il avait été associé, la chute dans l'escalier, l'éclatement du collier, la destruction de la caravane – autant de coïncidences, sans doute –, les professionnels avaient été effrayés. Je me disais qu'il réapparaîtrait au centre d'ethnopsychiatrie. Eh bien non ! C'était ici, dans cette brasserie du Ve arrondissement, à quelques pas de la boutique de Samuel.

– Allez, docteur qui se meurt, ouvre ta main... Montre-moi ton cœur, laisse-moi lire ton destin.

Cette fois, j'ai enfoui mes mains au fond de mes poches. Je n'avais aucune envie de connaître l'heure de ma mort.

– Madame, votre fils a besoin de soins. Regardez-le, il me semble qu'il est blessé à la jambe.

Elle s'est mise à chanter. Là, sur le trottoir, à 11 heures du soir, à l'angle de Monge et de Claude-Bernard.

Et le chant de la Gitane gonfle et s'élève.

Elle chantait d'une voix grave, profonde, scandée par des modulations, des clics de fond de gorge ; et ça claquait, et ça rythmait, et les paroles pleuraient et les paroles riaient. C'était dans sa langue, bien sûr. Seul Youri la comprenait. Mais les convives de l'autre table, Sabrina, moi, les rares passants à cette heure tardive, tous se sont immobilisés pour l'écouter. Nous restions fascinés par la beauté de la mélodie, la perfection du chant, les inflexions sophistiquées de la voix de Moïra.

Le monde leur appartient, ceux qui ont décidé de ne rien posséder. J'ai imaginé qu'elle chantait leurs routes infinies. Qu'elle vénérait leur liberté… ceux qui marchent, qui roulent, qui voyagent, qui traversent… ceux dont la présence désagrège les murs et fait vaciller les limites… ceux dont la maison est l'instant.

Youri mordillait son croûton de pain, les yeux baissés. Sa mère s'est approchée de moi, au plus près, s'est penchée sur mon épaule et a murmuré à mon oreille :

– Je suis malade, très malade. Je ne sais combien de temps il me reste à vivre. Sauve mon garçon ! Ne l'abandonne pas aux mains des étrangers.

Les étrangers ? Qu'a-t-elle voulu dire ? Ne suis-je pas aussi un étranger ? Je lui ai fixé un rendez-vous au centre d'ethnopsychiatrie. Que pouvais-je faire d'autre ?

Ah Moïra ! Lumière de la nuit en un monde où les jours sont ténèbres. Musique de la sève qui s'élève lentement jusqu'aux feuilles dans l'apaisement du silence. Moïra, toi qui dessines de tes doigts le destin des pèlerins... Oh non ! Tu ne peux partir... Sitôt apparue, serais-tu déjà de toujours, pour toujours ? Ah Moïra, enfant de la nécessité, vers quel monde marches-tu ? Ne me laisse pas seul ici parmi ces humains qui se débattent dans la glaise.

8

J'avais des étoiles dans la tête en descendant le boulevard Arago à pied depuis Denfert-Rochereau. Après la disparition de Moïra et de Youri, happés par la nuit, Sabrina m'a proposé de prendre un dernier verre à la Closerie. Il ne restait que deux petites places, au fond, sur un coin de table coincé contre la cloison. On devait se rapprocher à se toucher pour s'entendre. Elle m'a raconté son père, pas un harki, lui, mais un intellectuel immigré. Communiste, il avait été de tous les combats pour l'indépendance de l'Algérie. Communiste, il avait ensuite été poursuivi par le régime de Boumediene. Communiste, réfugié en France, il s'était ennuyé à mourir dans les réunions du Parti communiste français. Ancien communiste, il continuait d'enseigner l'économie politique à l'université de Saint-Denis. Il était resté professeur jusqu'au bout, mais avait d'abord supprimé le mot « politique », puis le mot « économie », et s'était peu à peu réfugié dans la poésie.

– Un homme droit et tendre, a-t-elle ajouté. Deux qualités qui vont rarement ensemble. Tu as dû le connaître, à Saint-Denis. Non ?... Au moins le croiser.

C'est alors seulement que j'ai réagi. Aït-Amokrane... Mais oui !... Un grand, mince, les cheveux blancs, toujours souriant, toujours prêt à discuter, de politique, de philosophie, des mondes d'ailleurs, du monde d'avant.

– Non ? Ce n'est pas possible... me suis-je exclamé. C'est lui, ton père ?

– C'était !...

– Ah...

– Il est mort l'année dernière. Il était âgé, remarque. Bientôt quatre-vingt-dix ans. Mais c'était mon guide, mon maître... et mon confident, a-t-elle ajouté après une hésitation. Nous vivions ensemble, rien que tous les deux, depuis la mort de ma mère, depuis vingt-deux ans. Presque un mariage...

Et elle a pleuré. Un long moment. Je lui ai pris la main. Elle a fort serré la mienne. Son parfum, la chaleur de l'endroit, le mélange de nos transpirations, de nos humeurs, de nos impalpables substances... et le soyeux de ses seins qui s'offraient à mes yeux, à mes mains...

– C'est vrai que tu as enseigné à Saint-Denis, toi aussi, a rappelé Sabrina, pour se donner une contenance, pour s'extraire de sa tristesse, pour changer de conversation.

J'ai été professeur de psy durant trente ans. On me disait brillant. C'est là, à Saint-Denis, que j'ai d'abord créé ce centre d'ethnopsychiatrie. Au début, cette université, qui dans la foulée de Mai 68 avait initié tant d'innovations radicales, avait accueilli avec bonheur ce que j'enseignais : une psychologie qui parlait d'autres langues que le français ou l'anglais, des langues d'Afrique, d'Asie, d'Inde ; qui accueillait d'autres mondes, notre univers en contient tellement ; qui respectait les êtres invisibles, dieux, diables, démons, esprits, et négociait avec la puissance des choses. Les patients affluaient, les étudiants, les chercheurs, aussi, et même ceux provenant d'autres disciplines, dans une effervescence des idées, une confrontation des théories – émulation d'un temps de création ! Et puis, il y a eu Plancher, l'autre professeur de psy. Et dire que c'est moi qui l'avais fait nommer. Alain Plancher, un homme mauvais, un sorcier !

Sabrina a éclaté de rire :

– Un sorcier !... Qu'est-ce donc qu'un sorcier dans le monde universitaire ?

– Un sorcier, oui ! ai-je insisté. Un passionné du négatif. Celui pour qui la destruction est une victoire, la disparition, un gain, la mort, une naissance, la tristesse, un motif de se réjouir. Comment l'appeler sinon ?

Elle a acquiescé :

– Un sorcier, OK ! Et comment combattre la nocivité d'un sorcier ?

Il devait être 1 h 30 du matin quand le tourniquet de la Closerie nous a salués de son chuintement. Nous étions les derniers clients.

J'ai demandé :

– Où allons-nous, maintenant ?

– Chez moi si tu veux.

Elle habite rue Daguerre.

Les femmes kabyles, même dans l'immigration, même à la deuxième ou troisième génération, gardent quelque chose de l'origine du monde, de ce conflit viscéral qui les oppose aux hommes. Rue Daguerre, la bien nommée – durant cette nuit, ce fut la guerre. Nous étions un peu ivres tous deux, émus et joyeux. Mais sitôt que nous nous sommes retrouvés seuls chez elle, ont déferlé les questions. « Mais qu'est-ce que tu veux de moi ? » Ou bien : « Pourquoi tu te retrouves ici en pleine nuit ? » C'était bien elle qui m'y avait invité, pourtant. « Ça ne se fait pas ! » a-t-elle encore ajouté. Et lorsque j'ai tenté mes premières approches, elle a dégainé les couplets de morale sociale… « Je suis opposée par principe aux relations amoureuses entre collègues de travail… » Et puis : « Mais tu ne te rends pas compte, tu pourrais être mon père… » Et si elle se laissait aller quelques minutes aux appels de sa chair, elle se reprenait aussitôt, me repoussait. « Non, Élie, je ne peux pas. Non ! C'est trop tôt. » Elle nous propulsait en adolescence, faisait des mines, revenait, repartait. Elle m'appelait et me congédiait, elle m'embrassait et me repoussait, elle me caressait et me rudoyait. Ce n'est qu'à 5 heures du matin qu'elle a rendu les armes. Les yeux fermés, vision de nos corps éperdus. Plaisirs et douceurs de ces moments d'exception qui succèdent au combat. Après cela, la tête posée sur la tiédeur de ses seins, enivré de son nom, alors que je passais insensiblement des paroles murmurées aux images de rêve, d'homme qui marche dans la nuit, dans une ville à peine éclairée, qui glisse sur le coin d'un trottoir ; alors que mon pied sursautait pour éviter la chute, elle m'a dit des mots d'amour. Ou bien était-ce dans mon rêve ?

Un beau soleil d'automne chassait les feuilles rougies des platanes. Sur le pas de la porte, elle était redevenue telle qu'avant notre nuit, belle et distante.

Au moment de me saluer, comme si elle avait oublié quelque chose :

– Le gosse qu'on a vu hier soir à la brasserie…

– Youri ?

– Oui ! Le petit Gitan avec sa mère…

– Eh bien ?

– Tu devrais t'en méfier.

– Qu'est-ce que tu veux dire ?

– Rien… Rien de plus. Méfie-toi, c'est tout.

En marchant vers Denfert, avenue du Général-Leclerc, je repensais à Sabrina ; elle est spéciale, celle-là. C'était moi qui l'avais reçue pour son entretien d'embauche. Elle m'avait confié – je ne l'avais pas répété à Kora, la directrice – elle m'avait confié qu'elle était médium ou quelque chose comme ça. En dehors de sa pratique de psy, elle se livre à des expériences de transmission de pensée. On l'enferme dans une pièce hermétiquement close et une personne dans le groupe de chercheurs pense fortement à un nom ou un objet ou à une scène. Les conditions de l'expérimentation sont rigoureuses ; le chercheur qui joue le rôle de l'émetteur est tiré au sort ; on vérifie qu'il ne choisit pas un mot ou un nom évident comme Napoléon, de Gaulle, ou le nom du président de la République par exemple, pas un mot facile comme « bleu » ou « nuit ». Sa plus belle performance : l'émetteur était un féru de moto. Il avait pensé à la Brough Superior avec laquelle Lawrence d'Arabie s'est tué dans un accident de la route en 1935. Elle n'a pas trouvé son nom, mais a parfaitement identifié l'objet : « Une moto qui a causé la mort d'un homme célèbre. » C'est ce qu'elle a dit en revenant de sa cellule d'isolement au groupe de chercheurs ébahis. « Brough, s'est écrié le chercheur-émetteur, SS 100. Elle avait même un petit nom, cette moto : George VII. »

Sabrina avait-elle vraiment perçu quelque chose de Youri ? Ou bien voulait-elle m'impressionner ? Entreprenait-elle une fois de plus de prendre l'ascendant sur moi ?

J'ai marché d'un bon pas. Je n'allais tout de même pas rentrer chez moi après une telle nuit. Quatorze heures, la boutique devait être ouverte. Et puis, je voulais poser une question à Samuel.

Il m'a cueilli sur le trottoir :

– Élie, Élie… quel plaisir ! Je vous regardais de loin descendre le boulevard et je me disais : « Voilà un prince ! »

Flatteur ! Un vrai commerçant… Il m'a examiné de la tête aux pieds d'un air approbateur et a seulement dit :

– Pas mal !

– Oui ! Entièrement Samuel's ! Les bottines bicolores que vous ne vouliez pas me vendre, la cravate orange qu'a portée, avez-vous prétendu, l'ambassadeur d'Italie. Et surtout, mon gilet pistache qui, hier au soir, a connu ses heures de gloire.

Il m'a pris par le bras, m'entraînant à quelques pas :

– Vous qui êtes une sorte de sage, Élie… J'ai fait une grimace. Mais si ! C'est ce que je pense malgré tout ce qu'on raconte sur vous. Que dites-vous de la situation ? On ne va pas s'en sortir, n'est-ce pas ?

À l'intérieur, le psy lacanoïde, gros moustachu, discutait avec Le-Poète à la mèche rebelle. Nous l'appelons ainsi, mais nous ne savons pas s'il a jamais commis un seul vers. C'est qu'il connaît tant de poésies, tant d'auteurs, tant de livres… Quelquefois il nous assomme, la plupart du temps il nous enchante. Sitôt qu'il m'a aperçu, il m'a demandé en chantonnant :

– Alors ? Comment ça s'est passé ?

Le psy a pris ses grands airs :

– Crois-tu que le récit qu'il t'en fera viendra colmater ton manque-à-savoir ?

– Tu comprends ce qu'il dit ? m'a demandé Le-Poète d'un air malicieux.

– Heu... Peut-être...

– Mais je n'ai pas besoin d'un récit. Si j'ai posé la question, c'est que je voulais quelques mots pour débuter une poésie. Deux vers me suffisent. Comme ceux-ci, par exemple.

Et il nous a récité :

Elle le couvait avec des yeux ardents,
Comme un animal fort qui surveille une proie,
Après l'avoir d'abord marquée avec les dents.

J'ai éclaté de rire. Celui-là aussi, il devait avoir un don de voyance.

– Tu es tout de même incroyable ! Pile ce qui s'est passé cette nuit. C'est de qui cette poésie ?

– Baudelaire, bien sûr !

Sabrina, chaleur de la panthère, fascination de sa fourrure ; Sabrina, tendresse de ses griffes lorsqu'elles marquent les rides de mes yeux. De mes lèvres, toute une nuit, j'ai parcouru ses ocelles. Elle est celle que je suis. Sabrina !

9

Comme par hasard, c'était tombé un vendredi. J'avais invité Elena, la psychologue roumaine qui avait assuré la traduction lors de la première consultation. Nous étions une bonne demi-douzaine pour les recevoir – l'équipe du centre d'ethnopsychiatrie presque au complet. Aucun ne voulait manquer le prodige, l'enfant magique qui faisait vibrer les murs et exploser les colliers. À l'heure précise – pas avant, pas après –, la sonnette a retenti. Il était devant sa mère, la tête dressée, le regard fier. Moïra se tenait en retrait, la peau blafarde. Je l'ai trouvée amaigrie. Elena l'a accueillie, lui a offert du thé, l'a invitée à se reposer quelques instants. L'ethnopsychiatrie est avant tout un art de l'hospitalité. Youri semblait plus actif que lors des précédentes consultations, presque agité. Il ouvrait les portes, jetait un regard, les refermait. Il filait dans le couloir comme une flèche, allait, venait, examinait l'un, palpait l'autre – je ne l'avais jamais vu courir ainsi. Quoiqu'il n'ait exprimé aucun sentiment, on aurait dit qu'il était content… comme s'il retrouvait sa maison, ai-je pensé. C'était absurde ! Il n'était venu dans ce centre que trois fois.

Dès les premiers instants, comme si nous ne nous étions jamais quittés, Moïra a poursuivi l'extraordinaire récit de sa vie. Elena traduisait.

Lorsqu'elle est revenue de la forêt avec son bébé, son père, le roi Iancu, a d'abord piqué une fichue colère. Il ne l'a pas battue, non, il l'aimait trop. Il ne lui a pas reproché de courir les rues, de frayer avec des vauriens. Il savait bien qu'elle avait perdu la tête à la mort de sa mère, qu'elle trouvait sa consolation en plongeant dans le monde interlope de Cluj. Il ne lui reprochait même pas le petit Juif de la rue Horea. Il n'avait rien contre les Juifs. Car, s'il n'avait pas connu la guerre – il était né quelques années après la capitulation de l'armée allemande –, ses parents lui avaient raconté. « Les Juifs et les Gitans, malgré tout ce qu'on leur a fait dans ce pays maudit, ne crois pas qu'ils ont disparu. Ils reviendront, je te le dis, avec la rage des survivants augmentée de la puissance des morts. » Voilà ce que lui répétait son père durant son enfance. Alors, pour lui, cet enfant né d'un Juif et d'une Gitane, c'était peut-être le ciel qui envoyait le vengeur…

Ce n'est donc pas l'amour des deux gosses qui le mettait en colère, mais le silence de sa fille. Pourquoi ne lui avait-elle rien dit ? Pourquoi lui avoir caché qu'il allait désormais avoir un héritier, non pas le fils qu'il avait toujours souhaité, mieux encore, un petit-fils, doublement fils, pour ainsi dire. Pouvait-elle, sans passer pour une cruche, lui répondre que longtemps elle n'avait rien su de sa grossesse. Qu'ensuite elle s'était trouvée capturée, fascinée par son dialogue permanent avec le fœtus.

Ce jour-là, Iancu criait, s'approchait d'elle, menaçant. Elle ne l'avait jamais vu dans cet état. C'est alors que s'était produit un phénomène étonnant, incompréhensible. Le bébé s'était enflammé. Oui ! Il avait pris feu ! Il faisait froid. Elle l'avait posé dans une vieille poussette qui n'avait plus que trois roues, ramassée dans les ferrailles, les restes rouillés de bicyclettes et de machines à laver ; elle l'avait calé tout près de la cheminée. Non ! Ce ne sont pas ses vêtements qui avaient pris feu, mais lui tout entier, comment dire ? Il était devenu une boule de feu. Iancu s'était précipité, avait jeté son manteau sur l'enfant pour l'éteindre. Et le feu avait aussitôt disparu, sans laisser de trace ; le plancher l'avait aspiré, englouti. Le feu s'était écoulé comme de l'eau dans un trou. Après cela, tout s'était apaisé, la rage de Moïra l'incomprise et la colère de son père, roi des maquignons de Transylvanie. Curieusement, on ne sentait aucune odeur de brûlé dans la pièce, ce même bureau où, à peine pubère, elle avait découvert l'amour avec Elias. Il planait au contraire un parfum d'encens, comme à l'église où Iancu ne se rendait jamais, des émanations envoûtantes qui s'emparaient des narines, imprégnaient les vêtements et ne vous lâchaient plus.

– Mais qu'est-ce qu'elle raconte ? ai-je demandé à Elena. Elle parle de son fils, de Youri ou bien raconte-t-elle une légende locale ?

– Elle parle bien de son fils, Herr Professor (c'est ainsi que m'appelle toujours Elena, qui a gardé de sa Roumanie le respect des titres). Mais j'ai l'impression qu'il se mêle là une histoire de *zburătorul.*

– Hein ?

Nous autres ne comprenions pas ce que disait Elena, mais Moïra souriait.

– *Da !* a-t-elle confirmé en roumain. *Da !*

– Le *zburătorul*, a repris Elena, on traduit parfois en français par le « volant »... c'est un être de la nuit... Heu... Je vous explique ? C'est ce que vous souhaitez, n'est-ce pas ? Un être qui pénètre dans la chambre comme une brise, passant sous la porte ou par le trou de la serrure. Il se présente sous les traits d'un jeune homme séduisant, d'un prince, d'un millionnaire ; il visite le lit des jeunes filles, mais aussi des femmes abandonnées et des veuves. N'allez pas croire... Ce ne sont pas seulement de vieilles croyances... Il faut comprendre ! Il y a là une théorie. Nous pensons en Roumanie que l'amour ne vient pas comme ça, par hasard. Nous savons que c'est une force de la nature, l'amour, comme le vent ou la pluie et non pas la fantaisie des êtres humains. On dit même chez nous... Et elle a prononcé la phrase en roumain avant de la traduire : « L'amour déplace la lune et les étoiles dans les ciels de vos nuits. »

Thomas, notre jeune psychologue, a demandé des précisions :

– D'accord, je veux bien, mais que viennent faire les volants dans l'histoire de Moïra ?

– Si j'ai bien compris, a expliqué Elena, le père de Moïra, maître Iancu, a décidé qu'Elias, son amoureux, le petit Juif de la rue Horea, n'était pas un être humain, mais un volant, un *zburătorul*, qui avait pris l'apparence et la grâce d'un jeune homme pour la séduire. L'enfant était bien un métis, non pas de Gitan et de Juif, mais d'humain et d'esprit.

– Mais oui ! a certifié Moïra. Et c'est vrai !

– C'est vrai ? s'est étonné Thomas.

– Oui ! Elias, il est apparu et il a disparu. Elle a bien dit, celle-là (elle montrait Elena du doigt) : un *zburătorul*.

Et moi, je pensais par-devers moi qu'en Roumanie déjà, dès les premiers jours, ils avaient eu des problèmes avec ce gosse. Volant, esprit, vent de la nuit, en tout cas un ouragan ! Son arrivée avait fichu un sacré désordre !

Moïra s'était engagée dans une discussion en roumain avec Elena. C'était passablement animé.

Moïra parlait et Elena scandait de grands : « *Oh ! Nu ?...* » Ce qui veut dire, je crois : « Oh ! Non ? Ce n'est pas possible... » Puis elle lui a demandé de se taire un instant en lui posant la main sur le genou et a traduit pour nous :

– Elle raconte qu'après la flambée de l'enfant, phénomène dont tout Cluj avait parlé durant des semaines, le vieux rabbin qui s'appelait, je crois... Deutsch... C'est ça ? Oui ! Iacov Deutsch... le rabbin s'est présenté à Iancu avec des cadeaux : un gobelet d'argent et deux... *titireze*... Comment on dit ça, déjà ?... Oui !... Deux toupies... elles aussi d'argent, avec des lettres hébraïques gravées sur chaque face. Il a expliqué qu'il avait eu une vision, ou une inspiration qui lui disait que l'enfant devrait s'appeler Ourim. Il a expliqué que ce nom avait quelque chose à voir avec la divination...

J'étais le seul, je pense, à savoir ce qu'étaient les *ourim* et les *thoumim*, des instruments de divination que, dans l'Antiquité, à Jérusalem, au temps du Temple, on confiait au grand prêtre au moment de sa consécration. À ma connaissance, on n'a pu établir ce qu'étaient réellement ces instruments – des toupies, peut-être, comme le pensait sans doute le rabbin Deutsch, mais peut-être des dés à six faces, des pierres de couleur ou des coquillages... On ne sait pas davantage comment il s'en servait, mais il est certain que ces objets permettaient au grand prêtre de connaître les intentions de Dieu.

– En hébreu, ai-je seulement précisé, *ourim* veut dire « la lumière », m'abstenant d'ajouter que le mot *thoumim* qui l'accompagne nécessairement signifie « la perfection de la vérité ».

Mais je ne sache pas que personne se fût jamais appelé Ourim pas plus que Thoumim. Iancu, qui voulait que l'enfant portât, comme lui, un nom commençant par la lettre I – il pensait à Iulian, Ivan ou Ireneus –, a fini par faire un compromis. « Youri ! s'est-il exclamé. Voilà le prénom de l'enfant ! »

À ce moment, Youri, qui jusque-là écoutait le récit de sa mère les yeux écarquillés, a sursauté. Il a répété : « Youri », ou peut-être seulement « Ouri »… Je n'ai pas bien entendu.

Je me demandais si ce prénom que voulait donner le rabbin, Ourim, « la lumière », désignant celui qui éclairait les ténèbres, qui rendait pensable la fondamentale incompréhensibilité du monde, s'était révélé adapté. Mais je ne savais comment poser la question. Je suis resté silencieux. J'ai eu raison de me taire, la suite du récit m'a fourni la réponse.

Iancu aimait l'enfant, certes, mais de manière surprenante – de notre point de vue, nous la qualifierions d'« inadaptée ». Il l'emmenait partout, le posait dans un coin de la pièce comme s'il s'agissait d'un objet et poursuivait son travail. Il recevait ses clients en présence de l'enfant, les gros bonnets qui venaient lui commander des bolides.

Il l'emmenait avec lui sur les chantiers, négocier l'achat d'une flotte d'automobiles ou essayer des limousines. Et lorsque Moïra voulait prendre son fils pour le nourrir ou le changer, il exigeait que ce fût en sa présence. Il ne le quittait pas d'une semelle. Il voulait sans cesse l'avoir sous les yeux. Moïra a longtemps pensé qu'il craignait que Youri soit aussi un *zburătorul* comme son père, qu'il disparaisse sans crier gare, que c'était pour cette raison qu'il ne le quittait pas un instant. Pourtant, à la longue, l'enfant commençait à prendre racine chez les humains. Il prononçait même ses premières paroles et s'essayait à ses premiers pas. Et son grand-père ne le lâchait toujours pas.

Un jour, Moïra surprit son père en train de compter des billets de banque. Il égrenait des chiffres fabuleux, des millions d'euros en félicitant son petit-fils. « Tu as vu tout ce que tu m'as fait gagner ? Dieu te bénisse ! Dieu ou le diable, du reste. Je me demande bien d'où tu viens, toi… D'où que tu viennes, Youri, écoute-moi bien, aujourd'hui, c'est Iancu ! Tu le sais, n'est-ce pas ? Ton maître, c'est Iancu, papa Iancu ! Allez, va ! Jette les toupies ! » Et le gosse prenait les *titireze* d'argent de la main de son grand-père et les lançait sur le sol. Et l'autre déchiffrait les lettres (il avait donc appris l'hébreu !), interprétait les messages. « Sacré nom d'un chien, s'écriait-il, Petru veut m'arnaquer. Il croit ça, ce porc. Je vais lui montrer qui est papa Iancu. Lance encore les toupies, Youri ! »

Moïra n'avait certes pas des idées très arrêtées en matière de pédagogie, mais elle a vite compris que, si elle abandonnait son fils aux mains de son père, c'en serait fini de tout espoir d'éducation. Alors, en son for intérieur, elle a pris la décision de fuir avec lui, de quitter la Roumanie, de partir au loin. Il lui faudra néanmoins quelques années pour réaliser ce projet.

– Mon fils porte chance, c'est vrai ! a poursuivi Moïra. Il a, comme on dit, « la main heureuse ». Il sait changer le sort, transformer le malheur en fortune. N'oublie pas que sa main est bénie. Parfois, tu as un bouton sur la joue ou sur le bout du nez. Il suffit qu'il te touche, comme ça, du doigt, et ça disparaît. Ta peau redevient celle d'un bébé.

À ces mots, elle s'est effondrée en larmes. Elena lui a entouré les épaules, lui a offert un peu d'eau, tendu des kleenex.

– Qu'est-ce qui se passe, Moïra ?

– C'est que…

– Tu ne sais comment l'élever, toute seule ici, loin de ta famille… C'est ça ?

– Je suis malade, madame Elena, très malade.

Et nous, pourtant habitués à entendre les récits des malheurs et l'expression des tristesses, nous avons senti s'abattre sur nous le noir manteau de la mélancolie.

Car c'est alors qu'elle nous a confié son secret, cette terrible maladie qui se développait insidieusement dans son sang. Elle se demandait si elle n'était pas héréditaire. Le roi Iancu, ce dieu vivant de la mécanique rafistolée, en avait été atteint ; elle l'avait emporté en six mois. Il était grand, pourtant, il pouvait soulever une poutre d'acier avec ses deux bras. Personne d'autre ne réalisait un tel exploit, ni à Cluj, ni à Timişoara, ni même à Bucarest. Lui qui devait bien peser dans les trois cents livres, elle l'avait vu décliner, presque à vue d'œil. À la fin, il ne dépassait pas les cinquante kilos. Comment l'appelle-t-on déjà, cette maladie ? Mais si ! Une maladie du sang…

– Les docteurs je les ai tous consultés, nous a raconté Moïra, ceux de Pologne et d'Allemagne, de France et d'Espagne. Ils m'ont examinée d'appareils, de mesures, de palpages et de dopages ; ils m'ont transpercée, sondée, piquée, de liquides et de globules, d'acides et de molécules, et la maladie poursuivait son chemin dans mon sang, dans mon cœur, dans mes reins. Les maladies se jouent des docteurs, elles sont l'expression des forces du monde. Vous qui êtes une lumière en ce temps de ténèbres… Vous qui ne cessez, je le sais, de tout faire pour les enfants qui ont perdu leur chemin, leur boussole ou leurs parents… Je vous en supplie, madame Elena, je vous en supplie…

Elle a posé les mains sur le front d'Elena, a fermé les yeux et commencé une longue litanie en roumain ou peut-être en rom, la langue des Tziganes, car Elena avait cessé de traduire. On pouvait reconnaître des mots, bien sûr, comme Isus Christos, Zeu ou Youri. On comprenait qu'il s'agissait d'une prière. Puis elle lui a expliqué... et elle a parlé encore et encore, un long moment.

J'ai fini par lui demander :

– Que dit-elle ?

– Je dois aussi traduire ça ? Là, elle parle de moi...

– Évidemment, Elena ! Traduisez, voyons.

– Elle dit qu'elle aussi a la main heureuse – certes pas autant que Youri, mais elle est tout de même puissante. Alors, si je fais ce qu'elle me demande pour son fils, l'argent apparaîtra dans ma poche, je ne saurai même comment, des liasses de billets, et les amants dans mon lit – je traduis toujours ? –, une pleine valoche d'argent et des régiments d'amants ! C'est ce qu'elle a dit.

Et Moïra, qui comprenait, opinait en ébauchant un léger sourire.

– Et aussi, a repris Elena, elle a dit que si je n'accomplissais pas sa volonté, cette même maladie qui circule dans son sang fera éclater mon cerveau. Ça m'a fait frissonner...

– Sa volonté ? Mais que demande-t-elle, alors ?

– Elle veut que vous adoptiez Youri.

– Quoi... moi ?

– Oui, vous, Herr Professor !

Moïra s'est adressée à moi. Elle parlait en roumain et Elena a traduit :

– Bel étranger, on dit en Roumanie et en Bohême que les Tziganes sont des voleurs d'enfants, et cela depuis Mathusalem. Mais c'est faux ! C'est plutôt les autres, les gadjos, qui volent les enfants des Tziganes. As-tu vu comment les agents du Président, les assistantes sociales, les éducatrices, rêvent de capturer Youri, de l'enfermer dans un foyer, afin que plus jamais il ne se souvienne de son peuple ? Tu le sais, toi qui viens de très loin, de l'Égypte d'où les Gitans tirent leur nom, si tu les laisses faire, ils le priveront de son don. Il en mourra. Tu as connu les bonheurs et les malheurs de la Terre, sauve mon fils ! Prends-le auprès de toi.

Et elle a pleuré, la belle Moïra au regard voilé. Elle a pleuré tant et tant ; la corbeille s'emplissait de mouchoirs. Et j'entendais une petite voix, celle de Youri, qui disait : « Élie, Élie… »

Je suis sorti de la salle de consultation. Je n'en pouvais plus.

Je m'étais réfugié dans l'intimité un peu humide de l'ennui, résigné, solitaire, j'attendais le silence de la nuit. Et il est apparu l'enfant magique, sans prévenir, sans bruit. Écoute, vieux soudard, les vents qui murmurent dans le brouillard des promesses… Écoute la vie !

10

Ce matin-là, le président de la République – inutile de rappeler son nom, tout le monde le connaît – devait se rendre dans un collège parisien, en quartier sensible. On en parlait partout, à la radio, sur les réseaux sociaux, à la télé. J'ai allumé mon poste de télévision. On le voyait dans une voiture, sérieux, concentré sur un dossier. Près de lui, le ministre de l'Éducation lui expliquait la spécificité de cet établissement du nord du XIXe arrondissement fréquenté par les enfants des cités HLM, petits Blancs ou immigrés, de première ou de deuxième génération. C'est dans ce collège que, après les attentats, des élèves, surtout des grands, avaient pris le parti des terroristes. Certains s'étaient promenés dans la cour avec des T-shirts noirs imprimés de la calligraphie de l'État islamique, d'autres scandaient « Je ne suis pas

Charlie » ou chantaient des nachids guerriers. Le scandale avait été contenu par les organes de presse qui s'étaient passé la consigne. Pédale douce, pas de vagues, banaliser l'événement, apaiser la tension dans les quartiers, éviter la contagion... Mais, comme toujours, des vidéos de cette révolte avaient été partagées sur les réseaux sociaux. Des millions de vues ! C'est pour cette raison, ai-je pensé, que le Président avait décidé de se rendre en personne dans le collège, je veux dire : pour stopper les rumeurs de rébellion scolaire.

À la télé, le journaliste expliquait que le Président allait rencontrer ces « excités adeptes d'une idéologie nihiliste » avec la volonté d'établir le dialogue. Il ferait d'abord une rapide tournée des classes et aurait quelques échanges informels avec les enseignants. Il terminerait sa visite dans le réfectoire, en compagnie des plus grands, ceux par qui le scandale était arrivé. Et il débattrait avec ces derniers durant une demi-heure environ. La rencontre serait intégralement filmée et diffusée en direct. C'était un vrai défi, une sorte de quitte ou double qui, d'après ce journaliste, pourrait peser lourd sur l'image du gouvernement si l'opération tournait mal.

Dans l'entourage du Président, ce n'étaient pas des enfants de chœur ; ils avaient mis les chances de leur côté. Les élèves avaient été sélectionnés, interrogés, briefés, leur curriculum scruté à la loupe, le contenu des questions qu'ils envisageaient de poser, vérifié, épluché, censuré, revérifié. Et durant le parcours en voiture, le ministre passait en revue avec le Président mot à mot ses interventions.

L'auto présidentielle était tout un symbole, une Espace rutilante, couleur argent, la même, tout le monde l'avait remarqué, que celle que conduit Kevin Spacey, le Président de la série *House of Cards*, dans la pub Renault – cette pub où le cynique président de la série américaine prend son temps, heureux, fier de son œuvre, serein.

Tout semblait donc en ordre, jusqu'aux images télé, le chemin balisé, les moindres détails explorés. Après le dialogue qu'on espérait « dynamique, intéressant et paisible », la visite devait se terminer par un discours devant la communauté scolaire assemblée, les enfants, les professeurs – et la presse, bien entendu. Le Président devait alors annoncer la réforme des collèges et en présenter les grandes lignes. Le communiqué de l'Élysée se terminait ainsi : « Pour la première fois, une réforme qui aura un impact durable sur le fonctionnement des institutions sera directement présentée à ses bénéficiaires et dans le même temps au peuple, en une sorte de démocratie directe. »

Devant mon écran, j'ai été effrayé, non par le contenu des interviews et des commentaires que diffusait la chaîne d'informations en continu, mais par l'ampleur que le gouvernement et les journalistes donnaient à l'événement. La rébellion d'une poignée d'élèves que l'on avait longtemps tue était soudain devenue une question nationale. Pour moi, un tel revirement après un silence suspect, tout cela sentait l'amateurisme... Ils m'ont laissé l'impression de jouer avec le feu.

La télé m'avait mis en retard. J'ai enfilé en vitesse une chemise de luxe au col un peu râpé, un pantalon de flanelle légère et une veste en soie et cachemire – intégralement habillé par Samuel ! Lorsqu'il me l'a vendue, il a prétendu que cette veste avait appartenu à un ministre. Il a refusé de donner son nom. Il suffit d'examiner ceux qui ont ma taille, ils ne sont pas nombreux ! Dans l'autobus, j'ai soudain pris conscience que mes deux chaussettes n'étaient pas de la même couleur ; l'une bleue, l'autre noire. Ce détail m'a tracassé durant le trajet. Et l'agacement a refait surface à plusieurs reprises, tout au long de cette foutue journée.

Foutue journée, vraiment !

Au centre d'ethnopsychiatrie, mes collègues étaient moins fuyants qu'à l'accoutumée. La séance avec les Tziganes les avait impressionnés. Ils voulaient entamer une discussion, me poser des questions... enfin une question, surtout : qu'était devenu le petit Youri ? Je n'avais pas le temps de leur répondre, une consultation m'attendait.

– Ils sont là ? ai-je demandé à Aurélie, la secrétaire.

– Déjà installés dans la grande salle. Ils vous attendent.

Et là, je l'ai aperçue, Isfra, l'ancienne qui trônait dans un fauteuil. Elle était grande et large, immense, le front et les poignets tatoués de signes à l'encre bleue, des croix, des étoiles, des serpents...

Comme elle l'avait proposé, Sabrina s'était rendue à plusieurs reprises dans leur F4 du XIXe, un treizième étage d'où l'on apercevait la tour Eiffel d'une fenêtre, le Sacré-Cœur d'une autre et l'Arc de triomphe de la cuisine. Elle avait longuement discuté avec Isfra, la mère de Louisa, dans la langue, en kabyle. La vieille lui avait raconté – elle en savait des histoires, celle-là ! –, elle lui avait raconté comment dans son village, lorsqu'elle était enfant, il existait deux langues : celle des hommes que tout le monde comprenait et celle des femmes qu'elles seules parlaient. Elle la connaissait encore, cette langue secrète, qu'elle ne pratiquait plus guère, sauf lors de ses très rares retours au pays. Elle pourrait l'enseigner à Sabrina si celle-ci le souhaitait. C'est sûr, on ne naît pas femme kabyle, on le devient ! Elle lui a aussi raconté les chants à la lune et la façon de capturer dans une bassine le visage de l'astre à son apogée. Et l'eau imprégnée de lune, subtile eau de femme, déclenchait leur désir en annihilant la volonté des hommes. Elle lui a décrit les plantes qui pénètrent le sang et s'emparent de l'âme, et celles qui embrouillent l'esprit transformant les taureaux en bœufs. Elle a décliné le nom des objets utiles, les roches qui brûlent comme des feuilles de papier, et les petits couteaux, faits d'un alliage spécifique de métaux et dont l'entaille enchaîne plus sûrement que les menottes les plus solides. Isfra aurait pu exposer les secrets des femmes durant des jours et des nuits… C'était une militante, une ortie géante, un concentré de piquants.

– C'est une initiée, m'a soufflé Sabrina à l'oreille sitôt que j'eus pénétré dans la salle.

Majesté de sa présence dans son ample robe traditionnelle, blanche aux broderies multicolores, une ceinture de satin rouge attachée haut sur le ventre. Elle portait tous ses bijoux, des semaines de bracelets à chaque bras, des bagues à chaque doigt, des rivières de chaînes d'or en colliers. Et sur la tête, ne parvenant à contenir une chevelure argentée adoucie au henné, un petit foulard bleu vif garni de piécettes d'argent et de clochettes dorées. Louisa, sa fille, le visage marqué par les malheurs, les angoisses et les drogues, vêtue d'un vieux blue-jean et d'un simple pull, se tenait à ses côtés, une main posée sur le bras de sa mère. Explosion nerveuse des couleurs de la mère, morne mélancolie de celles de la fille. J'ai salué les deux femmes, longuement, leur ai proposé de l'eau, du café, du thé, des gâteaux. Puis, je me suis interrogé sur l'absence du garçon :

– Et Redha ? Il n'est pas là ?

– Il n'a pas pu venir, a répondu Sabrina. Il semble qu'il ne pouvait en aucune manière manquer le lycée aujourd'hui.

– C’est vrai ! a confirmé Louisa. C’est une journée très importante dans son école.

Isfra, la matriarche, s’est mise à parler d’une voix étrangement aiguë. Elle faisait des mines, puis tempêtait, s’agitait ; le ton montait. Et elle se renfrognait soudain, s’enfonçait dans le dossier du fauteuil, restait un moment silencieuse avant de repartir à l’attaque. Elle criait à nouveau, se radoucissait, recommençait. Nous ne comprenions pas un traître mot, nous laissant bercer par les zozotements, les shushurrements et la subtile musique de la langue kabyle. Pour finir elle a ramené sur le devant son petit foulard de tête, jusqu’à cacher un œil. Elle semblait bouder. Je me suis tourné vers Sabrina :

– Qu’est-ce qu’elle a dit ?

– Elle a dit : « C’est la jalousie ! »

– Non ! Tu ne peux pas répondre par trois mots. Elle a parlé durant au moins cinq minutes, peut-être davantage, et toi, tu nous dis seulement : « C’est la jalousie. » Non !

– Vous voulez donc que je traduise mot à mot ?

– Pas mot à mot, mais nous voulons suivre dans tes phrases le parcours de son souffle.

– Ah ? a dit Sabrina en arquant les sourcils. Eh bien je vais essayer… Elle a parlé par proverbes, vous savez : « Celui qui n’a pas d’enfant redoute de disparaître ; celui qui en a croule sous les catastrophes. » Il faut être kabyle pour comprendre. Elle a parlé comme au pays, comme les vieilles de là-bas. Elle a dit : « Il existe des gens de bien et il existe aussi des gens qui font le mal. Tu comprends ma fille ? » Ce sont ses propres mots. Elle parle bien, Isfra, elle connaît les paroles anciennes, profondes... Comment vous expliquer... On entend par sa voix celle des ancêtres. Elle a dit aussi : « Les langues sont bien pendues ; parfois elles portent le miel, parfois elles crachent le venin... » Ou encore : « Certaines paroles sont comme des épines ou des couteaux. Elles piquent le cœur. Comment se protéger des paroles que prononce ton ennemi ? » Mais elle a bon espoir que la vérité finisse par sortir. C'est pourquoi elle a terminé ainsi : « Ce qui est au fond de la marmite, la louche finira par le faire remonter. »

– Et alors ? ai-je demandé.

– Alors... Pour moi, ce qu'elle nous a dit... ça veut dire que ce qui leur est arrivé, les malheurs qui ont frappé leur famille, sont dus à la jalousie.

Je me suis tourné vers sa fille :

– La jalousie ?

– Je ne sais pas, peut-être... a balbutié Louisa. Ma mère parle des choses d'avant... C'est possible ! Ça existe, ces choses-là.

Sa mère l'a interrompue, reprenant ses explications en kabyle. Par jalousie on avait commis des actes de sorcellerie contre eux. On leur avait changé la tête, la sienne et celle de son mari. C'est pour cette raison qu'ils s'étaient retournés contre leur propre fille. Et elle, Isfra la vieille, elle savait qui était la coupable. La mère d'Arezki, la femme du frère de son mari... Sabrina, notre psychologue, s'est étonnée. Tout proviendrait donc de la sorcellerie de sa belle-sœur ? Tous les ennuis, les violences, le départ de Louisa de la maison, son errance à Paris, puis à Marseille, sa fréquentation des voyous et des drogués, et même aujourd'hui les problèmes de son fils, Redha, soupçonné de terrorisme... Tout cela serait le résultat de la sorcellerie de la belle-sœur ? Et Isfra a confirmé. Elle a ajouté qu'elle savait aussi comment la sorcière avait procédé. Elle avait volé un linge souillé de Louisa et l'avait enterré dans un cimetière.

À ces mots, Louisa a sursauté :

– Quoi ? Mais tu ne m'as jamais raconté cette histoire... La tante Aïcha ?... Elle aurait fait ça ?

La mère a jeté un regard de feu sur sa fille :

– Je t'avais prévenue ! lui a-t-elle dit. Les ennemis les plus dangereux dorment sous ton toit. Alors si tu te promènes avec les entrailles à l'air, va t'étonner de ce qui t'arrive.

Et, se tournant vers Sabrina, la voilà repartie dans une longue explication en kabyle. Louisa s'est penchée en avant, soucieuse de n'en rien rater. Et c'étaient à nouveau des gestes et des mimiques et des cris, et des rires, aussi, pour finir...

Sabrina s'est adressée à nous :

– Enfin, c'est ainsi, chez nous, en Kabylie... nous a-t-elle dit en semblant s'excuser. Comme dans beaucoup de pays, je crois, non ? Vous pensez que je peux traduire ce qu'elle m'a dit ?

Je l'ai encouragée :

– On peut tout traduire, Sabrina. Il suffit de prendre le temps nécessaire.

– Heu... Je vais essayer. Tu as raison, oui... Elle a expliqué que les jeunes... enfin, à l'époque, n'est-ce pas... Louisa que nous voyons ici et son Arezki, lorsqu'ils avaient des relations sexuelles, ils s'essuyaient avec une serviette...

Et Isfra d'opiner :

– Oui ! Une serviette !

– Elle me surveille, a remarqué Sabrina. Je ne peux pas traduire n'importe quoi. Elle comprend le français, bien sûr. Elle dit que la serviette qu'ils ont utilisée après l'amour, c'est celle que la tante Aïcha est partie enterrer dans le cimetière.

C'était ainsi, d'après Isfra l'ancienne, elle qui était descendue des montagnes fières pour rejoindre le désert des cités HLM, avec pour seule richesse la mémoire de ses doigts et l'agilité de son regard, c'était ainsi qu'avaient débuté les malheurs de toute une famille, par des rapports sexuels non protégés. Lorsque s'écoulent les humeurs de la passion, il faut le savoir, s'agitent alors les ancêtres, les fantômes et les diables. Est-il possible de tracer son chemin sans protection contre la jalousie des proches, contre les paroles acérées des envieux, sans offrande aux propriétaires de l'endroit, sans bénédiction des anciens, surtout ?

Oh Redha, Redha, toi que l'amour a enfanté, reviens ! Reviens vers les vivants !

J'ai demandé à Sabrina de traduire ma proposition à la vieille Isfra. Et j'ai dit :

– Je suis un vieux, madame Meziani, tout comme vous. Je me demande qui est le plus vieux de nous deux.

La vieille a fait une grimace.

– Parfois les vieux perdent la tête, et plus personne ne les écoute ; parfois leur sagesse permet de retrouver des têtes perdues. Écoutez-moi ! On dit, n'est-ce pas : « Ce qu'une main a fait, une autre main peut le défaire. » Je sais qu'on peut récupérer cette serviette et retirer la sorcellerie qui empoisonne cette famille.

– Tu crois qu'on peut lui dire une chose pareille ? a bondi Sabrina.

Mais la vieille avait compris et répondait déjà en kabyle, l'air narquois :

– As-tu donc un djinn à ton service, vieux grigou, que tu peux expédier où bon te semble ? Un petit *rouhani* capable de trouver le cimetière, et dans le cimetière, la tombe, et dans la terre, parmi tous les ossements, les vers, les charançons et la pourriture du monde, d'en extraire la serviette ? Cette même serviette qu'ils ont, je le sais, nouée à neuf reprises avant de l'enterrer… Sauras-tu en défaire les nœuds ?

Alors que je me demandais comment lui répondre, j'ai perçu un tumulte. J'ai dressé l'oreille.

On avait tambouriné à la porte du centre. Une agitation et une rumeur qui enflait. Je me suis levé de ma chaise :

– Mais qu'est-ce qui se passe ?

Sabrina a haussé les épaules en un geste d'impuissance. J'ai tout de même pris le temps d'ajouter en direction d'Isfra :

– Vous avez raison ! Il faut non seulement retrouver la serviette, madame Meziani, mais aussi défaire un à un les nœuds. Je ne dis pas qu'il faut les défaire avec les doigts, notez bien... Je sais que vous me comprenez.

La porte s'est ouverte brutalement. Aurélie tentait de les contenir :

– Mais voyons, s'interposait-elle, ils sont en consultation...

Ils étaient au moins six, des grands, costauds, avec des vestes en cuir et des brassards rouge fluo. Leur chef, un blond, au bon sourire et à l'accent du Midi, m'a apostrophé. Il m'a demandé si j'étais le docteur et si je pouvais lui dire s'il y avait bien dans cette pièce les parents du jeune Redha Carbonnier.

Oh Redha ! Enfant de l'amour, pétri de serments aussi pesants que le destin, reviens !

11

Dans la Peugeot 308 des policiers, la tête bourdonnante, serré contre la Louisa, je tenais Youri par la main.

Je n'ai pas mis longtemps à apprendre ce qui s'était passé. La scène défilait en boucle sur toutes les télés, toutes les radios… Tout le pays en parlait.

Le collège-lycée du XIXe. Il a sauté avec agilité de sa voiture. Images d'un président jeune, allant, sportif. Sur le trottoir, sourire éclatant, il serre des mains, fait un commentaire, discute quelques instants avec celui-ci ou celui-là. Serein ! C'est l'idée qui doit s'imposer : le gouvernement est serein, le ministre est serein, le Président est serein. Chaleureux, aussi, juste ce qu'il faut, établissant une certaine distance par le côté mécanique des salutations. La scène est belle, on dirait un film de cinéma alors qu'il s'agit d'un reportage. Le pas vif, il traverse les couloirs tout en parlant au principal du collège, au ministre, au proviseur du lycée. Il entre dans le réfectoire. On voit clairement le service d'ordre reculer pour sortir du champ. Le Président avait insisté pour apparaître seul avec les élèves. Il s'approche d'eux, leur pose quelques questions, hasarde une plaisanterie. Des élèves se mettent à rire. Peut-être sont-ils heureux du partage, ou bien le font-ils par politesse ou par calcul… Alors que le Président fait quelques pas pour prendre place dans le siège qui lui est réservé, Redha surgit du groupe. Sweat-shirt serré jusqu'au cou, il rabat sa capuche sur les yeux, tire de sa manche un long couteau et se précipite. En une fraction de seconde, les gardes ont sorti leurs armes. Mais comme en un ballet bien réglé, les autres jeunes gens ont fait barrage. On entend clairement hurler l'ordre de ne pas tirer. On n'allait tout de même pas faire une hécatombe de jeunes lycéens mineurs… Redha a le temps de placer son couteau sur la jugulaire du Président. Il l'entraîne dans une salle de classe, entouré d'une dizaine de ses camarades.

Et tout cela en direct, à la télé.

Scène de folie, impensable en ces temps d'état d'urgence, de contrôles en tous lieux et en tous sens, d'enquêtes des services, de fichiers de renseignement, de gardes à vue d'office. Le fait est que l'on avait, dès l'ouverture, installé des portiques magnétiques à l'entrée de l'établissement ; procédé à la fouille systématique de toute personne qui y pénétrait. Chaque élève avait été scanné, fouillé, interrogé. Mais Redha et ses camarades s'étaient préparés depuis des semaines. Ils avaient dissimulé deux couteaux dans les toilettes, un autre dans un minuscule placard à balais. C'est celui-là que Redha avait récupéré. Il lui avait suffi de s'éclipser quelques minutes au moment du maquillage.

Les télés n'avaient pas tardé à apprendre que Redha était fiché, et même qu'il était suivi par un service de psychologie. Et pleuvaient les commentaires des inévitables donneurs de leçons : comment se faisait-il qu'un tel gamin, fiché par les services, ayant de plus des antécédents psychopathiques avérés, ait été autorisé à approcher le Président ?

Parce que c'était un gamin, justement !

Une fois sorti de la salle de consultation, dans le bureau de Kora, le chef des policiers, calme, soucieux d'efficacité, m'a demandé si Louisa était en mesure de raisonner son fils. C'était pour cette raison qu'ils avaient débarqué au centre d'ethnopsychiatrie, pour conduire d'urgence la mère de Redha sur les lieux de la prise d'otage avec l'idée qu'elle pourrait lui parler, le convaincre de se rendre. Louisa raisonner Redha... J'ai seulement souri. Était-ce le moment d'expliquer à un commandant de groupe d'intervention tendu par l'hystérie du combat que l'errance de ce gamin s'inscrivait dans le prolongement de celle de sa mère ? De son père, aussi, Arezki les beaux yeux, ces yeux dont son fils avait hérité à l'exclusion de tout autre bien... Son père qu'il n'a même pas croisé une seule fois depuis sa naissance... De son second père, Kevin Carbonnier, dont Redha porte le nom, disparu sans crier gare alors que le gamin avait sept ans... De son grand-père maternel, rayé des vivants, jeté aux oubliettes de l'administration française comme une vieille chaussette, le dos et l'honneur brisés dans les mines... Louisa, franchement, je n'y croyais pas...

– Et vous ? m'a-t-il demandé.

J'ai sursauté :

– Moi ?

– Vous connaissez ce jeune homme, n'est-ce pas ? Il sait que vous vous occupez de sa famille. Peut-être vous respecte-t-il un peu. Croyez-vous que vous pourriez lui parler ?

Et puis quoi encore ? Et si Redha ne veut pas m'écouter ? Et si lui ou l'un de ses copains tuait le Président, je serais dans de beaux draps ! La police aurait réussi à me fourguer sa propre responsabilité. Vous acceptez une mission pour le bien commun et le lendemain vous vous retrouvez avec le pays sur le dos pointant votre incompétence. Non merci ! La sécurité du Président, c'était leur affaire, pas la mienne ! Une voix intérieure me pressait de refuser, de me tenir en dehors de tout ça. Était-ce encore possible ?

C'est à ce moment qu'on a vu la porte du bureau s'entrouvrir doucement et Youri, le petit Tzigane, passer la tête, jeter un regard sur le commandant et se faufiler à l'intérieur.

– Qu'est-ce que tu fais ici, toi ? lui a demandé Kora, le ton sévère.

Déjà elle se levait pour le reconduire dans la salle d'attente. Il m'a regardé, Youri. Et ce fut comme si la scène se vidait de tout contenu. Tout ce qui était arrivé depuis ce matin, la consultation avec Isfra et Louisa, les commentaires de Sabrina, l'irruption des policiers… Tout avait disparu… parti, volatilisé ! Mon cerveau s'était vidé d'un seul coup. Je me suis senti déshabillé, mon intérieur exploré, nettoyé… Je n'ai jamais ressenti une chose pareille, peut-être ce qu'éprouverait un suspect à qui l'on aurait injecté une dose de scopolamine, cet alcaloïde qu'on appelait après guerre « sérum de vérité »… Je n'avais plus, comment dire… plus d'arrière-pensée, plus de pensée du tout. J'étais devenu sur l'instant transparent, sans parole, ouvert à tous vents… Dépouillé de mon âme. Mes muscles se sont relâchés, aussi. Ce n'était pas désagréable, au demeurant. Une chaleur qui montait du ventre m'envahissait le cerveau. Je me suis affaissé sur la chaise. Ma tête est retombée en avant.

Un bourdonnement comme une turbine m'a envahi. Je n'entendais plus rien, rien que le bruit du vent qui soufflait par rafales. Au bout d'un moment – quelques secondes, quelques minutes ? –, je me suis demandé quel vent pouvait pénétrer dans un bureau de douze mètres carrés, fenêtres fermées. Et puis une voix au loin, une voix qui insistait…

– Eh bien Élie… Élie ?…
– Attends ! ai-je dit à Kora.
– Hé… Qu'est-ce qui t'arrive ?
Un blanc, une absence, un malaise ? Était-ce le contrecoup de la frayeur ? Frayeur de l'irruption de la police dans l'espace feutré d'une consultation ? de la proposition inquiétante du policier de convaincre Redha de se rendre ? d'apprendre l'attentat que même le plus fou n'aurait pu imaginer ? Ou bien le débordement du malaise existentiel que je porte depuis mon immigration alors que j'avais neuf ans et qui surgissait maintenant sous la pression des événements ?
– Il te manque quelque chose, Élie…
– Quoi ?
Youri me tendait un objet. Il le secouait dans sa main et j'entendais un petit claquement à l'intérieur…
– Qu'est-ce que c'est ?
Et puis je l'ai reconnue, la tabatière faite du cuir taillé dans une langue de python. Comment ce diable se l'était-il procurée ? Elle aurait dû se trouver sur une étagère de ma bibliothèque, entre un fétiche fon du Bénin et un *nkisi*, une statuette congolaise hérissée de clous. J'avais beau me creuser la cervelle, je ne comprenais pas. Et soudain, ça m'est revenu. Je l'avais emmenée pour la montrer à Samuel. Elle était dans ma poche lors de cette fameuse consultation où Moïra, la mère de Youri, nous a annoncé sa maladie. Et lorsqu'elle a répété

avec insistance que je devais garder son fils auprès de moi, je tripotais nerveusement la tabatière. Un moment d'inattention et il l'aura subtilisée... Dans ma poche, ce chenapan ! Que je ne m'en sois pas rendu compte sur le moment, passe encore. Mais comment se faisait-il que depuis près d'une semaine je n'aie pas réalisé qu'elle avait disparu ?

– Donne ! lui ai-je ordonné.

– Donne, Élie ! m'a répondu Youri.

Je ne devais pas être dans mon état normal. Élie... C'est étrange, je n'ai pas entendu mon prénom, mais l'expression en hébreu, *Éli*, qui veut dire « mon Dieu ». J'ai compris qu'il adressait une prière, une supplication ; qu'il passait par moi pour solliciter les puissances du monde. Il leur demandait d'arrêter de lui prendre, il leur demandait de lui donner, enfin... J'ai compris qu'un événement grave était survenu.

– Qu'est-ce qui s'est passé, Youri ?

– Ma mère est morte.

Il a dit ça simplement, sans emphase, sans exprimer de sentiment, ni tristesse ni colère. Le voilà donc seul au monde, le petit Gitan, sans père ni mère ni grand-père ni pays – désormais objet pour quiconque. À moins que chacun devienne objet pour lui.

J'ai passé une main dans ses cheveux et l'ai attiré vers moi.

– Qui est cet enfant ? a demandé le commandant du groupe d'intervention.

– Vous voulez qu'on tire d'affaire le Président ?

Était-il possible de poser une question pareille ? Voilà deux heures que le président de la République – vous vous rendez compte… le président de la République ! – était retenu en otage par le jeune Redha Carbonnier et trois complices. Ils menaçaient de lui trancher la gorge ; ils déclaraient que, quoi qu'il arrivât, ils lui trancheraient la gorge. Ils voulaient auparavant faire entendre leur foi au pays, à travers les ondes et les réseaux, au monde entier… C'est pour cette raison qu'ils tardaient à passer à l'action. Sinon, il serait déjà mort. Son sort, répétaient-ils, était scellé, déjà inscrit dans le Grand Livre. Avant de tenter une action violente, qui comportait évidemment des risques de dérapage, le commandant avait reçu l'ordre de mettre en œuvre toute médiation possible.

– Je pourrais vous contraindre, vous réquisitionner, a-t-il répliqué, mais je n'ai aucun moyen de vous forcer à faire intelligemment le travail que vous savez faire.

J'ai répété :

– Vous voulez sauver le Président ?

L'autre a haussé les épaules.

– Alors…

Et j'ai montré du doigt le gamin.

– Alors, il vient avec nous.

Le commandant a finalement accepté de nous emmener tous les trois, Louisa, Youri et moi.

12

Iancu, déjà riche de son commerce, était bientôt devenu milliardaire. Il avait fait construire une demeure immense dans une propriété qu'il avait achetée à une trentaine de kilomètres de Cluj, près du château Bánffy de Bonţida, dont les richesses avaient été pillées par les Allemands à la fin de la guerre. Dans sa demeure réapparaissaient les tableaux disparus, les meubles et les tapisseries spoliés. Nul ne s'en étonnait. Certains attribuaient ces prodiges à la sorcellerie, les autres, plus avisés, aux relations qu'entretenait Iancu avec la pègre de Transylvanie.

Lorsque le petit Youri a découvert le langage, on a vite remarqué l'effet de ses paroles sur les personnes et même sur les choses. Le plus étrange est qu'il ne prononçait jamais une phrase banale comme « J'ai faim », par exemple, ou « Je ne veux pas mettre ce pantalon » ou encore « Je veux aller jouer avec Traian », tous ces mots qu'aiment à dire les enfants. Il ne parlait pas souvent, il est vrai, mais chaque fois le monde en était bouleversé. Iancu, son grand-père, racontait que des maquignons qui voulaient obtenir plus que leur part dans une transaction financière en étaient venus à le menacer. La dispute montait avec ces trois hommes et l'on débitait les insultes, l'on s'attrapait par le revers de la veste, et on approchait le visage à se frôler le nez… Youri avait alors prononcé une de ses phrases redoutables. Il avait dit : « Vous chasserez le vent et le vent vous chassera. » Sur la route du retour, tandis qu'ils traversaient une forêt, leur voiture avait été prise dans l'orage. Une rafale de vent avait arraché une branche qui avait percuté et arraché le pare-brise. Le conducteur, aveuglé par le vent et la pluie, en avait perdu le contrôle de son véhicule qui s'était écrasé contre un arbre. Les trois hommes étaient morts sur le coup.

Youri, le redoutable !

Si Iancu, en lui faisant lancer les toupies, utilisait Youri comme agent de divination mais aussi comme puissance occulte susceptible d'inverser le sort, il n'était jamais parvenu à le diriger. Il n'avait jamais su, Iancu pourtant si malin, ordonner l'une de ses malédictions, l'obtenir sur commande. Elles surgissaient selon la fantaisie de Youri, parfois clamées avec force, parfois seulement murmurées ;

tantôt pour des motifs aisés à comprendre, protéger son grand-père par exemple, tantôt sans que l'on en saisisse la raison. C'est pourquoi il ne fallait pas quitter l'enfant, pas un instant, de peur que la force s'échappât, de peur qu'il l'utilisât à quelque fin étrange, de peur qu'un autre s'en emparât.

Il ne le perdait pas de vue, sage Iancu, pas une seule minute, une seule seconde, sauf ce jour, nous a raconté Moïra, la belle Moïra aux cheveux de feu et aux yeux d'or, la regrettée Moïra ! Ce jour-là, donc, une femme – elle a dit une *curvà*, « une chienne, une morue, une putain » –, sans doute attirée par l'argent du trafiquant, avait réussi à s'introduire dans son château. Était-ce de ne pas avoir vu sa mère depuis des mois, ou bien possédait-elle des capacités de séduction aussi efficaces avec les vieux qu'avec les enfants, toujours est-il que Youri la suivait partout. Pour Iancu, elle déambulait ses toilettes et déployait ses parfums, la Miruna, elle faisait vibrer sa voix profonde et mouillait ses baisers. Et pour Youri, elle avait préparé les *papanaşi* les plus doux, les plus moelleux, ces beignets recouverts de fromage blanc et de confiture de cerises. Aucun enfant ne pouvait résister à de tels *papanaşi*.

Miruna, la rouée !

Ce jour-là, Iancu, qui parlait au téléphone avec un client, les avait perdus de vue un moment. Et ils avaient disparu tous deux. Il avait appelé Youri et, n'obtenant aucune réponse, était parti à sa recherche en hurlant comme un fou. Il sillonnait la multitude des salles de son immense château ; il appelait la femme, il appelait l'enfant… « Youri, Miruna, êtes-vous ici, êtes-vous là ? » Lorsqu'il les avait enfin retrouvés, la scène à laquelle il avait assisté – nous la tenons de Moïra qui la tenait de son père – l'avait bouleversé jusqu'au plus profond de lui-même. Elle avait anéanti son maigre reliquat de croyances religieuses et le peu de raison qui lui restait. L'enfant était étendu sur la table de billard, nu, Miruna au-dessus de lui, les vêtements relevés, les cheveux dressés. Tout était attiré vers le ciel, la coiffure, la robe, les doigts, jusqu'aux vêtements de Youri qui flottaient dans l'air comme des feuilles de papier bercées par le vent. Qui peut croire ça ? Elle plongeait les mains dans le corps de l'enfant et extrayait un à un ses organes, son cœur, son foie, son cerveau.

Miruna, la sorcière !

Elle soufflait dessus avec force, comme si elle les dépoussiérait, les frottait avec le dos de sa main comme pour les faire briller et les remettait en place, minutieusement, un à un. Et Youri restait immobile sur son billard, le visage tourné vers son grand-père, aux lèvres ce même sourire qu'on lui connaissait.

Des sorcières, il y en a toujours eu en Roumanie ; aujourd'hui elles pullulent plus que jamais. C'est le seul pays qui reconnaisse officiellement cette profession classée dans la rubrique « Services à la personne » sous l'intitulé « Travailleurs décrivant le passé et prévoyant les événements à venir ». C'est pourquoi tout le monde connaît quelque chose à leurs diableries. Il en savait davantage, sage Iancu, qui se gardait bien de l'interrompre. Les poings le démangeaient, pourtant, de lui régler son compte. Il l'aurait tuée d'un seul coup de ses énormes paluches, des battoirs. Mais Youri serait resté là, figé, un organe en moins, peut-être, qui sait ? Ni mort ni vivant, pour l'éternité...

Lorsqu'elle avait terminé son manège, Miruna s'était redressée. Ses cheveux étaient retombés sur ses épaules en vagues dorées. Les vêtements de Youri avaient atterri doucement sur le parquet. Précautionneux, Iancu s'était avancé lentement et Miruna s'éloignait – elle ne reculait pas, non, mais quittait son espace, doucement, flottant quelques minutes entre deux mondes, puis s'effaçant progressivement de sa vue. Et lorsqu'il avait atteint le billard, Youri était seul, nu sur la table, endormi. Iancu, fou d'inquiétude, l'avait examiné sous toutes les coutures et il n'avait rien remarqué, pas une cicatrice, pas une ecchymose, pas même une rougeur, rien – seulement une forte fièvre. L'enfant était bouillant.

Iancu avait raconté à sa fille le prodige auquel il avait assisté. En ces temps, la santé du vieux s'était dégradée et il buvait plus que de raison. Avait-il été pris de quelque hallucination ? Débutait-il un délire lié à sa maladie ? Elle savait que sa fortune l'avait rendu fou de suspicion, paranoïaque, disait le docteur… Peut-être cette Miruna n'avait-elle jamais existé ? Beaucoup doutaient de son récit ; Moïra l'avait cru. La modification brutale du comportement de Youri l'avait incitée à le croire. Car après cet événement l'enfant s'était transformé. Il n'obéissait plus aux adultes. Il allait où bon lui semblait, ou plutôt, nous avait précisé Moïra, là où on l'appelait. Et qui donc l'appelait ? Parfois, elle disait « les diables », parfois « les puissances » ou « les anges ». Une seule fois, lors de notre dernière consultation, elle s'est demandé si ce n'était pas son père, Élias, le petit Juif de la rue Horea, qui réclamait son fils.

Iancu s'est éteint, sa fortune a disparu avec lui. Après sa mort, la police roumaine, tenue à l'écart jusque-là par les paroles agissantes de Youri, ses malédictions redoutables, a déferlé sur le château comme une nuée de sauterelles sur un champ de blé. Après son passage, plus un grain, plus une paille, plus un euro, ni même un centime. Et Youri qui ne prononçait plus une seule de ses paroles… Sa mère a pensé que c'était terminé, qu'une fois le maître trépassé, la magie du petit-fils n'était plus d'aucune utilité. Elle s'est prise à rêver d'une vie normale, apaisée, dans cette France qu'on disait douce aux immigrés. Elle imaginait déjà leur nouvelle vie, auprès d'une communauté de Roms qu'elle s'en irait rejoindre à Sète ou Montpellier, peut-être même un mariage…

Les choses allaient ainsi leur chemin jusqu'à l'arrivée à Paris, cependant, où le phénomène avait repris le petit Youri, au moment de passer le contrôle des passeports. Le fonctionnaire de la police aux frontières regardait le passeport d'un air suspicieux. Il s'apprêtait à retenir la jeune Gitane et son fils, lorsque Youri avait simplement dit : « Ton fils sera retenu, lui aussi. Dieu sait s'il arrivera jamais. » Le plus étrange est qu'il avait prononcé cette phrase en roumain. Mais le destin comprend sans doute toutes les langues, y compris le roumain, puisque sur l'instant le téléphone portable du policier avait sonné. On lui apprenait que l'accouchement de sa femme connaissait quelques complications, qu'on avait bon espoir de sauver la maman, mais peut-être pas l'enfant…

« Allez, passez ! » avait dit le policier.

La Peugeot 308 dévalait le boulevard de Sébastopol à près de cent à l'heure, gyrophare bleu, sirène hurlante. À l'avant, sur le siège du passager, le commandant trépignait. Tantôt il s'adressait au conducteur, lui ordonnant d'accélérer, tantôt il se retournait et me regardait sévèrement en hochant la tête. Il a même lâché : « J'espère que vous êtes en train de réfléchir à ce que vous direz au jeune Redha ! » Youri, quant à lui, restait impassible, le même sourire sur les lèvres. J'aurais tant aimé être aussi placide. Je regardais mes chaussettes et je pensais seulement : « Quelle foutue journée ! »

Si ça m'arrivait une nouvelle fois d'enfiler des chaussettes dépareillées, je ne demanderais pas mon reste, je rentrerais directement chez moi.

Je ne savais que répondre au commandant. Mon idée était simple ; elle m'était venue dans le centre, au moment où j'émergeais de mon malaise. Mais je ne lui en ai pas dit un mot, il n'aurait pas compris. Gare de l'Est, on a évité de justesse un 32 qui démarrait. Le chauffeur, un barbu au crâne rasé, le durillon de la prière bien noir, en plein milieu du front, s'est mis à nous insulter. Louisa s'est retournée vers moi et, caressant les cheveux de Youri, m'a demandé avec un sourire triste : « C'est lui, ton *rohani*, le petit djinn que tu vas expédier dans les cimetières à la recherche de ma serviette ? » Sa plaisanterie est tombée à plat. Je n'ai pas relevé. Pauvre Louisa ! Quel cataclysme s'était abattu aujourd'hui sur sa vie déjà en lambeaux.

La chance sourit aux riches ; le malheur s'acharne sur les pauvres.

Le boulevard de Belleville était saturé. Nous avons roulé sur les trottoirs, emprunté des sens interdits, embouti des poubelles, frotté les flancs contre un réverbère. Lorsqu'on a percuté un poteau de feux tricolores, Youri est sorti de sa léthargie. Il a seulement dit :

– Rouge !

Le commandant a éclaté de rire :

– Il est drôle, votre gamin !

Je savais qu'aucune de ses paroles n'était gratuite. Une inquiétude m'a serré la gorge. A-t-il dit cela pour évoquer le sang ? Le Président a-t-il été blessé ? Les policiers ont-ils tiré sur les élèves ? Et puis ont surgi les pompiers, gyrophare bleu, sirène folle. Ils venaient de la droite. Notre conducteur a donné un grand coup de volant à gauche. Ils nous ont percutés à l'avant, ont explosé notre capot, le pare-brise, le radiateur. Lorsque j'ai ouvert les yeux, je voyais devant moi, sur toute l'étendue de mon champ de vision, la couleur rouge de leur camion. On devrait prêter plus d'attention aux paroles de cet enfant !

Notre arrivée au lycée, à pied – il nous restait une centaine de mètres –, ne fut pas glorieuse. Je boitais, mon genou était endolori, Louisa, hébétée, marchait comme un automate, notre commandant fulminait, accroché à son portable, et le conducteur de la voiture, tête basse, fermait la marche. Il n'y avait guère que Youri qui fonçait droit devant, comme un chien fou.

13

Samuel avait mis de côté, à mon intention, une veste en soie dans les tons roses, façon brocart chinois. Il sait, le bougre, que je ne peux résister aux beaux habits, surtout lorsqu'ils sont un peu flashy.

– Tenez, Élie, c'est pour vous… La veste du patron ! J'ai pensé que vous seriez beau avec ça dans les salons de l'Élysée. Une chemise blanche, un vieux jean, cette veste par-dessus. Et il a embrassé le pouce et l'index serrés en faisant claquer un suçon à la façon des Séfarades… Croyez-moi, Élie, vous serez une bombe !

Et dire qu'il m'a fallu atteindre cet âge canonique pour avoir de vrais amis. Ils étaient au courant, bien sûr – tout le monde l'était ! Pourtant, pas un parmi les membres de ce club informel de vieux bobos du boulevard Arago ne m'a posé une question. Ça leur brûlait la langue, j'en suis certain, quelque chose comme : « Et il est comment le Président ? » Ça faisait si longtemps qu'on en parlait de celui-là !

Au bout d'un moment, Samuel a enfin remarqué que je n'étais pas seul.

– Vous avez un enfant, Élie ? C'est votre fils ? Puis, se ravisant : Votre petit-fils, plutôt…

– Mais non ! C'est son fils, voyons ! a clamé Old-New-Sex du fond de la boutique. Il est rapide, le cochon. Il enfourche la fille, lui chasse la goupille et quinze jours plus tard il en sort un moutard, parfaitement constitué… et mignon par-dessus le marché ! Il doit tenir de sa mère.

Il n'aurait pas dû parler de Moïra, l'écervelé !

Youri l'a fusillé des yeux. Il l'a regardé fixement, sans broncher, sans ciller. Ça a jeté un froid, installé un silence gêné. Et Old-New-Sex a contemplé ses souliers comme un enfant pris en faute. Il était clair qu'on ne pouvait pas lui parler n'importe comment, à cet enfant. Il l'avait signifié d'un simple regard, d'un froncement des sourcils, d'une dilatation des pupilles. C'est alors que Le-Poète nous a déclamé deux vers si précis que nous en sommes restés médusés :

Quand l'enfant nous regarde, on sent Dieu nous sonder ;
Quand il pleure, j'entends le tonnerre gronder…

Comment tombait-il aussi juste à chaque fois, celui-là ? Il y a en effet quelque chose d'étrange dans les yeux de ce gamin, quelque chose de terrible et de définitif comme s'il décidait de la vie et de la mort.

– Tu sais ce qui te gêne, Christian ? demanda Le-Poète à Old-New-Sex. Ce qui te gêne et te fait peur dans le regard de cet enfant ? Je vais te le dire : l'innocence. Et il appuyait sur le mot : *l'innocence*... cette même force qui bouillonne au fond de toi et que tu fuis en te moquant. Victor Hugo, car ces vers sont de lui, terminait ainsi sa poésie :

Toute la profondeur du ciel est dans cet œil.
Dans cette pureté sans trouble et sans orgueil
Se révèle on ne sait quelle auguste présence ;
Et la vertu ne craint qu'un juge : l'innocence.

La veille, l'ambiance était à la folie. Des dizaines de cars de police avaient encadré le quartier des Buttes-Chaumont. Des gendarmes, des policiers, des CRS, des noirs commandos encagoulés, tous l'arme à la main, formaient une chaîne encerclant le lycée. Les toits alentour étaient hérissés de canons de fusil. Un hélicoptère en vol stationnaire vibrionnait ses jappements en contrepoint des sifflements suraigus des moteurs des drones. Ça crépitait, ça roulait, ça freinait, ça sifflait, ça claquait les portières, ça courait, ça hurlait des ordres, ça s'énervait, ça téléphonait – ça téléphonait beaucoup ! Les parents d'élèves, les riverains s'étaient agglutinés en masse à la lisière du cordon policier. Pour l'heure, ils restaient silencieux, mais on sentait monter la tension. Si la situation tournait à la violence, si les enfants ramassaient des balles perdues, Dieu sait ce qui pouvait arriver dans ce quartier populaire de Paris...

Les élèves rebelles s'étaient barricadés dans une classe. Ils avaient voilé les fenêtres et monté un échafaudage de tables et de chaises devant la porte. Ils ne répondaient à rien, ni aux menaces ni aux promesses, encore moins aux propositions de dialogue. Ils exigeaient seulement que le Président prononçât la profession de foi musulmane devant les micros des radios, devant les caméras des télés. C'était ainsi, prétendaient-ils, qu'ils accompliraient la volonté de Dieu. Pourquoi leur proposait-on de sortir ? À quoi bon ! Ils finiraient par s'échapper vers le paradis, on pouvait en être certain. Et ce ne serait certainement pas par la porte !

– Tout cela n'est pas très rassurant, avait commenté notre commandant. Vous pensez pouvoir faire quelque chose ?

Avant d'arriver, alors que nous marchions vers le lycée, Youri était tombé en arrêt devant l'église évangélique, au 55 de la rue Manin. Il avait regardé, fasciné, le tableau au frontispice. Sur un fond doré, un Jésus assis tendait la main à un vieillard, peut-être Pierre, ou Joseph, agenouillé à ses pieds. L'autre main était affectueusement posée sur l'épaule d'une femme, elle aussi agenouillée. Il ne voulait pas décoller de là.

– Youri, tu viens ? l'avais-je supplié.

Dans le lycée, tout au fond du couloir, à trois mètres de la salle de classe, je m'étais assis à même le sol. D'une main Youri tenait la mienne, de l'autre la jupe de Louisa – nous étions trois, comme dans le tableau qui le fascinait quelques minutes auparavant. C'est qu'il voit, cet enfant !

Louisa et moi nous sentions petits devant lui. Ce gamin, ce petit Gitan crotté à la touffe de corbeau, s'élevait insensiblement jusqu'au ciel, la tête dans les nuages et les pieds tressés aux racines des arbres.

J'étais comme anesthésié, l'esprit dans le vague, embrumé. Louisa pleurait, ne sachant comment dire à Redha son amour, son angoisse, ses regrets.

Il avait bâillé, Youri, un long bâillement qui n'en finissait pas. Et lorsqu'il avait terminé, il avait bâillé encore.

Il avait cligné des yeux, Youri, non pas un clignement ou deux, mais une batterie, une mitraille de clignements.

Il s'était balancé, Youri, d'arrière en avant, comme un Juif à la prière, puis de plus en plus vite, au point que j'avais eu peur qu'il ne se cognât contre le mur.

Il avait regardé vers le ciel, Youri, et sa tête partait en arrière.

Puis il s'était levé et avait marché. Nous l'avions suivi.

– Vous direz avec moi ? nous avait-il demandé.

J'ai répondu oui, Louisa aussi.

– Redha ! a-t-il crié.

Et nous l'avons répété.

– Redha, le mort vivant, reviens ! Reviens habiter ton corps !

Nos trois voix s'étaient confondues en une seule, puissante, qui a résonné sous la voûte du couloir. Une fois encore... et encore. Trois fois en tout.

Cinquante témoins au moins pourront en attester, tous policiers, mais aucune image ne restera, les journalistes, les cameramen ayant été chassés. On a vu les murs du couloir vaciller. Et des hommes – d'où sortaient-ils ? –, des hommes marchaient au plafond, la tête vers le sol. On a vu les vitres voler en éclats, toutes les vitres sur toute la longueur du couloir, et c'était un bruit assourdissant, et des milliers de rats se précipiter parmi les débris, se faufiler partout, envahir réfectoire et salles de classe. Des murs effrités, comme s'ils avaient en quelques instants été dévorés par la moisissure, on a vu surgir des libellules géantes, aussi grandes que des moineaux. Elles voletaient en tous sens, pénétraient les oreilles, effractaient les narines – essaim préhistorique envahissant l'espace en un vrombissement infernal, terrifiant...

Mais ce qui est arrivé ensuite, nul ne le croira qui n'y aurait assisté. Le sol s'est mis à tanguer. Il bougeait par vagues lumineuses, irisées, des vagues qui nous soulevaient pour nous reposer un pas plus loin. On se retenait aux murs pour ne pas tomber. Et lorsqu'on regardait plus attentivement le sol, on se rendait compte qu'il ne s'agissait pas d'ondes, mais de particules. C'étaient là des millions, des milliards, des milliards de milliards de petits êtres, pas plus grands que des fourmis, des bipèdes, pourtant, avec de minuscules boucliers brillants qu'ils brandissaient tantôt devant, tantôt au-dessus d'eux. J'ai pensé à une remarque entendue bien des fois, dans l'Orient où je suis né, en Afrique où j'ai souvent séjourné et jusqu'au Brésil : « Si on pouvait voir les esprits, on ne s'autoriserait même plus à marcher, tellement ils sont une multitude qu'on craindrait de les écraser. »

Ça y était ! Cette fois, nous les voyions !

Youri ne disait plus rien, contemplant ce cauchemar avec son éternel sourire. Louisa et moi, tout aussi silencieux, restions interdits devant le cataclysme – le mot est faible –, l'apocalypse à laquelle nous étions en train d'assister. On entendait nos voix, cependant, alors que nous n'ouvrions pas la bouche, et des voix s'ajouter à nos voix, et encore plus de voix qui enflaient en un gigantesque choral. Peut-être tous ces esprits guerriers qui circulaient sous nos pieds s'étaient-ils mis à chanter :

– Reviens habiter ton corps, Redha !

Et la vague lumineuse, convergeant des couloirs et des escaliers, a pénétré dans la salle de classe où Redha retenait le Président.

On a encore entendu chanter, puis les chaises dégringoler, puis le mur vibrer et des bruits de trompettes, de milliers de trompettes qui auraient sonné en même temps.

Redha est sorti le premier.

– Halte ! a hurlé un gradé en uniforme noir.

Celui-là devait bien être général.

Mais Redha semblait un zombie. Il n'entendait ni ne voyait. Il marchait comme un somnambule.

– Halte ! N'avancez plus ! Dernière sommation. Nous allons faire usage de la force.

C'est à ce moment qu'est apparu le Président, soutenu par les deux autres élèves rebelles. Il a passé une main dans ses cheveux, arrangé sa veste, secoué la tête, comme pour s'ébrouer. Il semblait sortir du sommeil.

– Ne tirez pas ! Il n'est pas armé, a-t-il crié au général.

Comme à la parade, tous les fusils se sont tournés vers le sol.

Redha continuait d'avancer. Il se dirigeait vers nous. Un moment de temps suspendu, comme un ralenti de cinéma. J'entendais toujours, dans ma tête, cette musique, lancinante, sur laquelle les voix chantaient en chœur : « Redha, reviens habiter ton corps. » Il n'avait pas vraiment obéi à l'ordre de Youri, me semblait-il. Son corps se déplaçait tout seul.

– Que fait-il ? m'a demandé notre commandant.

– Vous pensez réellement que je devrais le savoir ?

Redha avançait toujours. Je lisais dans les pensées du commandant. Il se disait que ce gamin, qui une demi-heure avant était décidé à égorger le Président puis à mourir sous les balles des forces de l'ordre, avait peut-être dissimulé des explosifs sous sa chemise. Je l'ai vu poser sa main sur la crosse de son pistolet, prêt à dégainer. J'ai posé ma main sur la sienne. Il m'a regardé. Je lui ai souri.

Lorsque Redha est arrivé devant Youri, le petit Gitan à la chevelure en bataille, il s'est prosterné. Youri restait droit comme un I, efflanqué dans son jean trop large. À trois reprises, Redha s'est prosterné. Il s'est prosterné devant l'enfant, le Gitan, le petit Youri.

On a entendu une rumeur, un grand *Ooooh*... Le chœur des dizaines de policiers réunis dans ce couloir de lycée avait spontanément réagi au prodige.

Et tout s'est remis en marche.

Arrêt du ralenti ! La vie reprenait son cours. J'en aurais presque perçu le déclic. Les hiérarchies se reconstituaient sur l'instant, les obligations recommençaient à peser, les étaux à serrer, les structures à encadrer – surgissaient de partout les gardes du corps, se profilaient les garde-à-vous, s'imposaient les gardes à vue. Des commandos en noir se sont jetés sur Redha, lui ont retourné les bras derrière le dos pour lui passer les bracelets avant qu'il ne cherchât à se relever. Des hommes en costume gris foncé, si grands qu'ils devaient se baisser pour passer la porte, se sont rués sur le Président, l'ont entouré comme un essaim d'abeilles leur reine et l'ont littéralement emporté pour l'évacuer au pas de course.

Coups de sifflet. On entendait déjà démarrer les moteurs des camions.

La question que m'a encore posée le commandant m'a laissé muet. Il m'a demandé ce qui s'était passé. Si je pouvais lui expliquer pourquoi une situation a priori inextricable s'était ainsi retournée. Que pouvais-je lui répondre ? que les morts sont bien plus nombreux que les vivants ? que s'il fallait les dénombrer, ils seraient une multitude, et si on pouvait les recruter, ils représenteraient une force plus considérable que n'importe quelle armée ? Il me prendrait pour un cinglé. Je lui ai simplement dit :

– Youri a appelé les ancêtres. Cette fois, ils ont répondu.

– Vous êtes complètement fou, a répliqué le commandant. On m'avait prévenu.

On a raconté toutes sortes de choses au sujet des événements qui se sont déroulés dans le collège-lycée du XIXe. Beaucoup se sont ralliés au communiqué de l'Élysée selon lequel un glissement de terrain avait ébranlé les fondations de l'établissement au moment même où les terroristes retenaient le Président en otage. Jusqu'aux bruits de trompettes qui sont, expliquait-on, les sons émis par la Terre, notamment lorsque surviennent des éruptions volcaniques. Devant ces bouleversements géophysiques, les jeunes gens auraient pris peur et se seraient rendus. D'autres ont parlé de miracle pour expliquer le revirement spontané et incompréhensible des élèves rebelles. Tous les commentateurs ont mentionné, souvent à la toute fin de leur papier, que le psy qui avait en charge la famille de Redha avait été appelé par les policiers pour raisonner le forcené. Mais aucun ne mentionnait la présence de Youri.

En arrivant chez moi, exténué, je me suis empressé de retirer mes chaussettes dépareillées.

Foutue journée ! Vraiment !

Esprits de la terre enfouie sous le béton, esprits des arbres recroquevillés, les pieds enserrés dans des pots de terre cuite, esprits des panthères réfugiés dans des chats domestiques qui bâillent sur les genoux de mémères tassées aux anxiolytiques, esprits des rivières hurlant leur impatience dans les gargouilles des fontaines Wallace, esprits des fous, tous piaffant sous la statue de Pinel à l'entrée de la Salpêtrière, esprits, diables, démons, dieux bafoués, calomniés, humiliés, destitués, persécutés, torturés, oubliés, il est temps de paraître. Je vous le dis, esprits oubliés, refoulés, enchaînés : le temps de la délivrance est proche.

14

J'ai essayé la veste en soie. Elle m'allait comme un gant, rien à refaire, pas une retouche. J'ai pris Samuel à part pour discuter son prix.

Il devine la valeur que vous attachez à l'objet. Il vous regarde et vous dit : « Trois cents », ce qui veut dire trente, bien sûr. Et vous êtes immédiatement d'accord parce que c'est ce que vous pensiez qu'elle valait. Une fois la transaction conclue, on dirait qu'il regrette de vous l'avoir vendue. « Vous savez combien vous auriez payé cette veste dans une boutique ? Peut-être mille ou mille cinq cents... » Il ne faut pas y faire attention. Il n'exige aucune reconnaissance. Il veut juste vous rappeler que les objets recèlent des puissances, et les vêtements plus que tous autres, surtout lorsqu'ils ont été portés. Moi, ça peut surprendre, je préfère ceux des morts. Je veux dire, tirés des garde-robes que son épouse ou ses héritiers liquident après le décès de quelqu'un. Je les sens vibrer. J'aime ça. C'est comme si j'avais alors deux existences. Notez bien que ça ne dure pas. Au bout de quelques semaines s'estompe la présence du premier propriétaire. Parfois je pose des questions. Je demande qui était le disparu. Lorsque c'est le cas – et seulement dans ce cas –, Samuel répond : « Vous serez heureux avec cette veste, Élie. Elle appartenait à un homme de bien, un docteur qui soignait gratuitement les indigents. » Sinon il lève les épaules, sourit et s'échappe par une plaisanterie.

– Vous la mettrez à l'Élysée, n'est-ce pas ?

Il a lancé sa phrase comme il aurait posé une ligne, à la pêche. Il a beau être malin, il ne savait pas que la veille au soir un pli m'attendait dans la boîte aux lettres avec l'en-tête de la présidence de la République. L'invitation était pour 17 heures.

Le-Professeur n'a pas manqué l'occasion de faire la leçon. Il s'est mis à pérorer, à débiter des idées générales, comme toujours…

– On dirait que vous vous êtes attaché à ce gamin, Élie, vous qui prétendez toujours que vous n'éprouvez pas de sentiments. Je vais vous dire une chose… Les sentiments, y a que ça qui compte. L'argent, les honneurs, ça nous apporte des consolations, ou même des joies, parfois, mais ça ne dure pas. Quelques minutes, quelques jours, puis ça disparaît. Les sentiments, c'est pas pareil ; c'est pour longtemps !

Et Old-New-Sex est revenu à la charge :

– Puisque je vous dis que c'est son môme... Les sentiments, c'est ce qu'on porte dans son pantalon !

C'est alors que Youri a parlé. S'adressant à cette assemblée d'hommes plus que mûrs, et même à l'automne largement entamé de leur vie, il a dit :

– C'est bien, ici ! Les gens sont beaux !

Nous nous sommes tous regardés, interloqués. Peut-être voulait-il dire qu'on se rend dans une boutique comme celle-ci pour s'apprêter, pour prendre soin de son apparence... Mais « beaux », il exagérait un peu, non ?

Il a désigné Le-Poète du doigt :

– Lui, il aime une fille qui ne peut pas marcher.

Nous nous sommes tous tournés vers Édouard. Il demeurait silencieux, les yeux baissés. Et il s'est mis à pleurer, l'âme sensible, Le-Poète. Pas une petite larme ou deux, non ! Il pleurait à gros sanglots, le corps secoué de soubresauts. S'il y avait eu une femme parmi nous, elle serait allée le consoler, lui tendre un mouchoir ou l'inviter à se confier. Mais cette assemblée de vieux mâles... nous étions figés comme des cloches, ne sachant que faire de nos bras ballants. Il a fini par sortir de sa douleur, a remonté sa mèche d'un doigt, esquissé un sourire :

– Elle a eu un accident de scooter. Elle est restée paralysée des deux jambes. Mais c'est « ma seule amour, ma joie et ma maîtresse »... Puis, se reprenant : Dites-moi un peu... il est diabolique ce gamin. Il vous lit dans le cerveau comme dans un livre ouvert...

– Ne t'inquiète donc pas, a répliqué Le-Professeur, je suis certain qu'il ne sait pas lire.

Si ce môme est vraiment capable de deviner ce qui se trame dans la tête des gens, ce n'est pas étonnant qu'il ne rie jamais. Ça ne doit pas être drôle tous les jours. Pauvre Youri ! J'ai serré sa main en signe de complicité. Il a levé un regard vers moi. J'ai senti – ah ! mais je n'en suis pas sûr –, j'ai senti qu'il était content d'être avec moi. Son sourire m'a paru moins mécanique. Peut-être l'ai-je seulement imaginé ?

Je suis arrivé à l'Élysée en le tenant par la main. Le garde à l'entrée a épluché l'invitation. Il ne voyait nulle part mentionné le nom de l'enfant. Il ne pouvait pas nous laisser passer tous les deux. Moi seul, c'était entendu, mais pas l'enfant.

– Vous voulez peut-être que je l'attache à un réverbère et que je lui dise de m'attendre ? ai-je demandé.

Le garde a appelé son supérieur qui a examiné à son tour la feuille de papier. Le supérieur a appelé le chef du protocole. Le problème est remonté jusqu'au cabinet. Je me suis dit que cette visite allait mal tourner. S'il prenait l'envie à Youri d'appeler à la rescousse ses rats, ses libellules ou ses elfes microscopiques, tant pis pour eux.

Nous étions debout devant la guérite, l'immense porte cochère verrouillée comme une porte de prison. Je pensais bien qu'il ne me répondrait pas, mais je lui ai tout de même posé la question :

– Youri, je voudrais savoir...

Il a levé vers moi ses yeux tout ronds.

– Les libellules... Mais pourquoi des libellules ?

– Donne-moi donc un pot de miel, a répondu Youri, et tu sauras.

Et voilà qu'elle est arrivée, en personne. La première dame ! Je l'avais vue bien des fois en photo, à la télé, la reine du macadam. Autrefois, tout le monde le savait, elle avait eu quelques succès comme pilote automobile. Mais là, dans son tailleur pied-de-poule, le chemisier de soie blanche ouvert à l'échancrure de ses seins, la coiffure moderne, cheveux bruns, coupés court, un peu fous et son sourire de star... Elle m'a impressionné. Le pouvoir rend laid, c'est vrai ; mais elle, elle était restée belle. On ne l'entend pas souvent dans les médias. On devrait ! Elle a une voix grave, profonde, qui vous saisit sur l'instant.

– Docteur ! s'est-elle exclamée. Vous avez pu vous libérer au pied levé. Je vous remercie du fond du cœur.

Elle n'a même pas jeté un coup d'œil à Youri, comme s'il avait été transparent. Sans doute ne voulait-elle pas le mettre mal à l'aise. Diplomate ! J'ai pu mesurer son adresse physique, aussi. Traverser la cour de gravier avec ses escarpins Louboutin aux talons aiguilles de douze centimètres sans trébucher une seule fois, et au pas de course, qui plus est, nous arrivions à peine à la suivre. Arrivée dans le hall, elle s'est retournée pour nous accueillir. Et c'est à ce moment que je les ai vus, alignés au pied de l'escalier, sur cinq rangées, des photographes, des cameramen, des journalistes armés d'un iPhone, hommes et femmes, dégingandés, tous vêtus de blue-jeans et de blousons, une centaine, peut-être davantage, et face à eux, sur le perron, des ministres, des fonctionnaires, des chefs de bureau, en costume gris, cravate grise. Et autour de ces deux groupes qui se faisaient face, envahissant la cour, des gendarmes, des CRS, en uniforme bleu, avec des taches de rouge de-ci, de-là... Souriant par-devers moi, je me suis demandé si ce beau monde n'allait pas se mettre à danser et à chanter, comme dans une comédie musicale. Je ne savais où me diriger. Elle m'a fait signe d'avancer. Je devais prendre place derrière la porte vitrée, parmi les officiels. Et il y en avait quelques-uns ! J'ai reconnu le ministre de l'Intérieur, Bertrand Villeneuve, un grand aux cheveux blancs, la garde des Sceaux, la belle Asiatique, sans doute d'origine vietnamienne, à l'allure de grande dame, le préfet de police, vieux, chauve, un peu bedonnant, qui transpirait comme un cardinal dans un bordel, le général de gendarmerie qui la veille adressait les sommations à Redha, dressé et fier... Il y en avait d'autres, encore. Sur le côté, un peu en retrait, j'ai reconnu mon commandant, qui était venu au centre d'ethnopsychiatrie, qui nous avait accompagnés au lycée en voiture. Désignant Youri du doigt, il m'a lancé :

– Demandez-lui donc de ne pas appeler les ancêtres, aujourd'hui.

Et il a éclaté de rire. Et les flashes des appareils photo, et les spots des caméras, et la herse de micros qui se tendaient vers nous et les bousculades et les mouvements de colère pour avoir le meilleur angle. J'ai pris peur. J'ai serré plus fort la main de Youri. Il m'a serré la main à son tour. Deux pauvres émigrés séparés par deux générations, dans la cour de l'Élysée, perdus mais libres. Les insoumis, ce sont ceux-là, qui n'ont ni théorie ni parti, qu'on se le dise, le contraire des autres, les militants et les militaires...

Les photos prises durant cette soirée ont par la suite été largement diffusées dans la presse. On peut les regarder à la loupe, une par une. On reconnaîtra les personnes que je viens d'évoquer, d'autres aussi, bien sûr, mais on n'y trouvera pas trace de Youri. Il en existe même une où on me voit distinctement parler avec le commandant. Je suis certain qu'il était près de moi, mais sur la photo on me voit seul, sans l'enfant. J'aurais tant voulu lui montrer...

Le silence est arrivé par vagues, comme une voile tombant du ciel aux mouvements du vent. Tous les regards se sont tournés dans la même direction. Et le Président est apparu. Il a lentement descendu l'escalier d'honneur, marche à marche, le

Premier ministre à sa droite, à sa gauche le ministre de l'Éducation. Il n'avait gardé de ses aventures de la veille qu'une rougeur au-dessus de l'œil, large comme une pièce de monnaie. Avec son sourire d'acteur de cinéma, ses lunettes dorées d'intellectuel et son air malin qui n'appartient qu'à lui, il m'a fait impression. Il a salué les officiels, glissant un mot à chacun. Puis il s'est approché de moi, m'a regardé avec l'air de tout savoir déjà. Je lui ai serré la main :

– Monsieur le Président !

– Voici donc le fameux docteur qui parle avec les esprits… (Je ne m'habituerai jamais au cynisme des énarques.) Je peux vous entretenir un instant ? a-t-il ajouté à voix basse.

Je me demandais bien ce qu'il savait. Lui avait-on raconté l'apocalypse du couloir, lui qui était resté enfermé dans la salle de classe ? Était-il conscient lorsque la marée chatoyante des légions lilliputiennes avait déferlé sous leurs pieds, soulevant les trois jeunes gens comme des plumes ? Ou lui avait-on caché l'essentiel ? Ne connaissait-il des événements que le contenu du communiqué selon lequel des phénomènes géologiques soudains avaient permis sa libération ? Mais si c'était le cas, que signifiait sa phrase à mon sujet ? Pourquoi aurait-il tourné en dérision ma prétendue capacité à parler avec les esprits s'il n'avait pas entendu des commentaires sur le caractère mystérieux des événements ?

– On m'a dit que vous étiez accompagné d'un enfant...

– Le voici ! ai-je répondu en lui présentant Youri. Il est roumain, de Cluj, en Transylvanie. Orphelin de père, il vient de perdre sa mère. Nous recherchons activement une solution pour lui.

– Où est-il ? a demandé le Président.

Un instant auparavant, je sentais la chaleur de la main de Youri dans la mienne. J'ai regardé. Il n'était plus là. Il avait disparu. J'ai observé ma main. J'étais stupéfait.

– Que vous arrive-t-il ?

– Rien ! L'enfant a dû s'échapper. Je le retrouverai sans doute devant le buffet.

J'aurais voulu entretenir le Président du cas de Youri, lui demander de faciliter mes démarches pour que je puisse le garder quelque temps avec moi. J'avais imaginé être désigné par la juge comme tiers digne de confiance, ce qui m'aurait permis de le recueillir comme sa mère m'avait conjuré de le faire. Mais je me suis trouvé déstabilisé par sa disparition soudaine.

Où diable était-il passé ?

Être psy, on ne le sait pas, est un métier de naturaliste, comparable à celui d'éthologiste, ce spécialiste qui étudie le comportement des dauphins, des araignées ou des babouins. À ceci près que les psys étudient des êtres qu'ils ne voient pas, dont ils infèrent la présence à partir du désordre que ces êtres provoquent dans le monde et qu'on appelle (à tort) des « maladies mentales ». Et je commençais à me dire que Youri n'était pas un enfant, mais l'un de ces êtres, qui rendent les gens fous par leur simple présence. La différence était que, contrairement aux autres de son espèce, il se laissait voir.

Mais ce jour-là, à l'Élysée, en présence d'une nuée d'officiels, il m'avait démontré qu'il savait aussi gommer sa présence.

Et voici qu'il vint avec la sève des plantes, la sève qui s'élève dans les tiges vers les cieux jusqu'à rejoindre la lumière. Ceux qui voient le voient ; les autres attendront les rages et les orages, les chutes et les rechutes, les morts et les remords.

Le lendemain du jour, il apparaîtra à tous, je le sais, comme un second soleil.

15

Le monde est tellement en ordre, tellement intégré dans des théories et des pensées, tellement surveillé, gardé, commenté, qu'il est devenu comme une dalle de béton. Aucun passage, aucune lueur flamboyante ne sourd des profondeurs. Il n'est d'autre endroit comme le centre d'ethnopsychiatrie où d'infimes interstices laissent encore passer les êtres qu'on ne sait nommer, dont la vue rend aveugle et muette la voix. Trop longtemps écartés, on les croyait anéantis. Maintenant, sitôt que j'arrête de bouger, je les sens vibrer.

Lorsque j'enseignais encore à l'université, que j'étais contraint par les horaires, les consultations, la préparation des cours, l'organisation de la recherche, la rédaction des papiers pour la revue, les copies à corriger, les rendez-vous avec les étudiants, et ces interminables foutues réunions de professeurs, je n'avais guère le temps. Aujourd'hui je ne suis plus tenu par rien et je n'en ai pas davantage. Le temps file comme une fusée. Comment comprendre ?

Ce jour-là, je m'étais levé tôt. Ce n'est pourtant pas chaque jour que je me lève de bonne heure. Je ne sais comment je m'étais débrouillé une fois de plus pour être en retard. J'avais rendez-vous avec Sabrina. Nous devions discuter de la poursuite des consultations avec la famille Carbonnier – de Louisa, de sa mère Isfra et du jeune Redha, le radicalisé ravisseur de président. Le gamin avait bien sûr été placé en détention et mis au secret. Il subissait les interrogatoires serrés des fonctionnaires aguerris de la DGSI. Ces derniers voulaient lui arracher le nom de ses complices, des mentors qui l'avaient contacté par Internet depuis la Syrie, des commanditaires qui lui avaient fait parvenir les informations précises sur la visite du Président. J'ai appris par le commandant, avec qui j'avais pu garder quelques contacts, qu'en prison Redha ne parlait plus d'islam. Il semblait même avoir changé de religion. Il invoquait maintenant celui qu'il appelait « le petit dieu » aperçu dans le couloir de son lycée et auquel il entendait vouer un culte. Enfermé seul dans sa cellule, ne rencontrant que juges, policiers et enquêteurs des services, auxquels il opposait un silence obstiné, il déambulait, hagard, du mur de face au mur arrière puis du mur de gauche au mur de droite en disant à chaque fois : « Youri ! » Il ne prononçait aucun autre mot ; il ne disait rien. La psychiatre qui l'avait visité à plusieurs reprises avait diagnostiqué une entrée dans la schizophrénie, probablement favorisée par une consommation précoce de cannabis (il avait commencé à treize ans).

Le commandant m'avait demandé :

– Mais qui est donc ce Youri qu'invoque sans cesse le jeune Carbonnier ?

– Vous le connaissez, il me semble ! L'enfant qui m'accompagnait, le petit Gitan ébouriffé... il s'appelle Youri.

– Ah ! s'était étonné le commandant, bouche bée. Vous pensez que le petit dieu, c'est lui ?

Boulevard Arago, j'ai changé de trottoir pour éviter la boutique. S'ils commençaient à m'entretenir, je perdrais encore une demi-heure à discuter. Il valait mieux raser le mur d'en face et me hâter vers ma station d'autobus. Mais Samuel m'a aperçu et m'a hélé :

– Élie ! Élie !

Je devrais m'appeler Élie-Élie. Mon prénom est trop court. La plupart du temps, on le dit deux fois.

J'ai traversé le boulevard.

Il m'a pris par le bras avec des airs de conspirateur et m'a entraîné sur le trottoir. Nous avons fait quelques pas... Il a commencé en touchant la veste que je portais, une veste en velours couleur turquoise, le col Mao, les boutons dorés.

– Ça vient de chez moi, n'est-ce pas ? Vous savez que cette veste est la copie de celle que portait John Lennon à un concert, je ne sais plus où... Ça vous ressemble, Élie, à la fois original et classieux. Cette veste, au Bon Marché, vous la paieriez...

– Mon cher Samuel, je repasserai plus tard. Je suis en retard pour mon rendez-vous...

– Je sais, je sais...

– Vous savez ?

– Mais oui, je sais ! Lorsque vous empruntez l'autre trottoir, c'est que vous êtes en retard. Mais il fallait que je vous dise...

Une femme était entrée dans sa boutique et avait demandé à quelle heure je risquais de passer parce qu'il lui fallait impérativement me rencontrer.

– Elle est ici, elle vous attend. Et il a ajouté : C'est une patiente... Heu... Je crois que c'est ainsi que vous appelez vos clients, n'est-ce pas ?

J'ai jeté un coup d'œil à l'intérieur. Une petite quarantaine, la mise originale, vêtue d'un costume rayé d'homme à la coupe ajustée mettant en valeur le galbe de ses hanches, un chapeau d'homme sur de longs cheveux frisés couleur paille, le sourire lumineux, elle discutait avec Le-Poète.

– Je ne veux pas vous forcer la main, Élie. Mais elle m'a paru avoir besoin...

J'ai fait le cynique :

– Il y en a tellement qui ont besoin de soins...

– Peut-être… Mais celle-ci, c'est de vous, spécifiquement de vous, qu'elle a besoin !

Il est fort, Samuel, c'est un commerçant. Il trouve toujours le moyen de vous convaincre, l'argument qui n'admet pas de critique, le mot précis qui vous fait craquer.

– Entrez au moins la saluer, a-t-il insisté. Et si le cas vous intéresse…

J'imaginais déjà une de ces personnes en proie à des phénomènes étranges, persuadées qu'elles sont un cas unique. J'ai accepté l'idée d'un échange à condition qu'il fût bref. Je l'écouterais, lui promettrais de la rappeler et m'échapperais aussitôt… Je suis entré.

Le-Poète, qui n'avait pas été mis dans la confidence, badinait avec Avril. C'est ainsi qu'elle se prénomme. M'apercevant, il m'a servi un vers ou deux :

– Élie, je vous en prie, écoutez-moi ça. Ça bruisse comme un matin à la campagne, c'est chaud comme la tendresse, ça sent comme le café frais :

Elle avait pris ce pli, dans son âge enfantin,
De venir dans ma chambre un peu chaque matin.

» Extraordinaire comme ces vers coulent de source, non ? s'est-il exclamé encore. Ah Victor, ah Hugo ! Puis, se tournant vers la femme : Oh… Pardon ! Vous ne vous connaissez pas, je crois. Je vous présente Élie.

– Il ne me connaît pas, a corrigé la femme, mais moi, je le connais. J'ai entendu parler de lui, je l'ai lu, je me suis rendue à des conférences, je l'ai écouté. Je l'ai suivi. Je sais même où se trouve son cabinet. Ça fait des mois que j'essaie de le joindre au téléphone. Puis m'apostrophant directement : Vous ne répondez jamais lorsqu'on vous appelle ?

– Seulement à ceux que j'attends.

– Et ceux qui vous attendent ?

– C'est leur affaire !

C'est alors que Le-Poète, gêné du tour que prenait la conversation, a repris sa démonstration :

– Maintenant, permettez que je vous dise la suite du poème. Vous verrez que vous êtes pris dedans, englués… peut-être en êtes-vous les héros. Les poésies sont ainsi. On croit qu'il s'agit d'un jeu gratuit, d'une jonglerie sonore. En vérité, c'est l'écriture du destin. La poésie, voyez-vous, est l'espace où les mots agissent sur le monde. Du grec *poiêsis*, je vous le rappelle, qui signifie « agir »…

Et il a déclamé :

Elle avait pris ce pli, dans son âge enfantin,
De venir dans ma chambre un peu chaque matin.
Je l'attendais ainsi qu'un rayon qu'on espère.
Elle entrait et disait : « Bonjour, mon petit père ! »

– Extraordinaire, n'est-ce pas ?

Avril a éclaté de rire :

– Bonjour mon p'tit père ! C'est bien ainsi que j'aurais dû vous accueillir ! Qu'avez-vous donc à me fuir ? Allez, ne vous inquiétez pas. Je ne viens pas vous relater mes souffrances, pleurer, gémir, pester, rugir, vous infliger le récit de mes douleurs d'enfance. Je détiens un message qui vous est destiné, mon bon petit docteur.

– Un message... Mais de qui, grands dieux ?

– D'un petit dieu... D'un dieu, en tout cas !

Je me suis laissé tomber dans le fauteuil en soupirant :

– Alors ?

– C'est un enfant, mais les murs s'ouvrent devant sa vue et les hélicoptères viennent se poser dans sa main. Il m'a dit : « Va voir Élie, le docteur... » Moi, des docteurs, j'en connais beaucoup, croyez-moi ! Mais dans ce domaine précis qui nous concerne (elle m'a jeté un regard entendu), le seul qui s'appelle Élie, c'est vous ! Avant de poursuivre notre conversation, je dois vous prévenir : les docteurs, j'en ai vu de toutes sortes, les juges, les avocats, les journalistes, aussi – tellement de journalistes ! Tous ont défilé dans ma vie ; ils sont venus, ils sont repartis, je n'en ai rien retenu, même pas du mépris. Alors les attitudes et les trucs, les « je vous écoute » et les « je suis là pour vous aider », et les gnan-gnan-gnan et les tutti quanti, ce n'est pas la peine, vous pouvez en faire l'économie.

Samuel la regardait les yeux ronds – il devait se reprocher de m'avoir convaincu de lui parler. Elle ne lui avait sans doute pas tenu le même discours. Il a tenté de l'interrompre.

– Alors non ! Non, monsieur Samuel, non ! Je ne vous laisserai pas me couper. Je viens de l'autre bout de la ville pour m'expliquer avec le docteur et on voudrait m'abréger et, qui sait, peut-être me raccourcir… Je vous connais vous autres, les maquignons, vendeurs de frusques et donneurs de leçons. Au moins chez vous n'y a-t-il aucune cabine d'essayage avec un toboggan qui vous fait dégringoler en Arabie. C'est rassurant, un magasin de vêtements pour hommes, il y a moins de risques qu'il pratique la traite des blondes. Et, se radoucissant soudain, elle a ajouté : Patience, je ne vous l'ai pas dit tantôt, j'ai aussi un message pour vous, monsieur Samuel.

Une beauté sauvage se dégageait de cette femme, celle du léopard noir à la robe parfaite, à la démarche aisée et à la puissance terrible, contenue, prêt à bondir sur l'instant, vous emporter sur la branche d'un arbre et vous dévorer le cœur. J'ai remarqué ses yeux bleus, totalement bleus, sans jaune, sans vert, d'une perfection saisissante. Et un petit pli soulignant la paupière comme si le Créateur lui avait fait don d'un maquillage naturel. J'ai remarqué ses mains aux longs doigts effilés, les ongles vernis, polis, affûtés, comme des griffes. J'ai remarqué la cambrure de ses reins, première lettre d'une calligraphie écrivant dans l'espace des formules ésotériques, des textes à interpréter…

Après quarante-cinq ans de pratique, je peux le dire en un mot : je ne crois pas à la folie ; je ne crois pas à l'existence d'une maladie, comme la grippe ou le cancer, par exemple, dont les symptômes seraient un désordre des idées ou du comportement. Je sais en revanche qu'il existe des êtres qu'on ne voit pas – il y en a tellement ! Les bactéries, par exemple, nous en portons deux pleins kilos dans nos viscères, les microbes et les virus aussi, bien sûr. Qui donc connaît les stratégies des virus et celles des bactéries ? Et cela, rien que pour les êtres que nous sommes parvenus à identifier, parfois même à photographier. Il y en a des milliers d'autres, des millions, qui nous sont restés inconnus. Je l'ai regardée, la belle Avril, la sauvage, l'effrayée. J'ai chassé ma réaction de crainte stérile. Je lui ai souri.

– Et où l'avez-vous donc rencontré, ce petit dieu ? lui ai-je demandé.

– Dans un rêve, monsieur ! Il est venu me visiter. Il se plaignait, il pleurait, c'est un enfant, vous savez. Il disait : « Yahwé a des synagogues où l'on vient chanter ses louanges, Jésus des temples et des églises et même des cathédrales, Allah des mosquées et même des villes entières… » (Elle a pris une petite voix triste.) Et lui, le petit dieu tout neuf, il ne dispose d'aucun espace, rien qu'un deux-pièces sordide encombré de centaines d'objets hétéroclites.

J'ai sursauté. J'avais enfin compris qu'elle parlait de mon appartement. Comment savait-elle que j'y avais laissé Youri ? Du coup je lui ai proposé un rendez-vous, dans mon antre, pour le lendemain.

Et Le-Poète, réjoui, a fini par commenter :

– Je vous l'avais bien dit que vous étiez englué dans la poésie.

Si je compte, nous étions donc trois à l'avoir vu, le lumineux, l'échevelé. À l'un, Redha, il était apparu dans la rage et l'orage ; à l'autre, l'étrange Avril, en un rêve de morts et de remords. Quant à moi, il s'était imposé entre folie et mouchoir, étrangement familier, comme s'il était issu de ma mémoire.

16

Les dieux vivent et meurent. C'est une évidence ! Il n'est besoin de consulter nul devin, nul charlatan, nul enfumeur. Personne ne me convaincra de leur immortalité. Qui honore encore Isis, la belle incestueuse, mère des peuples des pyramides ? Plus personne ! Autrefois son culte était répandu tout autour de la Méditerranée, de Philae à Thèbes, de Coptos à Dendérah et à Rome et jusqu'aux confins de la Lydie. Ses temples, devenus amas de pierres blanchies au soleil, servent aujourd'hui d'urinoirs aux dromadaires. Combien de temps a-t-elle vécu ? Trois mille ans… Un peu plus, sans doute, car les Blemmyes, ces farouches Bédouins de Nubie, autrefois adorateurs de la magicienne, ont longtemps – très longtemps – résisté à la conquête islamique… Et Horus à tête de faucon, et Anubis, le chacal, et Taouret, l'hippopotame, et Thot, le babouin, et ceux de Babylone, Astarté, la maîtresse aux deux panthères, et les légions de Baals fornicateurs d'animaux, et les impudiques dieux grecs, et les aristocratiques romains, et ceux du Nord, et ceux d'ailleurs, tant et tant de dieux, descendus un temps recevoir offrandes, louanges et amour... Tous sont morts, disparus à jamais ! Transformés en objets d'histoire, en monuments de musée. Ah on ne me fera pas croire ! Je le sais, les dieux vivent et meurent.

Des anciens dieux, certains survivent encore aujourd'hui, mais qui songerait à leur prédire des millénaires qui chantent ?

Alors, qu'il naisse un nouveau dieu, de nos jours, je ne trouve pas l'idée incongrue. D'autant que, selon ce que j'ai observé, les dieux apparaissent dans des moments de flottement, entre deux époques ou lorsque deux mondes s'entrechoquent et produisent des hybrides inattendus. Astarté est née avec l'agriculture, Isis avec les hiéroglyphes et Yahwé avec l'alphabet. Quel dieu surgira d'Internet ?

Lorsqu'ils arrivent parmi nous, les dieux ont un comportement étrange, difficile à comprendre. Ils souhaitent, c'est certain, être reconnus et honorés pour ce qu'ils sont. Mais leur chemin n'est pas rectiligne. Ils errent, essaient, recommencent, hésitent. Jésus-Christ, par exemple, a longtemps tergiversé avant de se déclarer ; Dionysos n'a pu s'empêcher de jouer au démon farceur avant de s'établir dans son temple de Thèbes, puis d'essaimer à travers le monde gréco-romain et, dit-on, jusqu'en Inde.

Et s'ils doivent commencer petits – Yahwé ne s'est révélé à ses débuts qu'au seul Abraham et à sa proche famille, Allah au seul Mahomet et à son épouse –, ils sont tous animés d'une ambition planétaire. Ils attendent d'être adorés par l'humanité assemblée. Tous mégalos, pour le moins, un peu autistes, parfois artistes, toujours paranos... Aucun dieu n'a atteint l'objectif ultime : l'exclusivité. Entre eux, la concurrence est trop sévère.

Youri était resté avec moi. Personne ne l'avait réclamé. Les premiers jours, j'ai eu du mal à m'en accommoder. Voilà bien une quarantaine d'années que je ne m'étais pas occupé d'enfants. Mais Youri n'était pas encombrant. Il mangeait très peu, ne réclamait jamais, se contentait de mes vieux jouets rouillés, de mes soldats de plomb aux peintures passées, de mes fétiches africains et de mes Vierge Marie en guise de poupées. Je pouvais l'abandonner des journées entières dans l'appartement ; lorsque je rentrais, je le retrouvais à l'endroit où je l'avais laissé.

Ce jour-là, en prévision de la visite d'Avril, je l'avais envoyé faire quelques courses rue Mouffetard.

Elle est arrivée en avance. Mon réduit n'a que deux petites pièces surencombrées communiquant par une arcade. Sous la fenêtre, un vieux fauteuil de velours rouge, profond comme ma tristesse le jour du décès de ma mère, et une méridienne aux deux bords relevés, comme celle de la Récamier, envahie de coussins. C'est là que je dormais la nuit, c'est là que je dors toujours, lorsqu'il m'arrive de dormir... C'est aussi là que j'installe mes patients pour leur séance.

Je me suis calé dans le fauteuil. Elle restait debout, plantée devant moi, dans le vêtement militaire d'une armée imaginaire, vareuse d'officier aux boutons dorés, pantalon et bottes de cavalier, boucles d'oreilles et collier d'émeraude – superbe ! Je l'ai invitée :

– Asseyez-vous donc, voyons...

– Là ? m'a-t-elle demandé en désignant le canapé.

Elle s'est aussitôt étendue sans attendre ma réponse, adoptant spontanément la position de la patiente en psychanalyse.

– Je dois parler en fermant les yeux ?

– En ouvrant votre cœur, surtout !

Elle a commencé ainsi :

– Je vous préviens : je parle pour raconter, pas pour me plaindre, pas pour me soigner. Je parle pour témoigner, non comme une victime, mais simple dépositaire de signes.

Puis elle s'est redressée. Elle avait l'air hagard, comme si elle venait d'apercevoir un être, le diable, un monstre, que sais-je... Moi ? Elle a pointé l'index :

– Et c'est à vous, docteur Élie. Elle parlait fort... À vous et personne d'autre qu'il reviendra d'assembler ces signes. Vous comprenez ?

– Non !

Elle s'est étendue à nouveau et s'est mise à raconter.

C'était loin de tout, dans une campagne – elle ne m'a pas précisé la région, pas davantage la ville la plus proche. C'était en France. Une ferme perdue. De l'aube au crépuscule, son père s'occupait des champs, sa mère des bêtes, une cinquantaine de porcs et quelques vaches, sans compter le poulailler. Lui qui avait débuté des études d'ingénieur avait dû les interrompre pour rejoindre l'Algérie. À son retour de guerre, fracassé, il n'avait pas eu le cœur de les reprendre. Réunissant ses économies, le jeune couple avait acheté cette ferme au cœur de deux hectares de forêt. La grande sœur d'Avril était née, elle pas encore. Giscard était président.

La crise de l'agriculture, des récoltes calamiteuses et la terrifiante maladie des porcs avaient eu raison de leur rêve de retour à la terre. La famille a continué de vivre dans la ferme, cependant, « loin des vacarmes de la ville et de ses influences délétères », disait le père. Eux seuls et personne alentour – et la mère qui renchérissait : « C'est notre royaume. Ici nous sommes les rois et les sujets. » C'était le bon temps ! Le paradis perdu, celui qu'Avril n'a pas vraiment connu. L'argent vint vite à manquer et les parents durent trouver à s'employer.

Inévitablement ce fut en ville, à une quinzaine de kilomètres. Le matin, il enfourchait sa mobylette pour se rendre dans cette capitale de province où il avait décroché un emploi d'auxiliaire de mairie. Jardinage, bricolage, petites réparations. La mère se déplaçait en car. Elle aussi se rendait à la ville. Elle faisait des ménages, comme on disait alors, principalement chez le docteur. Ses horaires étaient moins réguliers que ceux de son mari. Et les deux filles, laissées à elles-mêmes, avaient grandi, sauvageonnes dans les broussailles des champs à l'abandon, dans la forêt, dans les recoins de l'immense maison. C'était le crépuscule de Giscard d'Estaing englouti sous une rivière de diamants.

Et puis l'alcool s'était emparé du père et la mélancolie de la mère. Lorsqu'elle avait le malheur de rentrer après lui, qu'il s'impatientait en réclamant sa soupe, les cadavres de bouteilles roulant sur le lino éventré, elle savait qu'elle s'en ramasserait une. Elle se tenait sur ses gardes. Malin, il faisait mine de somnoler jusqu'à ce qu'elle passât à sa portée. Il bondissait alors comme un diable et la giflait. Un aller-retour à la volée. « Tiens, salope ! Tu t'es encore fait tringler par le docteur. » Et la mère filait dans la cuisine en maugréant : « Ça se peut pas... ça se peut pas. » Mitterrand était président.

– Dans les années 80, m'a dit Avril, les vêtements étaient laids, les voitures étaient laides, les personnes étaient laides et leurs actions l'étaient aussi.

Puis elle s'est dressée, retournée, m'a fixé dans les yeux. Elle était perplexe.

– Je ne sais pas pourquoi je vous raconte tout ça...

– Pour situer le contexte, je présume. Les choses importantes, vous allez me les dire maintenant.

Elle s'est à nouveau étendue sur le divan, quelque peu rassurée, et a poursuivi son récit.

Les deux sœurs, Pascale et Avril, l'aînée et sa cadette que dix petits mois séparaient, avaient découvert par leurs propres moyens les secrets de la nature. Elles savaient dénicher la branche fourchue du noisetier qui les menait aux sources. C'était un de leurs jeux favoris. Lorsque l'une des deux en repérait une, elle se précipitait et prononçait la formule : « Baguette à moi, trempette à toi ! » Elle effeuillait la branche, la taillait, la préparait. Puis elle filait sur le chemin en zigzaguant. « C'est par ici, c'est par là... » criait-elle pour désorienter sa sœur. L'autre fermait les yeux en comptant jusqu'à cent. Le jeu consistait à retrouver la première par instinct, levant le nez au vent, comme les biches. Elles y jouaient si souvent qu'au long des années elles n'avaient plus guère besoin de leurs morceaux de bois, elles sentaient l'eau, sa présence souterraine ; elles déterraient les sources, elles exhumaient les fontaines.

« Fontaine de ton eau... » lançait l'une. « Je boirai », répondait l'autre. Et la première reprenait : « Tavernier, de ton tonneau... » Et la seconde de conclure : « Jamais je ne boirai. »

– Belle ritournelle, n'est-ce pas, docteur Élie ?

Et elle l'a dite une seconde fois.

Les enfants jouent souvent à la magie. La plupart l'oublient. Certains, en grandissant, décident de l'apprendre. Les deux sœurs l'avaient découverte spontanément. Ce qu'elles mimaient en jouant se révélait efficace sur les éléments. Elles avaient appris les sources qui rendent invisibles aux animaux. Après s'y être trempées en pleine nuit, elles pouvaient surprendre les chouettes, hypnotiser les renardeaux, apprivoiser les belettes. Elles savaient faire taire les chiens même les plus agressifs par des invocations qu'il leur suffisait de murmurer. Elles connaissaient les plantes qui attirent les cadeaux, celles qui troublent l'âme et celles qui donnent des ailes aux souliers. Elles connaissaient les pierres qui arrêtent le sang, celles qui, quand on les lance, filent plus vite que le vent, celles qui font trébucher les méchants. La forêt était leur maison, les champs sauvages, leur jardin, les animaux de la terre leurs sujets, et les oiseaux leurs sentinelles.

– Vous voyez, docteur Élie ! De quoi devrais-je me plaindre ? Nos parents avaient raté leur vie et nous avions hérité de tous les dons.

– Mais… ai-je glissé à voix basse.

Elle a encore surgi du canapé :

– Quoi… Mais ? Mais… Hein ? Que voulez-vous insinuer ? La sexualité, c'est ça ? Freudien, tête de chien…

– La sexualité, oui !

L'école les avait éloignées l'une de l'autre, la puberté les séparerait pour un très long moment.

Les deux filles dormaient à l'étage dans cette petite chambre mansardée qui sentait le moisi. Il était tard. Une nuit sans lune. L'obscurité avait enveloppé la maison, s'était glissée dans les escaliers jusqu'à l'âme d'Avril, engourdie. Elle la chassait de ses doigts, pressant ses yeux pour suivre le parcours des étincelles. Et voilà qu'elle avait senti d'abord branler la rampe, entendu craquer la marche, perçu le déclic de la clenche.

Une fois encore, il s'était glissé dans le lit de sa sœur, le vieux bouc, son père. Elle ne parvenait à détacher les yeux de ces deux corps qui s'affrontaient, se démenaient, se rapprochaient pour s'échapper l'un de l'autre. Il lui troussait la chemise, elle la rabattait en gloussant. Il l'attirait, elle le repoussait en riant. Il finissait par la saisir de ses doigts puissants, à la plaquer contre les draps.

Bien des fois, elle avait entendu le père souffler, ahaner, râler. Bien des fois elle avait entendu les petits cris aigus de Pascale qui lui répondait – aigus comme ceux d'un oiseau tombé du nid.

Ce soir-là, comment raconter ? Ce fut le premier soir. Silhouette du père en plantigrade échevelé. Avril avait entendu dans ses oreilles un sifflement continu, comme une sonnette d'alarme. Il avait d'abord vérifié que Pascale, son aînée, s'était endormie, puis il était venu s'asseoir sur le bord de son lit… de son lit à elle, pauvre Avril.

C'est à ce moment de son récit, à ce moment précisément, qu'on a entendu la clé tourner dans la serrure. Il trottinait de son petit pas silencieux. Youri s'est approché doucement, s'est planté devant elle en souriant.

Avril a sauté sur ses jambes.

– Mon Dieu ! C'est lui, s'est-elle écriée. C'est lui…

17

Un appel sur mon portable.

D'habitude je ne réponds pas aux numéros masqués et souvent pas davantage aux numéros affichés. Mais cette fois, je ne sais quelle intuition m'a piqué, j'ai pris l'appel.

– Allô ! C'est Bertrand Villeneuve.

– Bertrand Villeneuve ?

– Oui, le ministre de l'Intérieur.

Je me trouvais chez Samuel, en train d'essayer une paire de Chippewa Renegade, des bottines américaines en gros cuir sauvage – une splendeur ! J'ai dû sortir, une seule chaussure aux pieds, poursuivre ma conversation téléphonique sur le trottoir.

– Nous nous sommes croisés à l'Élysée. Vous vous en souvenez ?

Je l'avais à peine salué. On n'avait pas vraiment fraternisé. Qu'est-ce qu'il pouvait bien me vouloir ? Il est vrai qu'il est en charge de la sécurité de l'État et des personnes, et que la prise en otage du président de la République par de jeunes terroristes, mineurs qui plus est, n'avait pas laissé une image très positive de sa police et des services de renseignement. Mais qu'est-ce que j'y pouvais ? J'estimais avoir accompli mon devoir en contribuant, dans la mesure de mes connaissances, à l'apaisement du forcené. Certes mon intervention n'avait pas été très maîtrisée, mais on ne pouvait douter de ma bonne volonté. Alors, quoi de plus ?

– Je m'en souviens parfaitement, ai-je menti.

– Accepteriez-vous, cher monsieur, de venir à mon bureau…

J'ai pris peur.

– À votre bureau ?

– Oui, place Beauvau. J'aimerais bénéficier d'une conversation avec vous. Je me suis laissé dire que vous aviez un point de vue… disons particulier, sur la situation.

– La situation ? Quelle situation, monsieur ?

C'est alors qu'il s'est raidi. Peut-être a-t-il pensé que je tournais sa demande en dérision. Ou bien que je faisais partie de la majorité critique qui considère que l'agitation du gouvernement sur la question des attentats n'est qu'écran de fumée. Rien n'était plus faux. La politique est peut-être le seul domaine où je suis un modéré. J'étais absorbé dans mes pensées, voilà tout. D'un ton qui n'admettait pas la discussion, il m'a rétorqué :

– Mon secrétariat vous contactera dans l'heure qui vient pour fixer un rendez-vous au plus tôt… Bonsoir monsieur !

Et il a raccroché.

Je suis revenu dans la boutique en boitillant, tête basse, songeur.

– Qu'est-ce qu'on va devenir ? me demandait Samuel une nouvelle fois. Ces attentats, Élie, qui se multiplient partout. C'est tout de même un signe, non ? Vous qui comprenez les choses cachées, celles qu'on ne dit pas aux gens simples, répondez-moi. Notre monde va-t-il s'effondrer comme un château de cartes ? Qu'est-ce qu'on va devenir ?

J'ai souri, repensant à mon bref échange avec le ministre :

– Samuel, je vais peut-être avoir des informations bientôt – et de première main. Je vous dirai !

En sortant, j'ai été cueilli par Avril qui devait me guetter. Peut-être m'avait-elle suivi depuis mon domicile ?

Adossée contre le tronc d'un platane, un genou levé, cigarette au bec, les bras croisés sur la poitrine… silhouette ambiguë, de rouge et de noir vêtue. À quelque distance, on n'aurait su décider : un homme ? une femme ? un homme voulant se faire passer pour une femme ? une femme s'habillant en homme pour aimer les femmes ? une star de cinéma grimée pour faire la nique aux paparazzis ? Lorsqu'elle m'a vu sortir, elle a jeté sa cigarette d'un grand geste du bras et s'est précipitée vers moi.

– Il faut que je vous parle, docteur Élie !

Elle était si près, à me toucher, j'en étais gêné. Je respirais son haleine, je sentais les effluves de son corps. Un parfum puissant, lourd, oriental, qui vous saisissait la tête. Elle s'est agrippée à mon col.

– Accordez-moi quelques instants, insistait-elle. Je vous en supplie !

Je respecte scrupuleusement une règle adoptée depuis mes premiers stages à l'hôpital. On ne sait jamais ce qui se cache derrière un humain, dieu ou diable, ni quels alliés le soutiennent, faibles ou puissants. Et je le sais d'expérience, on ne peut deviner a priori le contenu du message qu'il véhicule. Alors, dans l'ignorance, la règle est de ne pas indisposer les forces, et donc de rester bienveillant quoi qu'il advienne, agréable, amical... toujours ! On dit qu'il arrivait à Freud de piquer des colères contre ses patients, de les injurier, ou de les flanquer à la porte. On dit qu'il arrivait même à Lacan ou à Masud Khan, une autre star psy des années 70, de les gifler ou de les battre. Je n'ai jamais fait une chose pareille, pas même haussé la voix, pas une seule fois. J'attends toujours que les êtres finissent par manifester leur présence. On ne va tout de même pas se mettre en colère contre des êtres... Ce serait comme se fâcher avec la pluie ou vitupérer contre le bruit des vagues.

J'ai pris ses deux mains dans les miennes. La chaleur de son contact ; j'ai éprouvé une tendresse soudaine…

– Nous avions fixé un rendez-vous, Avril. Ne devions-nous pas nous retrouver demain, chez moi ? Sans doute avez-vous une information à me transmettre qui ne pouvait attendre…

– Oui ! Ce n'est pas une information, mais une exigence !

J'ai souri :

– Vos exigences sont-elles donc des ordres ?

– Ce ne sont pas les miennes ! a-t-elle rétorqué à la volée.

Je lui ai proposé de partager un café à la brasserie. Je pensais que la conversation durerait le temps de le boire. Nous y sommes restés jusqu'au soir.

– Les humains viennent des tréfonds, comme les mouches. C'est ainsi qu'elle a commencé. Vous avez vu les asticots grouiller dans un morceau de bidoche pourrie ? Plus ça pue, plus y en a ! Les êtres humains, c'est pareil ! Engendrés d'un accouplement à la sauvette parmi les restes gras sur une table de cuisine, pondus par des chairs dégoulinantes, entre les matières fécales et l'urine, que peut-on attendre de tels êtres ?

Et elle a poursuivi le récit débuté la veille.

Cette nuit sans lune, après avoir eu une relation sexuelle avec l'aînée, le père avait caressé la cadette. Elle n'avait pas bronché, pas pipé mot, pas même respiré plus fort ; elle voulait qu'il la crût endormie. Il n'avait pas été dupe, le vieux. Il lui murmurait des mots à l'oreille. « Ah la belle ! Ah la futée ! Elle fait semblant de dormir pour que j'aille plus loin… » Et elle serrait les dents. Et il tentait de glisser la main entre ses cuisses qu'elle pressait l'une contre l'autre avec force. « Ah la jeunette, ah la rouée ! Comme elle sent bon les foins… » Ce soir-là elle comprit que ce serait bientôt son tour.

Pascale et Avril étaient toutes deux bien jolies, mais la cadette surpassait son aînée, en grâce, en curiosité, en espièglerie, en coquetterie aussi. La grande n'en prenait pas ombrage ; ses amours secrètes avec son père l'avaient jusqu'alors protégée de la jalousie. Par son secret, elle conservait un temps d'avance, si on peut dire, en ce monde clos qu'elles s'étaient constitué depuis l'enfance. L'aînée savait, bien sûr, que sa sœur avait surpris leurs étreintes. Une nuit, elle avait même vu les yeux ronds d'Avril qui les fixait. Cette nuit-là, la petite se tenait dos contre le mur, un coussin sur la poitrine, épouvantée. Pour la rassurer, elle lui avait fait un clin d'œil par-dessus l'épaule de son père. Et l'autre qui ne comprenait pas. Non pas ce qu'ils trafiquaient… elle ne se posait même pas la question, mais pour quelle raison sa sœur riait autant. Sans elle…

Ensemble, elles avaient pourtant fouillé bien des mystères. Toujours unies, comme des jumelles ! Elle m'en a conté un qui m'a laissé perplexe. Est-ce seulement possible ? Elles avaient huit et neuf ans ; dans un livre pour enfants elles avaient lu l'histoire d'une sorcière qui reprenait des forces en ingérant chaque nuit quelques gouttes de bave de crapaud. Elles avaient décidé d'expérimenter la recette. Les crapauds, ça les connaissait ! Elles les pêchaient à la vieille mare au filet. Au printemps, à la saison des amours, elles en capturaient des dizaines qu'elles s'amusaient ensuite à faire sauter sur la toile d'un vieux transat, comme des enfants sur un trampoline. Mais récolter leur bave, ça ne leur était encore jamais venu à l'esprit.

– Vous savez, me dit-elle avec cet air de divulguer le numéro gagnant du loto, vous savez qu'il ne s'agit pas de leur bave...

– Allons bon ! Vous êtes plus savante que moi. Qu'est-ce donc, alors ?

– Une sorte de venin sécrété par des glandes près de la gueule de l'animal et par certaines pustules sur la peau du crapaud. Je me suis renseignée depuis. J'ai découvert que derrière les recettes se cachent toujours de petites astuces. Il ne faut pas se contenter de ce qu'on vous dit, il faut chercher.

Elles enfilaient les gants de cuisine de leur mère et pressaient la peau des malheureux batraciens jusqu'à en extraire leur jus puissant. Elles récoltaient ce concentré jour après jour jusqu'à en remplir une bonne tasse qu'elles déversaient ensuite dans un flacon. Et la nuit, quelquefois, lorsqu'elles avaient besoin de voir dans le noir ou de marcher sans faire un bruit, lorsqu'elles voulaient subtiliser quelques pièces de monnaie dans la poche du père pendant qu'il dormait, lorsqu'elles voulaient regarder les vieilles photos du temps où elles avaient deux ou trois ans sans se faire repérer, elles en buvaient quelques gouttes. Elles pensaient alors que cette substance les rendait invisibles.

– Enfants, vous savez, nous étions de vraies sorcières. Moi, je le suis restée ! a-t-elle ajouté avec une certaine tristesse.

– Et votre sœur ?

– Ma sœur… Ah, ma sœur… Un moment d'émotion. La rougeur qui lui montait aux joues. Quelques larmes. Un sanglot. Elle a reniflé, s'est mouchée… Ma sœur, la pauvre, elle est devenue normale.

Lorsque le père a multiplié ses visites à la petite, la tension est montée entre les sœurs. Oubliés leurs jeux subtils aux fontaines, le dressage des pics du jardin dont le tambourinage les prévenait de l'arrivée des importuns, oublié le rassemblement des hordes de chats qu'elles expédiaient crachant et hurlant contre les chiens errants dont elles avaient si peur. Oubliée aussi, la cueillette des plantes à l'aurore lorsqu'elles exsudent leurs gouttes de la nuit, leurs essences actives. Oubliés leurs recettes, leurs promesses, leurs rêves de puissance secrète… « Unies, nous étions invincibles, séparées, nous devenions aveugles. »

Elles se disputaient, maintenant, se chipaient leurs affaires, s'envoyaient des mots terribles attrapés auprès des voyous avec lesquels elles frayaient à l'école.

– Ma sœur a fini par le dénoncer à ma mère et la maison s'est effondrée. Vous savez comment elle a réagi, la vieille, cette cruche ?... Mais non ! Elle s'est mise à pleurer. Je déteste me lamenter, voyez-vous. Je déteste plus encore entendre les gens se lamenter. Ça me donne la nausée. Ma mère a pleuré durant des mois, sans s'arrêter. Où donc trouvait-elle tant d'eau à déverser ? Elle ne buvait pas tant que ça...

Je ne savais toujours pas où Avril voulait en venir. Elle devait m'exposer ce que l'on attendait de moi. Qui ? Elle avait même parlé d'exigences. Et jusqu'alors, elle m'avait seulement raconté sa vie. Je l'ai interrompue :

– Avril, il se fait tard. Le petit m'attend. Ne deviez-vous pas...

– Holà ! Ne vous impatientez donc pas ! Je dois vous expliquer comment sont arrivées les visions. Sinon, vous me prendriez pour une foldingue...

– Depuis quand ?

– Les visions, vous voulez dire ? Peu de temps avant de quitter mon père. Voilà trois ou quatre mois, peut-être...

Serait-elle donc restée avec lui depuis l'âge de treize ou quatorze ans, époque des faits qu'elle me relatait avec tant de détails ? Elle serait restée malgré les drames, les interventions de la justice, des services sociaux, sans doute déclenchées par les révélations de sa sœur... Une idée m'a traversé l'esprit. Avait-elle vécu en couple avec son père ? Je lui ai posé la question.

– Oui ! a-t-elle répondu, laconique. Mais c'est une autre histoire. Je voulais vous parler de mes visions et du message qu'elles contenaient pour vous...

– Alors, vos visions, lui ai-je fait préciser, ont bien débuté au moment où vous avez été séparée de votre père... C'est ça ?

– Oui !

– Ce ne serait pas le 18 août dernier, par hasard ?

– Attendez... Laissez-moi réfléchir... ça se pourrait, oui ! Pourquoi cette date, précisément ?

Je ne lui ai pas répondu. Le 18 août, c'était le jour où le petit Youri était entré en France, débarquant d'un vol low cost en provenance de Bucarest au terminal 3 de l'aéroport Charles-de-Gaulle.

Mon portable a sonné. Petit coup d'œil. Le numéro était masqué. J'ai décroché. C'était la secrétaire de Bertrand Villeneuve qui voulait fixer l'heure du rendez-vous.

Il était plus de 20 heures. Ils travaillent tard, place Beauvau.

Je me suis pris à rêver. Voir Avril en hiver et nous promener vêtus de gros manteaux sur les bords de Seine. La tenir par la main et l'écouter raconter une histoire qui remonte aux débuts du monde, au temps du premier accouplement, du premier homme, de la première femme.

Voir Avril en hiver, le cœur à découvert.

18

Et dire qu'un beau matin, au début de l'été, je m'étais dit qu'enfin libéré des contraintes j'entrais dans la période sereine de ma vie. Quelques semaines plus tard, me voici pris dans un tourbillon d'événements incompréhensibles, d'angoisses inconnues, de convocations par des puissances. J'en arrive même à admettre des idées folles. Moi, Élie, l'ancien mao !... Je ne me reconnais plus. Quelquefois, je voudrais tout arrêter, appuyer sur le bouton « *rewind* », rembobiner cette histoire de dingue, puis « *eject* » et basta ! J'ai commencé par admettre, au moins en tant qu'hypothèse, que Youri pouvait être une sorte de surdoué capable de prodiges. Je voulais m'en tenir là, c'était la limite que ma raison ne savait dépasser. Mais des questions me taraudaient. Comment expliquer l'invraisemblable cataclysme qu'il avait provoqué dans le collège-lycée du XIXe ? On ne peut raisonnablement attribuer la production de tels phénomènes à des capacités Psi, même les plus sophistiquées.

Il paraît que, durant la guerre froide, l'armée américaine, tout comme l'armée soviétique, du reste, recherchait des facultés hors du commun en soumettant devins, prestidigitateurs et télépathes aux expérimentations les plus rigoureuses. Youri les aurait certainement intéressés avec tout ce qu'il est capable de faire. Il lit dans les pensées, c'est évident. Mais sans en avoir lui-même, à quoi peuvent lui servir celles des autres ? Je me le demande ! Il s'introduit dans les rêves et obsède le rêveur de l'intérieur de ses nuits. C'est manifestement ce qu'il fait avec Avril. Il déplace des objets, les propulse, je l'ai vu faire ; il peut aussi les pulvériser. On a le sentiment que cette puissance qu'il manipule en se jouant est sans limites. Mais il y a une différence qui le distingue de tous les autres, des magiciens et des charlatans : il crée ! Les êtres qu'il a tirés du sol par millions, par milliards, personne n'en avait jamais entendu parler. A-t-il révélé ou créé ce monde de bipèdes lilliputiens casqués et armés de miroirs, ces êtres capables de faire disparaître en un instant la stabilité de n'importe quel support ? Je comprends que certains pensent que Youri est lui-même un esprit ou un dieu. Mais qu'ils ne se méprennent pas, admettre une telle idée ne résout pas le problème. Ça le démultiplie. D'autres questions se pressent alors. S'il est un dieu, d'où vient-il ? D'un espace inconnu, une jointure entre les mondes… C'est là qu'ils naissent en général. Entre Orient et Occident ? Entre Nord et Sud ? S'il s'agissait vraiment d'un dieu, j'aurais tendance à penser qu'il a surgi d'une crevasse entre alphabet et code binaire, entre écriture et informatique. Pourquoi débarque-t-il précisément aujourd'hui, en cette période de tensions communautaires ? Profite-t-il de la confusion des esprits pour initier un culte nouveau ? Ou bien son apparition signe-t-elle la disparition d'un monde obsolète, le dernier hoquet d'appartenances en déliquescence ? Et surtout, surtout, cette question : pourquoi un dieu apparaîtrait-il ici, en France, le pays le moins religieux de la Terre ?

Ce jour-là, il faisait un froid à vous figer le nez, devant la guérite, place Beauvau. Décidément je ne quittais pas le quartier ; il y a un mois, je me trouvais en face, à l'Élysée. Une nouvelle fois, voilà que le planton analysait ma carte d'identité, la scannait, interrogeait son terminal, examinait l'agenda du ministre, appelait son supérieur au téléphone. Le style était néanmoins différent au ministère de l'Intérieur. L'officier qui est arrivé dare-dare s'est d'abord présenté, a décliné son nom et son grade et m'a même salué. Sans regarder mes papiers, il m'a dit :

– Vous êtes Élie, le docteur, le psy des émigrés, et vous habitez rue du Pot-de-Fer.

– Vous me connaissez ?

– Ici, notre métier, c'est de connaître tout le monde, m'a-t-il répondu en souriant.

– Mais je ne vous connais pas…

– Notre métier consiste aussi à rester discret.

Dans la salle d'attente, j'ai parcouru les tableaux et les photographies des ministres de la Police et de l'Intérieur depuis la Ire République jusqu'à nos jours. Je suis revenu examiner de plus près le plus célèbre d'entre eux, Joseph Fouché, le prince du renseignement, le premier, sans doute, à avoir compris que le pouvoir résidait dans la connaissance des secrets d'alcôve. Sur le tableau qui le représente, il est maigre, les joues creusées, les yeux perdus. Il semble malade. Il ne faut décidément pas se fier aux apparences !

Le ministre, Bertrand Villeneuve, m'a lui-même introduit dans son bureau, invité dans le petit salon, autour de la table basse, proposé une tasse de café. Qu'allait-il me demander ? Je n'ai pas l'habitude d'être traité avec déférence dans les ministères et les lieux de pouvoir. Je suis resté ce que j'ai toujours été, un petit immigré qui sait au fond de lui qu'il n'est jamais bon d'attirer l'attention des puissants.

– Je suis ravi, cher docteur, d'échanger avec vous. Il buvait sa tasse de café le petit doigt dressé. Je voulais obtenir votre sentiment au sujet du jeune Redha Carbonnier.

– Comment va-t-il ? lui ai-je aussitôt demandé. Sa mère se fait un sang d'encre.

– On m'a dit qu'il supportait assez mal la prison. Mais ce n'est pas la question ! Nous sommes impressionnés par sa métamorphose. Pour le dire en un mot, il est transformé. Entre le gamin signalé par les services de police et celui que nous avons arrêté, c'est le jour et la nuit ! Plus exactement, il est passé de la nuit au jour… Avez-vous une explication ? Il a été « déradicalisé » – je sais que personne n'aime ce mot –, nettoyé en quelques heures, voire en quelques minutes. Pourrions-nous mettre en œuvre cette méthode, si vous la connaissez… Si l'on savait comment les changer, vous comprenez…

C'était donc cela, l'idée. Ils avaient constaté la transformation de Redha et voulaient en faire un modèle, un exemple à suivre. Que lui répondre ? Allais-je lui parler de Youri ? Il m'aurait pris pour un demeuré. J'ai essayé de noyer le poisson. Je lui ai expliqué notre manière de travailler au centre d'ethnopsychiatrie, notre longue expérience de thérapies originales basées sur la connaissance des êtres. Mais il ne se contentait pas de mes idées générales. Alors, je lui ai servi la description des personnes fragiles à l'endoctrinement idéologique, les « seconde génération », comme on dit, des jeunes gens dont les parents avaient été arrachés à leur monde, par la politique, par la violence, par la pauvreté… Il me pressait de questions. Il avait une seule idée en tête. Il voulait savoir ce qui avait changé l'esprit de Redha. Je n'ai pu me dérober jusqu'au bout. J'ai fini par lâcher :

– Monsieur le ministre, pardonnez ma franchise. Je ne vais pas faire mine de savoir ; en vérité, nous n'y comprenons pas grand-chose. L'Histoire néanmoins nous incite à être attentifs à certains événements de nature religieuse. La naissance d'un nouveau dieu peut troubler les esprits les plus sensibles.

Il a compris sur-le-champ.

– Un nouveau dieu ? a-t-il explosé. Ça ne va pas, non ? Un nouveau dieu… et puis quoi encore ?

– Je crois savoir que le ministre de l'Intérieur est aussi celui des Cultes…

– Un nouveau dieu ? Mais que voulez-vous donc qu'un ministre de la République fasse d'un nouveau dieu ?

– Ce que n'importe qui ferait, monsieur le ministre, l'adorer ou le rejeter.

Une heure plus tard, redescendant le boulevard Arago pour rentrer chez moi, j'ai aperçu un attroupement devant Samuel's. La boutique regorgeait de monde, si bien qu'une vingtaine de curieux s'étaient agglutinés sur le trottoir. Je me suis approché. « Il est incroyable, ce moutard ! disait une élégante à l'homme qui l'accompagnait. Tu as vu comme il a fait disparaître les boutons du visage de la pauvre jeune fille ? Et simplement en soufflant dessus. » J'ai réussi à me glisser à l'intérieur.

Et là, j'ai compris. C'était le spectacle ! Youri, en petit costume trois-pièces de flanelle grise, jabot blanc, haut-de-forme sur le crâne, trônait dans le vieux fauteuil club râpé. Pour une fois, il ne levait pas les yeux au ciel. Il avait même l'air de s'amuser. Old-New-Sex faisait le bateleur. « Entrez, mesdames et messieurs, entrez ! Venez admirer le prodige ! annonçait-il de sa voix de ténor. Entrez vous rincer le cœur, recharger votre âme. Vous étiez triste, vous sentiez monter l'angoisse, saisis par les morsures des regrets ou de l'envie. Vous trouverez ici l'apaisement des sens et la force de l'esprit. C'est une attraction offerte par la boutique Samuel's – chaussures, vêtements vintage, brocante, objets de collection… »

J'ai pris Samuel par le bras, l'ai attiré dans l'arrière-boutique. Il pouffait de rire. Une question me taraudait l'esprit.

– Pourquoi le petit est-il fagoté ainsi ?

En chinant, Samuel avait déniché un costume de premier communiant datant d'au moins cent ans. Mais il m'a assuré qu'il était « tout neuf », ponctuant même en arabe : « *Jdid*, complètement *jdid*, jamais porté. » Et il riait : « Spécial Samuel ! » Il s'était dit qu'il l'offrirait au gamin la prochaine fois qu'il passerait à la boutique. Cet après-midi, pendant que j'étais chez le ministre, Youri était entré, comme il le faisait parfois on ne savait trop pourquoi. Peut-être seulement pour apercevoir des visages amis. Samuel en avait profité pour lui faire essayer le costume. Et voilà !

– De fil en aiguille, a poursuivi Samuel, nous lui avons demandé ce qu'il voulait faire. Et il a commencé par Le-Professeur.

Si son cœur faisait la culbute plusieurs fois par heure, Antoine, le vieux professeur d'histoire-géo, cherchait chaque minute à vérifier l'état de sa mémoire. Il pensait compenser la défaillance de l'un par la surchauffe de l'autre. C'est ainsi qu'il nous soumettait à des quiz permanents. « La date de naissance de Cicéron ? Vous ne savez pas ? Le 3 janvier de l'an 106 avant Jésus-Christ… Vous dites "avant Jésus-Christ" ou "avant l'ère commune" ? On peut aussi se défausser avec "avant notre ère". Mais c'est lâche ! Pourquoi ne pas prononcer le nom de Jésus-Christ ? Et qui connaît la capitale du Botswana ? Gaborone. Et celle du Honduras ? Tegucigalpa. »

C'était lassant…

D'après ce que j'ai compris ensuite, c'est Le-Poète qui avait eu l'idée. Il avait lancé : « Peut-être que le gamin pourrait soulager le cœur du Professeur ? » Et Youri ne se l'était pas laissé redire. Il s'était approché de l'ancien en secouant la tête de droite à gauche. Il avait bâillé à plusieurs reprises, à se décrocher la mâchoire. Il paraît qu'il murmurait des mots en roumain ou en rom. Moi, je ne l'ai jamais vu faire ça. Puis il aurait dit à haute voix, en français : « Ouvre-toi ! » Et il a posé la main sur le cœur du Professeur. Il a fermé les yeux et répété : « Ouvre-toi maintenant ! »

– Vous ne me croirez pas, Élie, me racontait Samuel, Le-Professeur a posé sa main par-dessus celle du gamin et ils sont restés ainsi tous les deux un long moment, peut-être deux minutes ou trois…

– Comme tu exagères ! l'a interrompu un jeune que je ne connaissais pas. Pas plus de quinze secondes, à mon avis…

– Bon ! Si tu veux ! Une minute, alors ! Et Le-Professeur s'est levé d'un élan comme s'il avait été piqué par un scorpion. Il sautait sur ses deux pieds en soufflant. On aurait dit un boxeur sur le ring.

– C'est vrai ! confirmait le jeune homme. C'est vrai ! C'est ce qu'il a fait. Comme un boxeur à l'entraînement.

Le-Professeur serait ensuite sorti de la boutique en criant : « C'est un miracle, c'est un miracle ! Il a changé mon cœur, je n'ai plus besoin de pacemaker ! »

– Quant à moi, s'est écrié Old-New-Sex, j'ai d'autres organes à régénérer.

Je n'ai pas pu m'empêcher de lui rétorquer :

– Ceux-là, j'ai l'impression qu'il faudrait peut-être les calmer, ou même les anesthésier, non ? Et si les symptômes perdurent, l'ablation n'est pas exclue…

Le-Lacanoïde, décidément rabat-joie, avait haussé les épaules :

– C'est un truc de charlatan fort connu… On touche un coup, on fait des passes, on frotte, on joue des mines, on souffle dessus, on prononce des paroles incompréhensibles, genre abracadabra, et le tour est joué ! On appelle cela « l'effet placebo ». Et il s'est détourné pour examiner pour la centième fois le même gilet.

Il n'empêche que les sauts de joie et les cris du Professeur avaient attiré des passants sur le boulevard. « Qu'y a-t-il ? Que se passe-t-il ici d'extraordinaire ? » Et le mot avait circulé à la vitesse de l'éclair : « Chez Samuel ! Il y a là un enfant guérisseur. » Et chacun d'arriver, les habitués et les promeneurs, les affairés et les rêveurs.

Il y avait un vieil homme qui habitait rue de la Glacière, très maigre, voûté, une chevelure blanche comme neige, encore abondante. Nous l'appelions « Son-Excellence ». Il paraît qu'il y a fort longtemps il avait été ambassadeur, du temps de notre grandeur… C'est dire si les années ont passé ! Il avait été gravement malade. Personne ne le voyait plus claudiquer sur le boulevard depuis des semaines. Nous l'avions même cru mort. Et le voilà sorti d'on ne savait où, tout près de moi, à me toucher. Je ne connaissais même pas le son de sa voix. Habituellement, il ne parlait à personne sauf à Samuel et toujours à voix basse, la tête rentrée dans les épaules, avec des mines de comploteur. Eh bien, ce jour-là, il m'a parlé, Son-Excellence, il m'a dit :

– Lorsqu'un enfant se met à accomplir des guérisons, la mort recule de quelques pas. C'est beau ! J'ai déjà vu ça en Indonésie, quand j'étais en poste à Djakarta.

Et Samuel continuait de raconter. Après avoir vu Le-Professeur bondir de joie, une jeune fille, le visage couvert de boutons d'acné, s'était avancée vers Youri. Il l'avait invitée à s'étendre par terre. Les autres s'étaient précipités, avaient décroché manteaux, fourrures, doudounes au cœur de plume et peaux lainées qu'ils avaient amassés en tas, en guise de matelas. Une fois encore Youri avait murmuré dans une langue de son pays natal. Puis il avait enjambé à deux reprises le visage de la jeune fille et prononcé cette parole étrange : « Les enfants se portent dans le ventre, pas sur le visage. » Et il avait soufflé sur les joues de la gamine.

– Vous comprenez, Élie, m'expliquait Samuel, comme il soufflait, ça devait la chatouiller, la gosse. Elle a donc passé les mains sur ses joues. Et les boutons disparaissaient à vue d'œil. Plus elle passait les doigts, plus ils disparaissaient. On aurait dit qu'elle lissait sa peau.

– Où est-elle, cette jeune fille ? lui ai-je demandé.

– C'est moi ! m'a dit une blondinette aux yeux bleu foncé, couleur saphir. Regardez comme j'ai la peau douce.

Et elle passait encore les doigts sur ses joues, la gamine, et elle ouvrait les yeux, émerveillée. Je garderai longtemps dans mon cœur l'image de cette jeune fille heureuse qui a échappé à la rancœur de toute une vie en caressant son doux visage.

Que peut-on faire de celui qui accomplit des miracles ? Comment s'en débarrasser ? Le cacher dans le silence, il surgira par la souffrance des passants. L'enlever, le faire disparaître, le tuer ? Les images de lui défileront aussitôt dans les rues, en processions, couvriront les murs de la ville, envahiront les écrans des télés et des portables. Le nommer prince ou roi ? Il s'échappera vers d'autres royaumes, d'autres prodiges. Reste seulement à remercier. Je vous le dis sans détour, gens de peu de foi : priez, sinon vous pleurerez !

19

Elle était revenue, la belle Avril. Je m'étais aperçu qu'elle me manquait à mon pincement au cœur en la voyant. Elle m'avait d'abord posé un lapin le jour des guérisons chez Samuel. Je m'étais alarmé. On s'inquiète toujours des personnes qui nous confient leur âme. On se fait des films. On les imagine au plus profond de l'angoisse. Et puis elle a débarqué quelques jours plus tard, sans crier gare, un après-midi, alors que je lisais le journal sur mon récamier. C'était un long article traitant de l'épidémie qui s'était abattue sur les mulots des campagnes. Depuis le début de l'hiver, d'immenses colonies de ces petits rongeurs se lançaient à travers champs, traversaient en groupes compacts routes et voies ferrées, rivières et marais, se dirigeant droit vers la mer. Et lorsqu'ils parvenaient au rivage, au Touquet, au Havre, à Honfleur, ils se jetaient à l'eau, parfois du haut des falaises. On les voyait nager quelque temps avant de disparaître dans les flots. Le journaliste se demandait si ce phénomène n'était pas semblable à celui qu'on observait chez d'autres petits rongeurs, les lemmings de Norvège, dont on a longtemps pensé qu'ils se suicidaient en masse... J'ai dû interrompre ma lecture avant d'avoir atteint les explications scientifiques.

Lorsqu'il a entendu la sonnette, Youri, qui doit aussi voir au travers des cloisons, a dit :

– C'est Avril ! Je vais ouvrir.

Il était mignon mon petit portier dans son costume de flanelle qu'il n'avait pas quitté depuis trois jours. Il a sauté de joie en la voyant. Et elle, toujours méfiante, lui a tendu la main pour le saluer.

Elle portait un long manteau noir à la coupe virile, qui lui descendait aux chevilles, un pantalon de cuir noir, la crinière d'or éclaboussée sous son borsalino. Je l'ai détaillée de la tête aux pieds.

– Quelle allure !

– Je vous l'avais dit que je ne venais pas ici pour être soignée, m'a-t-elle aussitôt attaqué. Pourquoi m'avez-vous proposé un second rendez-vous ? Vous les psys, vous êtes tous pareils. Fonctionnaires de l'âme flottante, vous n'aspirez qu'à une chose : à devenir chroniques. Vous êtes comme ces maladies qui nous envahissent, un asthme, une urticaire, et qui, une fois apparues, ne veulent plus jamais déguerpir. Sous vos airs de curés bonasses, vous faites vos comptes d'apothicaires... C'est l'argent qui vous intéresse. Mais vous, a-t-elle hésité, vous ne faites pas payer, n'est-ce pas ? Elle a repris néanmoins de plus belle : Plus dangereux de ce fait, plus pernicieux. On ne se méfie pas, on se laisse aller, et soudain vous êtes dans la place, dans la tête, dans le cœur, dans la culotte...

J'ai souri :

– Vous avez pensé à moi ? lui ai-je demandé.

– Beaucoup, docteur Élie ! Je vous plains, vous savez... Préparez-vous ! Votre tâche sera ardue. Vous êtes le réceptacle où se déverseront les flots lorsque les digues seront rompues.

Je lui ai offert un café et des petits gâteaux. J'ai repris ma place dans le fauteuil, l'ai invitée à s'installer sur le divan. Mais elle restait debout. Elle semblait immense. Un instant, il m'a semblé que la calotte de son chapeau frôlait le plafond. Youri s'affairait à la cuisine. Je l'entendais déplacer les verres et les soucoupes ; je me demandais ce qu'il pouvait bien trafiquer. Et puis on a entendu cette voix d'enfant grave qui semblait sortir de nulle part :

– Puisqu'il vous dit de vous installer...

C'était Youri. Elle s'est étendue sur le divan.

Elle doit avoir l'esprit organisé, Avril. Elle a poursuivi son récit à l'endroit précis où elle l'avait interrompu. La dénonciation de Pascale, sa sœur aînée, d'abord à leur mère puis à une enseignante. Elle m'a raconté l'irruption des assistantes sociales dans la ferme. Et la brigade des mineurs, les policiers qui envahissaient chaque chambre, vidaient les armoires, retournaient les tiroirs, soulevaient les matelas, fouillaient les caves et les greniers. Le chambardement avait duré des jours. Elle a compris plus tard qu'ils cherchaient des revues ou des cassettes pornographiques, des preuves pour inculper son père. Mais qu'aurait-il fait de cassettes, ils n'avaient pas de magnétophone à la maison, pas même la télévision. « Pas de télévision ? s'étonnait le gendarme, mais ça ne se peut pas ! » Il a été conduit en garde à vue, menottes aux poignets, interrogé jour et nuit durant quarante-huit heures. Il a tout nié, le vieux grigou, rien avoué, pas dit grand-chose, du reste, sinon qu'il aimait sa famille. « Tu aimes ta famille, le vieux, avait ricané l'inspecteur, peut-être même que tu l'aimes un peu trop… C'est bien ce qu'on te reproche ! »

Puis l'aînée s'était rétractée. Elle avait prétendu avoir raconté des histoires parce qu'elle n'en pouvait plus de cette vie. Elle avait monté un bobard pour qu'on la sorte de là. Au commissariat, devant ses parents, elle s'était mise à hurler… Elle ne supportait plus cette ferme dont les murs moisis s'effritaient sous les doigts, cette ambiance pourrie, de tristesse et de maladie. Elle voulait qu'on la sauve de cette mère débile qui se noyait dans ses larmes, de ce père qui avait sombré au fond de sa bouteille. Et de cette sœur, aussi, cette garce, qui l'épiait, lui chipait ses affaires et la débinait auprès de ses amis. Et Avril s'est interrompue en se reprochant de s'épancher ainsi… « Mais c'est vieux, tout ça ! Pourquoi ai-je besoin de vous raconter mes histoires ? » Pourtant, elle a repris aussitôt le fil de son récit…

On avait séparé les deux filles. Pascale avait été placée dans une famille d'accueil, inscrite dans un collège à trois cents kilomètres de là. Quelques années plus tard, Avril avait appris qu'elle s'était mariée à dix-neuf ans à un représentant de commerce. Puis, elle n'avait plus entendu parler d'elle durant des années.

Avril, quant à elle, avait rejoint un autre foyer, à l'autre bout de la France où elle avait tout cassé, son lit, sa chaise, sa lampe de chevet, les verres, les assiettes, tout déchiré, ses vêtements, ses livres et ses cahiers. Un vrai chat sauvage ! Nul ne pouvait l'approcher. Un second foyer, ensuite, où elle était restée prostrée durant un mois sur son lit sans prononcer une parole, sans manger. On l'avait sortie de là pour la conduire aux urgences de l'hôpital, elle avait perdu quinze kilos. Déjà qu'elle n'était pas bien grosse… Elle m'a raconté, encore désespérée, l'hospitalisation dans un service pour anorexiques où on l'avait enfermée dans une cellule capitonnée, où on voulait la contraindre à se nourrir, d'où elle ne pouvait sortir qu'après la pesée, si son poids avait augmenté d'au moins cent cinquante grammes…

– Je voulais partir, m'a-t-elle avoué, partir doucement, devenir liquide, rejoindre les flux souterrains. Je voulais retrouver mes sources. Mourir…

Avril, sombre déesse de la nuit, née de l'ivresse et du chaos, mère des merveilles ! Avril, pose ton souffle au creux de mes mains. La nuit appelle le jour. Une émotion m'a envahi. Je me suis mis à l'aimer soudain. Je ne devrais plus faire ce métier. Je suis trop vieux, devenu trop sensible…

Deux ans plus tard ou peut-être davantage, elle ne savait plus très bien, ça devait être après six ou sept foyers et combien de nuits d'errance seule dans la ville… Elle s'était évadée une fois de plus d'un lieu de bienfaisance instituée. Glissant entre les ombres, tentant d'éviter les hommes en maraude et les malfaisants, une nuit, elle était tombée sur son père.

– Ce n'était plus le même, docteur Élie ! Je faisais la manche, à Paris, dans le Ve arrondissement, rue des Ursulines. Ce n'est pas très loin d'ici, quand j'y pense. Il faisait le même temps qu'aujourd'hui, gris, froid, sale. Il faisait nuit. Il sortait de la bibliothèque – vous vous rendez compte, une bibliothèque !… Lui qui, lorsqu'on vivait dans la ferme, n'ouvrait jamais un livre, ni même un journal. Il m'a prise dans ses bras. Il sentait bon. Il m'a emmenée au restaurant. J'avais faim. Nous sommes rentrés dans sa chambre d'hôtel. Il m'a lavée lui-même, dans la baignoire. J'ai pleuré toute la nuit. Au matin, nous nous sommes aimés.

Quoi ?

Je ne savais que dire… Condamner ? Elle n'en avait que faire. Elle connaissait jusqu'au tréfonds de ses fibres l'opinion de la société au sujet de l'inceste. Dénoncer ? Ce n'était plus une enfant ! Conseiller ? Elle m'avait prévenu tant de fois qu'elle ne venait pas pour cela. Alors, je lui ai posé une nouvelle fois la question qui planait au-dessus de nous, le motif de nos rendez-vous…

– Et les visions ?

– Patience, mon petit docteur ! Il veut savoir, le rat savant ; comme il voulait l'avoir, le père amant. C'est elle qui l'a eu ; cette fois aussi, c'est elle qui l'aura !

Elle s'est levée, s'est dirigée vers la cuisine d'un pas décidé. Youri lui avait préparé un second café. L'enfant lui a tendu la tasse sur une soucoupe, avec une petite cuiller et deux morceaux de sucre. On aurait dit qu'ils s'étaient donné le mot, ces deux-là. Peut-être par signes… Elle ne pouvait le voir, pourtant, depuis le divan où elle était couchée. Communiqueraient-ils par d'autres canaux ? Elle est revenue s'asseoir.

Les dieux grecs s'accouplaient avec leur fille, et même les rois, mais c'étaient des dieux, c'étaient des rois, des puissants qui s'autorisaient ce que l'on interdit au commun, aux lambdas, aux humains. Les pharaons, tout le monde le sait, épousaient leur sœur ; leurs vizirs, leurs chambellans, leurs généraux et jusqu'aux petits nobliaux de province en faisaient autant. Mais c'étaient des pharaons, des ministres, des chefs de guerre. Il s'agissait de démontrer l'étendue de leur pouvoir. Je recherchais dans mes souvenirs l'exemple d'un inceste assumé, désiré, entrepris dans un but déterminé. Je voulais comprendre.

Au début de cette nouvelle relation avec son père, Avril s'était laissé porter. Elle avait tant souffert. Il l'avait installée dans la maison qu'il avait achetée dans le XIIIe arrondissement, à la Butte-aux-Cailles. Depuis qu'il avait fait fortune en vendant des appartements, il la choyait, lui offrait vêtements de luxe et bijoux d'or. Tous les jours, elle devenait plus belle ; tous les soirs, il l'aimait plus fort, il l'aimait encore. Ils avaient changé de nom. Il la présentait à ses voisins, à ses amis, comme sa nouvelle compagne. Ils le critiquaient sous le manteau, les bohèmes du XIIIe, le plaignaient un peu, pour la forme, et lui prédisaient, ces envieux, le funèbre destin du docteur Unrat de *L'Ange bleu* qui, on s'en souvient, courut à sa perte en aimant Lola, la chanteuse du beuglant.

Son père était tombé amoureux. Avril, quant à elle, ne savait pas ; à cette époque, elle était incapable d'identifier ses sentiments.

– Je cherchais, docteur Élie. Je fouillais le destin qui, vous le savez, est si paresseux qu'il trace ses lignes selon les statistiques. Moi, je voulais sortir des sillons, faire exploser les cadres, abattre les cathédrales.

Chaque matin, à 9 h 30, réglée comme une horloge, elle partait à la Grande Bibliothèque explorer les recettes moyenâgeuses, grimoires kabbalistiques et mémoires diaboliques de ceux qui, autrefois, osèrent consigner leurs audaces iconoclastes. Elle avait pris la décision d'appuyer la passion sorcière de son enfance sur un savoir véritable. Elle ne se contentait pas d'apprendre, elle expérimentait aussi. Son laboratoire se trouvait en deux lieux. Elle stockait les ingrédients convenables, les plantes, les poudres, les huiles et les essences dans la cave de la maison. Et sur un quai en bord de Seine, du côté de Bercy, dans le creux d'une minuscule tombe qu'elle avait découverte dans les broussailles – une tombe très ancienne qui avait peut-être abrité la dépouille d'un nain, d'un enfant ou d'un chien –, elle dissimulait les substances interdites, des hosties consacrées dérobées dans les églises, des cierges entamés, des fragments de parchemins sacrés déchirés dans les synagogues, des coins de tapis de prière découpés dans des mosquées. Elle ajouta d'autres ingrédients à cette liste, à voix basse, peut-être pour épargner Youri, ou bien parce qu'elle n'en était pas très fière, comme ces fioles de sang d'hommes morts brutalement, victimes de meurtre ou d'accident, qu'elle se procurait à la morgue, place Mazas, au bout du quai de la Rapée.

– Vous comprenez, docteur Élie, ce sang conserve longtemps l'empreinte de la frayeur, du saisissement.

Avec ça, on peut en interrompre des événements ; on peut en provoquer, aussi, des accidents !

J'en ai frémi. Je savais qu'elle ne plaisantait pas.

C'étaient ses débuts, sa façon de déclarer à la nature qu'elle avait pris le parti de l'action, que désormais elle serait du côté de ceux qui mettent en scène et plus jamais un pantin, un jouet du destin.

C'est durant cette période, alors qu'elle étudiait intensément, qu'elle cherchait des idées, des recettes, des objets, qu'ont commencé ses rêves de tableaux.

– Des rêves – vous êtes un spécialiste à ce qu'on m'a dit –, des rêves… je ne sais pas mieux dire : des rêves qui n'en étaient pas. Des images, plutôt, qui surgissaient en plein sommeil et s'imposaient jusqu'à me réveiller… Oui ! Des images fixes, des tableaux…

– Ce sont ces images que vous appelez des « visions » ? lui ai-je demandé.

– Ah ! Voyez comme il plonge dedans ! Il veut faire l'intéressant… Attendez donc, docteur des âmes, docteur de rien, soyez patient avec les dames, nous ne sommes pas des chiens ! Croyez-vous que j'aurais parlé de rêves si c'étaient des visions ? Ils arrivaient pendant le sommeil, en plein milieu de la nuit. Il s'agissait donc de rêves, non ? Mais des rêves étranges, immobiles, sans action, sans personnages.

Elle rêvait donc de tableaux, souvent des paysages, des lieux qu'on lui présentait la nuit, qu'elle entreprenait de retrouver le jour en sillonnant la ville. C'était ainsi, m'expliqua-t-elle, qu'elle avait découvert la petite tombe de Bercy. On la lui avait d'abord présentée en rêve. Et c'est ainsi qu'on lui avait indiqué Samuel's, la boutique du boulevard Arago, et qu'on lui avait montré mon visage, mon prénom et le visage de Youri.

Soudain, elle s'est levée. Sans une explication, sans un regard, elle s'est précipitée sur son manteau, l'a enfilé d'un mouvement. J'en suis resté bouche bée.

Parvenue à la porte, elle a lancé sans se retourner :

– Vous viendrez dîner à la maison, tous les deux, disons vendredi soir. Et toi, Youri, a-t-elle ajouté, tu devrais arrêter avec les mulots. Tu vas finir par créer un déséquilibre écologique.

20

– Quel est ton métier, Élie ?

– J'ai charge d'âmes.

– Tu veux dire que des gens viennent te voir, comme Avril, pour te confier la garde de leur âme…

– C'est un peu ça, oui… Rarement la garde, en vérité, mais les soins, plutôt. Comme un coiffeur à qui l'on confie ses cheveux, par exemple. Les tiens en auraient bien besoin, d'ailleurs !

– Qui touche à l'un de mes cheveux, tant pis pour lui ! m'a défié Youri qui avait soudain pris son air de diable ; mais il m'a semblé que cette fois c'était un peu pour jouer.

Nous avions aménagé l'espace. La nuit, je dormais sur le récamier et lui sur le fauteuil. Nous aurions pu utiliser le même divan, alternativement. Lui s'endormait au crépuscule et se réveillait à l'aube ; on aurait dit qu'il accompagnait la lumière dans sa course. Peut-être voyageait-il avec elle, durant son sommeil, de l'autre côté de la planète ? Quant à moi, je m'endors rarement avant 4 ou 5 heures, à croire que je guette l'apparition de l'étoile du matin.

Nous avions adopté des règles, aussi. Pour les sorties, il nous fallait prévenir. Dire où l'on partait, pour combien de temps et évaluer l'heure du retour. J'étais trop inquiet lorsqu'il disparaissait. Il ne possédait aucun papier d'identité, et je ne connaissais même pas son véritable nom de famille. Il n'avait aucune existence institutionnelle. Je me disais qu'il pourrait être reconnu dans la rue par un Rom, enlevé, emporté dans un campement ou que sais-je encore… ramené en Roumanie ?

La règle valait du reste pour nous deux. Lorsque je sortais, je précisais l'endroit où je me rendais, la durée probable de mon absence. Il m'écoutait d'une oreille distraite, le sourire en coin. Il semblait dire qu'il n'avait pas besoin de tels artifices pour me retrouver.

Peu à peu, nous organisions notre vie de garçons. Youri m'était un compagnon agréable, pas bavard, certes, mais à la présence apaisante. Lorsqu'il se tenait assis sur le fauteuil, près de la fenêtre, les mollets ramenés sous les fesses, la tête en arrière, regardant le ciel, une quiétude se répandait dans la pièce. Il me faisait alors penser à un fakir en méditation. Il n'était pas absent, pourtant. Il réagissait à mes invitations, discutait mes propositions, à condition qu'il y trouvât de l'intérêt. Les petites questions de l'existence, en revanche, ces pinaillages, ajustages, occupations et divertissements factices, précautions obsessionnelles, protections phobiques, apprentissages débiles dont on sature la vie des enfants en pensant les éduquer, lui restaient étrangers. Il était un modèle pédagogique à lui seul, un manifeste vivant contre l'infantilisation des enfants. Quant à l'école, inutile d'y penser ! Il m'avait fait comprendre que s'il m'arrivait un jour de le laisser dans une salle de classe, je ne le reverrais jamais. Le connaissant un peu, je savais qu'il ne blaguait pas.

C'est chez moi, et j'en éprouve une certaine fierté, que Youri a commencé à développer son art de la question.

– Mais dis-moi, Élie, qu'est-ce qu'une âme ? me demandait-il encore.

Comment répondre ? J'éprouvais l'étrange sensation d'être l'élève devant le maître...

– Une âme, heu... c'est ce qui te rend autonome, de l'intérieur.

– Si elle me rend autonome, pourquoi aurais-je besoin de l'aide d'un docteur pour en prendre soin ?

– C'est que, quelquefois, l'âme, maltraitée par les malheurs du temps, s'échappe au loin, ou se recroqueville dans un coin.

– Et toi, dans ce cas, que fais-tu ?

– Dans tous les cas, je pars à sa recherche.

– Alors, dans ton métier, tu dois connaître les paroles qui font sourire les âmes, les odeurs qui les attirent et les musiques qui les troublent, peut-être… Tu dois les séduire pour les inciter à revenir.

– Tu as raison ! C'est précisément cela, mon métier, psychopompe, guide des âmes.

Ce soir-là, j'avais obtenu un nouveau rendez-vous avec Sabrina. Nous ne nous étions pas revus depuis cette nuit passée dans son appartement de la rue Daguerre, à peine croisés à deux reprises au centre d'ethnopsychiatrie. J'avais l'impression qu'elle me battait froid. Peut-être entendait-elle seulement marquer ses distances sur son lieu de travail. Elle apparaissait toujours sur l'écran de mes arrière-pensées érotiques, mais moins souvent, parfois chassée par l'étrange Avril. J'étais heureux de me redécouvrir inconstant. La fidélité ne m'a jamais réussi. Je pourrais même démontrer qu'elle a été à l'origine de tous mes ennuis. Je suis ainsi, qu'y puis-je ? J'ai dû m'arrêter à un stade de mon développement sexuel, celui où l'amour n'est pas un but, seulement un chemin vers la connaissance d'un autre. Ce n'est pas seulement dans mon métier qu'il me faut connaître « les paroles qui font sourire l'âme », selon l'expression de Youri, c'est en toutes circonstances, à chaque instant de ma vie, et surtout lorsqu'il me faut obtenir le sourire d'une femme.

En y allant, je suis passé chez Samuel, boulevard Arago. Il se tenait sur le trottoir, le dos appuyé contre la devanture. Il faisait déjà nuit. Un crachin glacé s'infiltrait jusqu'aux os. Et lui, dans son jean Levi's historique, une grosse chemise canadienne à carreaux et un simple gilet en peau de mouton par-dessus, défiait les éléments de son éternelle bonhomie.

– Élie, quel plaisir de vous voir passer sur le boulevard, s'est-il exclamé. C'est comme un lever de soleil. On sait qu'il apparaîtra, bien sûr, mais le voir, ça fait toujours du bien.

– Vous êtes un flatteur, Samuel ! Qu'avez-vous donc à me vendre ?

– J'ai des choses pour vous, c'est certain. Une chemise à jabot en pure soie, vous pouvez courir tout Paris, personne n'a la même, fabrication italienne, années 70, rarissime... et des bottines vernies à boutons, petite taille... Vous seul pouvez mettre ça. Au prix Samuel, bien sûr !

Et ça l'a repris, comme d'habitude mais en plus anxieux. Il m'a saisi le bras, l'a serré fortement en me demandant :

– Que va-t-on devenir, mon cher Élie ? L'inquiétude monte, la révolte gronde, les gens ont les nerfs à cran, prêts à s'écharper. Je ne serais pas étonné de voir éclater une rixe ou même un pogrome.

J'ai voulu l'apaiser :

– Les affaires ne tournent-elles pas ?

Il m'a attiré quelques mètres plus loin pour que l'on ne puisse surprendre notre conversation.

– Mais si, justement ! Les affaires tournent très bien. Quand je vends, c'est que les gens n'ont pas les moyens de se rendre dans une boutique ou même au Monoprix.

Je le connais, mon Samuel ! S'il se fait insistant, il a une idée derrière la tête.

– Vous savez quoi, Élie, m'a-t-il murmuré à l'oreille, j'ai une proposition à vous faire.

– Une proposition ? Mon Dieu ! Combien cela va-t-il me coûter ?

– Pas un sou ! Et vous répandrez les bienfaits autour de vous. Après la séance de l'autre après-midi, j'en ai vu passer des dizaines à la boutique, qui demandaient quand le petit allait revenir pour des guérisons. Des malades, bien sûr, mais aussi des curieux et même des psys, de vos confrères...

J'ai aussitôt réagi. Il voulait utiliser Youri comme attraction, faire affluer de nouveaux clients. Mais c'était impossible ! Je n'imaginais pas un instant que quiconque pût demander à Youri de guérir celui-ci ou celui-là. Les guérisons, ça le prenait comme ça, on ne savait ni pourquoi, ni quand, ni où... Chez lui, c'étaient des sortes d'impulsions. De plus, la présence d'éventuels confrères m'inquiétait. Je les connaissais, avec leur jalousie maladive, il ne faudrait pas attendre longtemps avant que nous soyons dénoncés, que débarque la Haute Autorité de santé ou même la police pour nous inculper d'exercice illégal de la médecine ou pire encore. J'ai répondu par une pirouette.

– Voyons, Samuel, peut-on ordonner au vent de souffler ? Youri, c'est comme un vent. Lorsqu'il est là, ou bien on se laisse ébouriffer, ou bien on court se mettre à l'abri.

– Je comprends ! a admis Samuel. Je l'ai moi-même constaté l'autre après-midi. Son massage cardiaque au Professeur, ça l'a pris d'un coup. Nous avons été suffoqués. Tous ! Et même les habitués de la boutique, les blasés, les bobos, les nantis du citron... Jusqu'à votre collègue que vous appelez « Le-Lacanoïde » qui ouvrait des yeux ronds comme des soucoupes. Tous, je vous dis ! Ils n'arrivaient plus à sortir une parole. Vous auriez dû voir ça, Élie. Un miracle ! On ne peut pas l'appeler autrement, n'est-ce pas ? Un miracle ! Ce vieux qui, la veille encore, se répandait dans mon fauteuil en geignant... Ce vieux qui s'est soudain dressé tel un boxeur sur un ring. Vous auriez dû voir ça ! Oh Élie, je vous en supplie, écoutez-moi ! La détresse est si profonde, elle est partout, silencieuse, rampante. Je suis sensible, je pourrais presque la toucher, la mesurer, la peser. Alors un vent comme Youri – qu'est-ce que je dis là ? pas un vent, une bourrasque, un ouragan ! – on ne peut pas le laisser passer.

La détresse à laquelle Samuel était si sensible, c'était celle des statistiques, des événements tracés, prévus, fichés. « Les gens », comme il les appelait, c'est-à-dire tout le monde, lui et moi compris, les gens étaient effondrés, vidés de tout ressort, car ils ne parvenaient plus à penser. Ils étaient pensés avant même d'ouvrir la bouche, encadrés par les infos en continu, la cervelle vidée par les réseaux sociaux. Il suffit d'imaginer une autoroute qui file droit vers nulle part sans jamais aucune indication, sans sortie, sans bretelle, sans aire de repos, sans aucun moyen de s'échapper, rien d'autre que rouler tout droit au milieu du troupeau. On n'est tout de même pas des gnous ; on finit par devenir fou.

Alors des événements comme ces guérisons, qu'on ne savait pas expliquer, qu'on ne parvenait même pas à nommer, l'apparition d'un être étrange comme Youri, mi-démon mi-dieu, dont on ne savait rien, et certainement pas les intentions, qui défiaient l'ordonnancement des hommes et les lois de la nature, c'était une espérance en forme de cyclone. J'ai tapoté la joue de Samuel :

– Vous me plaisez, Samuel ! Vous êtes à la fois bon et malin. C'est un alliage peu courant. Vous avez peut-être raison. Mais renoncez à votre idée d'attraction. Je n'organiserai pas de séances publiques de guérison. Je repasserai par ici, c'est certain, peut-être le gamin sera-t-il avec moi. Qui décide ? Et il adviendra ce qui doit advenir. La sagesse, cette fois, c'est d'accepter les événements comme ils nous sont donnés, même s'ils sont fous.

– Vous êtes plus vieux que moi, a répondu Samuel. Je m'incline. Mais je me demande tout de même : peut-être l'ouragan passera-t-il au-dessus de notre tête avant de disparaître dans la mer… Ne laissons-nous pas échapper un trésor ? La destinée n'est peut-être qu'une succession de chances ratées. Me permettez-vous de vous poser une question, Élie ? Une dernière question…

– Allez-y !

– Que se passe-t-il ? Pourquoi est-ce à vous que s'est attaché ce gamin ? Pourquoi vient-il faire ses guérisons dans ma boutique ? Vous pourriez me le dire ?

Cette question, voilà des semaines qu'elle tournait dans ma tête. On a beau dire qu'on ne se pose que les questions auxquelles on sait répondre, moi, franchement, je ne savais pas…

Je n'ai rien d'extraordinaire, à part mon esprit de contradiction. Et lui, le bon Samuel, il n'a de singulier que son don pour mesurer les hommes. Et quoi d'autre ?

– Parce que nous aimons les vieux objets, lui ai-je lancé comme s'il s'agissait d'une boutade. Voilà pourquoi !

Mais je dois dire que j'y croyais un peu.

J'ai traîné, bavardé avec l'un, plaisanté avec l'autre, essayé une veste, un manteau… Finalement, je lui ai abandonné sa chemise à jabot, mais n'ai pu résister aux bottines vernies. Je les avais aux pieds lorsque je suis arrivé à la brasserie. Sabrina était installée à la table du fond, près du radiateur. Elle m'a adressé un signe de la main en m'apercevant. J'ai remarqué que quelque chose ne tournait pas rond.

– Assieds-toi en face de moi. Ne te retourne pas ! m'a-t-elle glissé dans un souffle.

Machinalement, j'ai relevé le col de mon manteau.

Comme je m'y attendais, elle a commencé par me critiquer :

– Je t'avais bien dit de te méfier du gamin. Mais tu n'en fais qu'à ta tête.

J'avais beau lever vers elle des yeux ronds, elle ne m'en disait pas davantage, débitant ses récriminations :

– Et qui a dû accompagner Louisa à Fresnes, à la maison d'arrêt, pour visiter son fils ?... Et chez le juge d'instruction, parce qu'elle était trop flippée pour s'y rendre seule ?... Et à Levallois dans les bureaux de la DGSI, parce qu'elle pensait qu'on allait la coffrer ? Ben c'est moi, bien sûr ! Parce que monsieur est trop occupé à jouer avec son gamin.

Je lui ai finalement demandé :

– Allez, dis-moi ! Qu'est-il arrivé ?

– Rien ! Sinon que nous sommes fliqués. Ma ligne téléphonique a été mise sur écoute, je suis suivie même lorsque je vais m'acheter une baguette à la boulangerie. Nous faisons partie de la longue liste des suspects.

– Suspects de quoi ?

Elle a levé les épaules en secouant la tête :

– Qui sait ?

– Et alors ?

– Alors… rien ! Nous ne sommes pas seuls. C'est tout.

– Et ça te dérange ?

Elle a éclaté de rire.

– Mais non ! Ça m'excite.

L'amour est un guide touristique qui jette une lumière sur chaque pierre, sur chaque visage, chaque événement. L'amour ouvre les yeux si grands que le monde en devient irréel. Lorsqu'on aime, tout le monde nous regarde et nous, l'amoureux, on a peur de se retrouver nu comme au premier jour.

21

Chez Samuel, il y a un homme qui se débat quelquefois avec des forces que nul ne peut apercevoir ni même entendre. Lorsqu'elles deviennent virulentes, on peut le voir se fâcher, leur répondre, ou même les insulter. On le dirait alors en conversation au téléphone portable. Il n'en a pas. Ses correspondants sont invisibles au commun, les canaux par lesquels ils communiquent sont connus d'eux seuls. Il est polonais – enfin, il l'a été. C'est précisément depuis qu'il a obtenu sa naturalisation que les forces l'ont assailli. C'est du moins ce qu'il m'a raconté un jour. Il s'appelle Mirko. Je l'ai surnommé « L'Entendeur » parce qu'il termine souvent ses phrases par la formule : « À bon entendeur, salut ! » Lorsque les forces le laissent tranquille, c'est un homme paisible quoiqu'un peu distant. Il vient tous les jours à la boutique. Il y reste des heures, debout, appuyé contre un mur, attendant que Samuel lui confie quelque tâche. Nul ne plie mieux les chemises, ne range mieux les paires de chaussures, n'organise mieux la vitrine. Si vous avez une armoire à déménager, un colis à aller chercher à la poste, une roue de voiture à changer, vous pouvez faire appel à lui. Il ne refuse jamais de rendre service. Cet après-midi, alors que je me hâtais vers le centre d'ethnopsychiatrie, il m'a interpellé sur le boulevard.

– Élie... Élie !

– Bonjour Mirko. Excuse-moi, je suis à la bourre...

– Juste un instant, Élie !

Il existe une sorte de pacte non dit entre les membres de ce club informel des clients de Samuel : même si celui qui parle est ennuyeux, même s'il répète sa rengaine, même s'il brandit des opinions malsaines, quoi qu'il dise, l'autre l'écoute. On pourrait penser que nous nous sommes passé le mot, qu'un jour nous nous sommes réunis pour le décider. Mais non, c'est arrivé comme ça. Personne ne l'a remarqué, ni ne l'a explicité, personne ne l'a institué. C'est ainsi, voilà tout. Alors, je l'ai écouté.

– J'ai vu le petit hier soir, a-t-il commencé. Il se promenait sur le boulevard après ton passage à la boutique.

J'ai sursauté. J'ai eu peur. Mon inquiétude augmentait chaque jour, depuis que Youri se sentait à l'aise dans le quartier, qu'il parlait au premier venu, qu'il suivait qui l'invitait… Je me disais qu'il finirait par croiser une femme de bonne volonté (ce sont les pires !). Elle lui poserait des questions sur l'école qu'il fréquente, sur sa famille, sur sa mère… Dieu seul savait ce qu'il répondrait. Et ça finirait par un signalement à la juge. Et tout allait recommencer…

– Ah bon, il est sorti quand il faisait déjà nuit ? Je le lui avais pourtant interdit.

– Il est entré dans la boutique. Il n'y avait plus grand monde. J'aidais Samuel à ranger avant la fermeture. Il s'est installé dans son fauteuil et s'est mis à me regarder fixement.

– Et alors ?

– Alors, m'a dit Mirko, il leur a parlé.

– Il leur a parlé ? À qui a-t-il donc parlé ?

Au moment où je prononçais cette phrase, j'avais déjà compris.

– Ah oui ! À… aux…

Un sourire a illuminé le visage de Mirko. Le miracle qu'il espérait depuis des années s'était enfin réalisé.

– Il les a vues, mes voix, il les a entendues ! Tu ne peux imaginer le soulagement, Élie. Vingt ans de guerre, de lutte contre les psychiatres et les bien-pensants ont été balayés en un instant. Il m'a dit : « C'est une femme. Elle te dit de marcher à quatre pattes comme un chien. Ne t'inquiète pas, ce n'est qu'un rat et elle finira comme un rat ! »

Je ne savais que dire.

– Une femme… ai-je balbutié bêtement. Ah, c'était une femme…

– Oui ! Il l'a vue, le petit. Il me l'a décrite. Elle est grosse, toujours vêtue de rouge. Il a répété ses mots, les mots exacts qu'elle m'adresse en secret, les grossièretés qu'elle me lance, les abominations qu'elle me prédit. S'il te plaît, Élie…

– Oui…

– Samuel m'a dit que tu ne souhaitais pas que le petit revienne à la boutique. Je comprends ! C'est un enfant après tout. Mais à la boutique, avec nous, il ne risque rien. Laisse-le, je t'en prie. Il m'a promis de la faire partir, la femme rouge, elle et tous les autres avec !

Décidément, l'existence de cet enfant magique ne pourrait longtemps être tenue secrète. J'avais pensé naïvement qu'en écartant les importuns je parviendrais à le préserver, ne serait-ce que quelques mois, le temps qu'il éclaircisse sa situation, qu'il trouve un chemin apaisé vers le monde. Mais c'était sans compter sa propre appétence, ses attractions, ses tropismes, ses impulsions… Où va-t-il ?

Ah, l'enfant, ah le Tzigane, tu as tes raisons !

Tzigane, voyageur de tous les instants, sais-tu où tu es arrivé, en quelle contrée, en quel moment ? Ici, le monde est sens dessus dessous. Tu n'y gagneras que des coups.

– Et sais-tu où il les expédiera, Élie ? Les voix de l'angoisse et de la perdition, sais-tu ce qu'il en fera ? Il me l'a dit ! Il fourrera chacune dans un mulot qu'il expédiera se noyer du haut d'un pont ou d'une falaise…

Sacré Mirko ! Le « bon entendeur » qu'il saluait à tout bout de champ, il l'avait enfin rencontré… Le bon entendeur, c'était Youri !

La veille au soir, alors que Youri se livrait à ses exercices de divination, je me trouvais à la brasserie avec Sabrina.

Nous parlions à voix basse, scrutant chaque client pour découvrir l'agent de la DGSI. Celui-ci, sans doute ! Il avait l'air trop décontracté pour être honnête. Et les verres fumés de ses lunettes… Ou plutôt celle-là, non ? Vois comme elle se tient bizarrement au bar devant son verre vide. Elle ne cesse de regarder par ici… Non ! Plutôt lui ! Regarde l'énorme sac qu'il transporte… À coup sûr du matériel pour nous écouter…

Ça tournait franchement à la parano. Et lorsque Édouard, Le-Poète, qui par hasard dînait là ce soir, s'est écrié : « Mais qui voilà ? », nous avons sursauté tous les deux.

– Ah ! a crié Sabrina.

– Tu nous as fait peur ! ai-je repris en chœur.

– Que complotez-vous ainsi tous les deux ? Ne vaut-il pas mieux s'aimer en chemin ?

– S'aimer en chemin ? C'est une poésie, je parie…

Et il nous l'a sortie, sa strophe :

La Tzigane savait d'avance
Nos deux vies barrées par les nuits
Nous lui dîmes adieu et puis
De ce puits sortit l'Espérance.

– Tu es incroyable, Édouard ! Où donc as-tu trouvé ces vers ?

– Apollinaire, mon cher.

– Sais-tu ce que je pense au fond de moi ? Nous croyons vivre, marcher, jouir ou sourire, mais c'est une illusion. Nous sommes tenus au creux d'une seule main de la Tzigane. Et, dis-moi encore, cette formule, « s'aimer en chemin », d'où sort-elle ?

– Cette formule, elle est pour vous. Je vous l'offre en cadeau, pour la nuit :

Mais l'espoir d'aimer en chemin
Nous fait penser main dans la main

– C'est le même poème ?

– Eh oui ! Du même Apollinaire.

Main dans la main, en effet, nous sommes partis marcher sur le boulevard, comme des amoureux. La bruine avait cessé, le froid était devenu plus intense ; dans mes petites bottines d'apparat, je sentais mes pieds se transformer en glaçons.

Je lui ai proposé, jouant le timide :

– On pourrait aller chez toi.

– Chez moi ?

Et j'ai pensé que la guerre allait repartir. Que ça commencerait par des « Mais comment cela chez moi ? Allons, tu n'y penses pas... » en passant par des « Voyons, Élie, nous ne pouvons décidément pas faire ça. Imagine si on l'apprenait au centre d'ethnopsychiatrie... » et que ça finirait par « D'accord pour un dernier verre, mais un seul et tu rentreras vite chez toi. OK ? » Et à la fin de la nuit, elle finirait par céder non par désir mais débordée par ses propres instincts. Cette femme n'est vaincue que par la nature qui la submerge.

J'en avais fait l'expérience, une nuit d'amour avec Sabrina ne pouvait arriver que par surprise, en échappant à l'ordre du monde. Un bus s'est présenté. Je l'ai entraînée. Nous avons pris place dans le fond, tout contre le moteur, parce qu'il y faisait plus chaud. Nous nous sommes embrassés comme deux ados. Ses lèvres étaient de braise, son cou fleurait l'absinthe, la datura, ou je ne sais quelle plante qui rend fou. Elle fermait les yeux. Ses doigts jouaient une danse sur mes joues, dans mes cheveux, tout comme les miens, amoureux. Son pouls swinguait, aux chevilles, aux poignets, le mien aussi, à la tempe, aux oreilles. Nous étions devenus une machine infernale, pulse, impulse, prête à exploser, dont on entendait le tic-tac, de plus en plus fort, à l'intérieur de notre corps. Nous avons raté la station. Et puis, nous avons longtemps déambulé, reprenant notre souffle, pour le perdre, au creux d'une porte cochère. La grille du parc était cadenassée, la lourde porte du cimetière verrouillée. Nous sommes entrés dans un café, avons commandé deux vodkas au bar, comme deux loubards. Elle est descendue aux toilettes ; devant moi, une télé diffusait en continu des nouvelles de la planète. Je suis allé la rejoindre. Dans le minuscule réduit, près des cuisines, elle lavait ses mains, les miennes cherchaient ses hanches. Nous nous sommes serrés, frottés, reniflés, caressés… « Tout de même, Élie… Nous sommes devenus fous, ou quoi ? » Boulevard Raspail, nous nous cachions derrière les réverbères, comme des canailles, pour nous embrasser encore ; rue Victor-Schœlcher, j'étais collé contre ses fesses et nous avancions ainsi un pas après l'autre, araignée géante, crabe qui en pince. Dur comme fer, j'étais devenu son frère, un prince berbère. En arrivant rue Daguerre, elle m'a pris le bras, nous nous sommes redressés, marchant d'un seul pas, comme de vieux amants. « Tu veux entrer ? » m'a-t-elle demandé. Innocente. Surprenante. Toujours.

Après l'amour, à peine vêtus, assis sur les fauteuils du salon devant un thé chaud, silencieux au point qu'on entendait derrière les murs le son lointain d'une radio, je sentais les ondes de sa fureur. Nous étions là, comme un couple de félins, un temps rapprochés par l'instinct et les parfums, séparés maintenant par le tranchant de leurs dents.

– Aimer dure un instant, ai-je dit à mi-voix, mais penser, c'est tout le temps !

Elle a souri :

– Si ça pouvait être l'inverse…

Et c'est alors seulement que nous avons recommencé à parler de Redha. Elle m'a raconté qu'il était tenu au secret, seul dans une cellule, dans une aile spécialement aménagée de la maison d'arrêt de Fresnes. Il était pourtant mineur. Mes démarches répétées auprès de Villeneuve, le ministre de l'Intérieur, avaient aidé, je crois, à débloquer les visites. Louisa et Sabrina s'étaient rendues ensemble à la prison, à trois reprises. Vêtu d'une djellaba blanche, les cheveux fous, les yeux absents, Redha marchait sans cesse d'un bout à l'autre du minuscule parloir. Il semblait ne pas reconnaître sa mère, ne la laissait pas approcher, ne réagissait pas à ses paroles de tendresse, à ses consolations. Quant à la présence de Sabrina, il n'y avait même pas prêté attention.

Il était devenu indifférent au monde.

– Il prononce des phrases incohérentes, m'a-t-elle expliqué, adressées à des êtres invisibles, des phrases qu'on a du mal à retenir, truffées de mots bizarres. J'ai parlé au psychiatre de la prison. Il pense qu'il a fait un virage psychotique. Il envisage de lui administrer des neuroleptiques… Mais avant cela, il voudrait au moins avoir une conversation avec lui… Et c'est impossible !

De religion, il n'était plus guère question ; l'islam, son combat de naguère, semblait effacé. Il accomplissait néanmoins une sorte de rituel que nul ne savait rapporter à un culte connu. Il se prosternait deux fois par jour, au lever et au coucher du soleil, et adressait ses incantations à la lumière. On pouvait reconnaître des mots, des expressions, « Toi, le lumineux », par exemple, ou « Éclaire mon chemin » et « Youri », ce nom qu'il prononçait sans arrêt, depuis le jour du cataclysme au lycée. Quelquefois, ont raconté les gardiens, on l'entendait dialoguer avec quelqu'un. Ça semblait être une conversation, mais on n'en distinguait pas le contenu. Quelle langue parlait-il alors ?

– Que faire ? m'a demandé Sabrina. Il y en a, tu le sais, qui ont sombré un jour et n'ont jamais plus reparu. Moi, je n'arrive pas à croire à cette théorie du virage psychotique. Soit il simule pour obtenir un non-lieu pour maladie mentale – et dans ce cas, on peut dire que c'est un artiste –, soit il est atteint d'un désordre dont nous ne savons rien, une nouvelle maladie. Dans les deux cas, nous sommes hors jeu.

En passant devant Samuel's, je ruminais cette conversation en boucle, lorsque j'ai été interpellé par Mirko. C'est en le quittant que la réponse m'a sauté au visage. Si Youri est capable de s'adresser aux voix de Mirko, il devrait pouvoir en faire tout autant avec celles de Redha. À partir de ce moment, une idée s'est imposée à mon esprit, qui ne me lâchait pas : remettre en présence ces deux-là.

Je ne savais pas qu'ils communiquaient déjà.

22

Comme toujours, Jeanne caracolait sur son cheval d'or, brandissant son étendard, place des Pyramides. Un peu plus loin, en remontant la rue Saint-Honoré, entre le 161 et le 163, sur le mur de l'immeuble, on peut voir une plaque commémorative à l'endroit où s'élevait autrefois la porte Saint-Honoré. *Veyit'halal*, dit-on en hébreu dans la prière des endeuillés, c'est-à-dire : « Qu'il soit loué. » Honoré ? C'est sans doute l'origine du nom de ce saint, « Honoré ». Sur le bas-relief, Jeanne a les yeux fermés, le visage douloureux. C'est là, dit-on, lors de sa tentative de reprendre Paris aux Anglais, qu'elle fut blessée le 8 septembre 1429 d'un carreau d'arbalète qui lui traversa la cuisse. On sait le destin qui fut ensuite le sien. Il ne fait pas toujours bon sauver le roi de France.

Youri a sauvé le président de la République. Je doute qu'il le revendique un jour. En avait-il même conscience ? Seuls les témoins de la scène ont pu le voir, et encore... ceux qui étaient près de lui. Le public l'a ignoré. Nul n'a entendu parler de l'existence de cet enfant. Ce gouvernement cultive l'art de dissimuler la poussière sous le tapis. Mais comprendre au moins ce qui s'est passé... Non ? Ça ne les intéressait pas, à l'Élysée ? Ou même place Beauvau ? Eh bien moi, ça commençait à me chatouiller, à m'énerver, et même à me passionner ! Je ne savais par quel bout prendre le problème néanmoins. Tout en contemplant la Jeanne cavalière – je n'avais pas remarqué jusqu'alors qu'elle portait les cheveux longs, réunis en une sorte de queue-de-cheval –, j'essayais de démêler les fils de l'écheveau.

Je conçois que lorsque survient un bouleversement majeur dans une société, un changement radical de régime politique par exemple, ou la modification en profondeur de la structure économique ou sociale, les personnalités les plus sensibles, qui sont souvent les plus fragiles aussi, deviennent perméables, se laissant envahir par les forces qui vont. Les vagabonds, les immigrés, les fous, les asociaux deviennent du jour au lendemain les feux de détresse du monde en train de se défaire. Depuis quelques mois, je me suis retrouvé aux premières loges, moi qui ne fréquente que les immigrés en détresse depuis des lustres. Voilà ! C'était simple…

Avec la sensation d'avoir acquis la prémisse de mon raisonnement, j'ai repris le chemin du centre d'ethnopsychiatrie. Et je me suis heurté à un barrage de CRS. « Non, monsieur, vous ne pouvez pas emprunter cette rue. » Allons bon ! Mais c'est ici que je travaille, qu'on m'accepte encore un peu, avant d'être remisé dans la grande salle des ramollis du bulbe. Oui, juste quelques dizaines de mètres plus loin, au numéro 42. « Non, monsieur ! L'interdiction est formelle, y compris pour les riverains ! Nous sommes en opération ! » En opération de quoi, grands dieux ?

J'ai rejoint l'attroupement. Des touristes chinois, coréens, japonais brandissaient leurs téléphones portables… De quoi devenir sur-le-champ une vedette planétaire, mon image expédiée aux antipodes sur les ailes du vent. J'aimerais imaginer des belles de Shanghai ou de Hong Kong réunies autour d'un Samsung rose à paillettes pour admirer mon long nez en gloussant de désir. Il y avait aussi des riverains, des commerçants de retour de déjeuner, des banquiers revenant d'un rendez-vous, des joailliers, des tenanciers tamouls de boutiques de souvenirs et un couple d'amoureux, de tout jeunes gens, comme au bon vieux temps… Et j'ai entendu : « C'est dans l'immeuble là-bas, au 42. » J'ai sursauté :

– Au 42, dites-vous ?

– Oui ! Je les ai vus entrer, cagoulés, casqués, le fusil pointé. Il y en avait même un qui tenait un bélier pour défoncer une porte. Ils étaient nombreux, peut-être une vingtaine.

– Des policiers ?

Il a haussé les épaules.

– Ben oui, des policiers… Et qui d'autre ?

Il y avait trois rangs de badauds devant moi. La rue m'était cachée. J'ai demandé :

– Vous voulez bien me dire ce que vous voyez ? Qu'est-ce qui se passe ?

– Mais rien, monsieur ! m'a répondu la dame en épais manteau de fourrure qui me barrait la vue. Ils viennent à peine de pénétrer dans l'immeuble. Je m'attends au pire.

Et le grand aux cheveux blancs, avec son loden camel et ses gants en peau d'agneau, s'en est mêlé :

– Vous allez voir que l'immeuble abrite un repaire de terroristes. Vous vous rendez compte… Dans le Ier arrondissement, avec autour de nous le Louvre, la Comédie-Française, tous ces cafés et tous ces touristes… On en veut à notre économie, c'est certain !

– Et les antiquaires, et les marchands de tableaux, et les banques ! a repris un autre. Et les changeurs, et les vendeurs de pièces d'or… Les banques, surtout ! Il n'y a que ça par ici… Vous n'allez pas me dire que ces gens-là vivent de leur travail…

Et la dame à la fourrure qui revenait à la charge, excitée par l'air entendu de son interlocuteur :

– Moi, monsieur, j'habite rue de Rivoli. Je croyais être à l'abri avec toutes ces voitures de ministres et de diplomates qui stationnent en double file devant les grands hôtels. Je me disais qu'au moins ici on était bien gardés. Eh bien non ! Rien ne nous sera épargné.

Une angoisse m'a saisi au ventre. C'était un vendredi. Toute l'équipe se trouvait au centre d'ethnopsychiatrie : Anne-Sophie et Thomas, l'assistante sociale et le psychologue, et aussi Marc, notre éducateur, un immense gaillard qui respire la bonté, et Jean-Paul, notre vieux psy militant à qui aucun ado n'a jamais pu résister, et notre petite dernière, la gracieuse Manon, tout juste diplômée, et Sylvia, l'inspirée à la tignasse de lionne, et Sabrina, bien sûr, sans oublier Kora, notre directrice, et sa secrétaire Aurélie et Dieu sait combien de patients, et leurs familles, et les interprètes... Toutes ces personnes que j'aimais, les supports de mon être, se trouveraient à l'heure actuelle sous le feu croisé des terroristes et des policiers... Je ne pouvais m'y résoudre. J'ai bousculé les Chinois photographes, me suis faufilé jusqu'aux barrières. J'ai attendu que le CRS devant moi détourne le regard et j'ai foncé en me baissant. Je me suis calé dans l'entrée du 67, presque en face de l'immeuble du centre. Je n'étais pas seul. Nous étions bien une dizaine serrés les uns contre les autres dans l'encoignure de cette porte cochère. On a entendu une bousculade, quelques cris de femme, mais pas un seul coup de feu.

Et j'ai vu ressortir les hommes en noir, lentement, aux aguets. Le canon pointé, ils jetaient un regard à droite, un autre à gauche avant de franchir le seuil de l'immeuble. Les walkies-talkies crépitaient, les bottes frappaient le pavé, les culasses cliquetaient et déjà les moteurs démarraient. J'en ai compté six qui sortaient en file indienne, sans un mot. Et puis je l'ai vue apparaître, les menottes aux poignets, encadrée par deux hommes en noir… Sabrina !

Je me suis précipité.

Je n'avais pas fait deux mètres que deux costauds m'ont saisi chacun par un bras, soulevé à cinquante centimètres du sol. Celui de gauche m'a murmuré à l'oreille : « Un mouvement de plus et on vous embarque avec ! »

Encadré par les malabars, je me suis mis à penser. C'est peu dire, mon cerveau battait la chamade. Sabrina ? C'était évidemment une erreur ! Pourquoi appréhender Sabrina, une psychologue dévouée qui consacrait ses jours aux âmes égarées… Mais au fond, qu'est-ce que je savais réellement de Sabrina ? Je ne la connaissais que depuis trois ans. Elle avait fait irruption dans notre équipe sans crier gare, s'était imposée par sa compétence clinique, ses connaissances fines des traditions maghrébines, sa gentillesse avec les patients et les collègues. Se pouvait-il qu'elle fût une infiltrée ?

C'est dans des moments pareils qu'on comprend qu'habituellement on vit dans l'espace d'une théorie et pas au sein d'une réalité. En quelques minutes, les hypothèses les plus folles m'ont traversé l'esprit. Et si elle avait été liée à un mouvement terroriste ? Si elle s'était glissée auprès de nous, au centre d'ethnopsychiatrie, pour je ne sais quel motif ? Peut-être réunissait-elle des informations grâce au travail de notre équipe, mijotait-elle en secret quelque attentat... Peut-être était-elle de mèche avec le groupe de Redha... Et ces pensées la métamorphosaient. Les contours de la Sabrina que je connaissais s'effritaient. Une autre venait prendre sa place. Par la force de cette théorie que j'élaborais, elle devenait une vipère, un démon, un monstre.

C'est évident : changez de théorie sur le monde et le monde changera aussitôt.

Ils l'ont poussée dans un break Peugeot noir et sont repartis, tourbillonnant du gyrophare, hurlant de la sirène.

Ce n'est que plus tard, bien plus tard, que j'ai eu le fin mot de l'affaire.

Redha était tenu au secret, escorté par deux gardiens au moindre déplacement jusqu'au parloir, par six CRS lorsqu'il était transféré chez le juge. Une caméra surveillait le détenu en permanence, suivant chacun de ses mouvements, enregistrant le moindre soupir, guettant jusqu'à ses sursauts ou ses hoquets. Un écran couleur se trouvait au mur, près de la porte, un autre en salle de surveillance. Le matin de ce foutu vendredi, à l'heure des réveils, le gardien était venu lui porter son plateau. Il n'avait pas pris la peine de jeter un coup d'œil à l'écran de contrôle. À quoi bon ? Tout semblait en ordre.

Le gardien était donc entré, avait lancé la parole habituelle, sans même jeter un regard au détenu : « Allez ! C'est l'heure du café ! » Pas de réponse. Le pensant endormi, il avait répété. Toujours rien. Puis il avait écarquillé les yeux. Le lit était vide. Le tour de la cellule n'avait pris que quelques instants. Elle était vide. Il avait déposé le plateau sur la table, s'était précipité, avait soulevé le matelas... Et pour quelle raison ? Redha n'aurait pu se dissimuler entre le sommier de métal et la fine épaisseur de mousse de caoutchouc. On commet parfois des actes absurdes, surtout quand on est désemparé. Il avait levé la tête, examiné le plafond. Il avait palpé les murs, passé la main sur la vitre à peine translucide du minuscule vasistas. Rien ! Non seulement le détenu avait disparu, mais on ne pouvait déceler aucune trace de son départ. Ses quelques vêtements étaient rangés sur l'étagère, son livre de méditation posé sur la table. Cette cellule qui condensait la veille toutes les folies du monde était déserte aujourd'hui.

Dans l'heure qui avait suivi, les téléphones avaient sonné, les cloches aussi. Les chefs avaient crié, leurs chefs aussi, et les chefs de leurs chefs plus encore. En quelques minutes, c'était monté jusqu'au ministre, qui avait exigé la liste des gardiens, des experts, des avocats, des visiteurs, de toute personne ayant été en contact avec Redha depuis son arrestation. En cellule de crise, on avait épluché chaque dossier. Les musulmans avaient été placés en tête de liste, Sabrina la première.

Entre-temps, les spécialistes avaient envahi la cellule, relevé chaque empreinte, sondé les murs, démonté les canalisations. Leur conclusion était sans appel : entre 4 heures, où le préposé en salle de surveillance avait coché la dernière mention « vu », et 6 h 30 du matin, Redha Carbonnier s'était proprement volatilisé. Pouvait-on sérieusement écrire une chose pareille dans un rapport de police ?

Dans la foulée, le juge avait ordonné l'arrestation de Sabrina.

J'ai des petites manies, je l'avoue, des sortes de TOC, si on veut. J'interroge les hasards de la vie pour y lire des indications sur la conduite à tenir. On pourrait appeler cela des superstitions. Si par exemple en sortant de mon immeuble, rue du Pot-de-Fer, la première personne qui me salue est une femme, je tourne à gauche, je rejoins la rue d'Ulm et redescends par la rue Claude-Bernard. Si c'est un homme, par contre, je prends à droite, rattrape la rue Monge par la place et j'atteins Arago par les Gobelins. Dans l'autobus aussi, j'ai mes TOC. Si la place tout devant à droite est libre, je considère que le destin est ouvert. Dans ce cas, je réponds au téléphone, j'accepte les invitations à boire un café avec l'un ou l'autre, je peux même noter un rendez-vous dans le calendrier de mon portable. Mais si je me retrouve coincé sur la banquette du fond, au milieu, ni fenêtre ni couloir, je baisse la tête, fais le dos rond et évite le monde jusqu'au lendemain. Quelque chose en moi m'assure que le destin expédie des signes qu'il faut saisir. Je suis comme ça. Au fur et à mesure du temps, j'ai appris à ne pas contrarier ma nature.

Deux heures après l'intervention des forces de l'ordre dans l'immeuble du centre d'ethnopsychiatrie, l'autobus traversait le pont d'Austerlitz. J'étais installé tout devant, à droite, ma place préférée. Nous venions de passer l'ancienne morgue, place Mazas, et roulions vers le Jardin des Plantes. Je regardais la Seine. Je ne sais pourquoi l'eau attire le regard. Peut-être du fait de l'humidité des yeux. L'eau s'en va toujours rejoindre l'eau ; les larmes aux mouchoirs, les mouchoirs aux lavoirs, les lavoirs à la rivière… c'est ainsi que se constituent les océans. Au loin, sur le viaduc d'Austerlitz, dans un paysage aux infinies nuances de gris, deux métros vert et blanc se croisaient. C'était beau.

Mon portable a sonné.

– Élie ?

Je n'ai pas reconnu la voix.

– Oui ! ai-je tout de même répondu.

C'était Bertrand Villeneuve, le ministre. Voilà qu'il m'appelait par mon prénom. Il m'a d'abord demandé de l'écouter sans l'interrompre. Il avait analysé l'invraisemblable maelström du collège-lycée du XIXe. Il reconnaissait maintenant le rôle que j'y avais joué, mais surtout celui de cet enfant. Il ne savait par quels mécanismes particuliers, par quelle hypnose, peut-être, il avait opéré... « Cet enfant, m'a-t-il dit, a des dons hors du commun. Sans lui, c'est certain, il serait arrivé un mauvais sort au Président. Peut-être serait-il mort aujourd'hui, qui sait ? » Nul n'en avait parlé, mais lui qui était au courant reconnaissait les faits. Il comprenait pourquoi j'avais insisté pour que Youri m'accompagnât à l'Élysée.

– Je me suis laissé dire qu'il est roumain. N'est-ce pas ?

– Oui monsieur... enfin tzigane, surtout, mais de nationalité roumaine, oui, c'est ça !

Les ministres sont ainsi faits qu'ils finissent toujours par vous donner des ordres. L'enfant roumain, il s'était renseigné, avait disparu du foyer de l'Aide sociale dans lequel il avait été placé. Moi qui m'étais un peu occupé de lui, qui avais contribué à son adaptation rapide – il avait pu le constater –, est-ce que j'avais une idée de l'endroit où il pourrait se cacher ?... À son avis, j'étais la personne la plus indiquée pour le retrouver. Il faudrait que je m'y attelle sans tarder. Et il a insisté :

– Vous me comprenez, Élie, n'est-ce pas ?

– Pourquoi voulez-vous retrouver cet enfant ?

– Mais enfin Élie, vous le savez bien…

Eh bien non ! Je ne le savais pas. Je n'y comprenais plus rien et surtout pas le revirement soudain des autorités. Je n'ai pas répondu. Il a ajouté :

– Le Président insiste. Il veut à tout prix le rencontrer.

– Le Président ? me suis-je étonné.

– Oui ! Il y tient beaucoup. Et pas seulement pour le remercier, vous comprenez ? Dites-vous bien, Élie, que l'enfant ne le regrettera pas, ça, je peux vous l'assurer.

J'ai insisté :

– Le Président ?

– Mais oui, Élie, le Président !

Il avait prononcé le mot comme si on révélait un être extraordinaire, un objet précieux, un diamant : « Le Pré-si-dent… »

– Vous m'avez dit « à tout prix », n'est-ce pas ?

– Oui !… Pourquoi ? Que demandez-vous ?

Allais-je exiger immédiatement la libération de Sabrina ?

23

Trois semaines plus tard, au centre d'ethnopsychiatrie, l'atmosphère était maussade. On se croisait en silence. Nous n'avions certes pas oublié la descente tonitruante de la police, la violence des bousculades et des invectives, mais nous évitions d'en parler. Après quarante-huit heures de garde à vue, Sabrina avait été relâchée. Elle était revenue travailler mais restait choquée par les interrogatoires absurdes qu'elle avait subis. Si la moindre parole lui évoquait les événements qu'elle avait traversés, elle fondait aussitôt en larmes. Traumatisée, c'est le mot ! Elle avait été traumatisée. Je sentais peser sur moi le regard de Kora, notre directrice, qui pensait, je le voyais à ses yeux, que mes intérêts pour les étrangetés du monde étaient cause de tous les désordres qui affligeaient notre équipe. Elle m'en a même fait la remarque un soir :

« À force d'interpeller sans cesse les démons, ils finissent par apparaître... Tu es content de toi, j'imagine. » J'ai fait mine de ne pas comprendre. Il faut dire que j'avais l'esprit ailleurs. Je débutais une véritable parano. J'étais persuadé que les services nous manipulaient. Ils agitaient tantôt la carotte, l'invitation à l'Élysée, les coups de téléphone mielleux du ministre, tantôt le bâton, l'arrestation de Sabrina, les flics en jean et blouson qui nous scrutaient à l'entrée de l'immeuble, aux bouches du métro, qui nous suivaient partout, jusqu'à la porte de nos appartements... Et tout cela pour quelle raison ? Pour me faire plier, moi, me mettre à genoux ! Ils voulaient me transformer en auxiliaire de police. Il faut dire que les autorités n'en menaient pas large. Redha avait disparu et la nouvelle avait été diffusée sur tous les médias. Lorsqu'on interrogeait les responsables, le procureur, les policiers, les prétendus experts, ils balbutiaient, ils ne savaient que répondre, et même Bertrand Villeneuve, d'ordinaire si alerte, si précis dans ses explications, restait silencieux ; bouche cousue le beau parleur ! Son silence faisait encore plus peur que ses paroles. La vérité était qu'ils ne disposaient d'aucune piste. Redha ne s'était pas signalé à sa famille, n'était pas réapparu dans les environs du lycée ; ses amis, étroitement surveillés, n'avaient reçu aucune nouvelle de lui. Il s'était volatilisé, évaporé, transformé en gouttelettes, avait disparu dans un nuage. Leur seule piste était notre centre, devenu de ce fait l'objet de toutes les investigations, de toutes les suspicions.

J'en avais assez de cette atmosphère de tension.

Ce matin-là, je m'étais levé résolu à remettre un peu d'ordre dans ma vie. Je voulais retrouver la terre ferme. Les histoires de dieux, de diables, de démons, de planchers vivants, de trous se régénérant en s'accouplant à d'autres trous, de guérisons miraculeuses, de captation d'énergie… tout cela commençait à me dégoûter. Si j'avais été en Afrique, je me serais rendu chez un marabout pour lui demander de me laver. Il aurait sacrifié quelques animaux et m'aurait badigeonné de leur sang. J'ai filé dans ma minuscule salle de bains sans demander à Youri ce qu'il comptait faire de sa journée, sans même le saluer.

J'ai toujours été attentif à celui que je rencontre au premier regard dans le miroir, mon premier « autre » du jour. Et là, c'était mon père. Durant un long moment… c'était lui ! Non pas une image de moi qui lui ressemblerait, mais lui tel qu'il se pavanait en se rasant devant la glace. Vraiment lui ! Il était malicieux, mon père ! Et là, je le regardais ébahi.

– Papa ?

Il a levé un sourcil. On aurait dit qu'il m'apercevait derrière lui, dans le miroir. Il m'a apostrophé comme il le faisait parfois lorsque j'étais enfant :

– Et alors ? Dis-moi : un garçon peut-il être plus grand que son père ?

Je me suis souvenu que j'avais l'habitude de lui répondre que non – c'était notre jeu –, qu'aucun garçon ne pouvait dépasser son père. « C'est bien, mon fils, reprenait-il. Aucun garçon ne peut dépasser son père. C'est ce qui explique le déclin inexorable de l'humanité qui recule d'un pas à chaque génération. »

Mais ce matin-là, devant la glace, pour la première fois, j'ai eu le courage d'une autre réponse :

– Oui ! ai-je dit.

Il a fait mine de prendre un air sévère :

– Ah oui ? Vraiment ? Tu penses qu'un garçon pourrait dépasser son père ?

– Absolument, ai-je insisté, à condition que ce soit avec l'aide de son père…

Il a souri. Et c'était redevenu mon visage. Je souriais dans le miroir en réponse au sourire de mon père, disparu voilà plus de vingt ans. Du coup, j'ai pensé que je serais protégé, que ce jeudi serait un bon jour.

Décidément, je suis superstitieux.

Me voici prêt, lavé, parfumé, vêtu classique, dans les tons d'automne, d'une veste de tweed sur pantalon de velours, gilet à carreaux, pochette de soie verte à pois roses. Je me trouvais même une certaine classe ce matin. Lorsque j'ai bu mon café, Youri était déjà parti, je ne savais trop vers quelles folies. J'avais décidé de cesser de m'inquiéter à son sujet. C'était inutile. Je suis sorti. Fouetté par l'air vif, j'ai pressé le pas. La famille Camara que j'allais rencontrer au centre d'ethnopsychiatrie me revenait en mémoire. J'allais une fois de plus évoquer les ancêtres du père et une fois de plus M. Camara me répondrait que ces choses-là, c'était du passé. Et lorsque je lui parlerais des masques, il me rirait au nez en m'expliquant qu'au Mali comme en France, aujourd'hui, tous les Bambaras étaient musulmans et que cela faisait des lustres qu'ils ne pratiquaient plus ce genre de rituels. Et j'insisterais... En marchant vers ma station de bus, je me demandais comment lui expliquer que les ancêtres ne sont pas le passé, mais l'avenir. L'indispensable protection, les projets, le désir de vivre, de transmettre... ce sont les ancêtres ! Sans eux on devient comme un fétu de paille, une feuille morte affolée par le vent. Sans les ancêtres on peut se laisser capturer par n'importe quelle idéologie, se faire enrôler dans n'importe quel groupe, devenir l'adepte de n'importe quelle folie... Les ancêtres nous protègent de l'esclavage. J'avais trouvé ma phrase, ma formule. Je lui dirais : « Vous savez ce qu'est un esclave, Camara ? C'est un homme qui n'a pas d'ancêtres ! »

Arrêt du bus. Un vent glacé soufflait par bourrasques, pénétrant les vêtements, faisant vaciller la pensée. Je m'impatientais, déambulant à grands pas sur le trottoir. Et je ne l'ai pas vu arriver. C'était pourtant un 47 comme les autres. Il a foncé sur nous, freiné au dernier moment, bloqué ses roues en dérapant, frôlé la vieille Antillaise près de moi, qui lui a lancé une bordée d'injures. Il s'est finalement immobilisé. Les portes se sont ouvertes. Au volant, le barbu crispé à la mine patibulaire ne nous a accordé aucune attention. Derrière ses lunettes foncées, il regardait droit devant lui. Des voyageurs sont descendus en maugréant. Ils n'avaient jamais vu ça, un bus à tombeau ouvert… Ils se frappaient la tempe de l'index pour signifier que le chauffeur était cinglé. Nous qui l'attendions, nous nous sommes regardés interloqués. Nous n'allions pas nous geler sur le boulevard en espérant un hypothétique prochain bus. Alors, je ne sais ce qui nous a décidés, la paresse, sûrement, la force de l'habitude… Je suis monté le premier. J'ai bien essayé de saluer le chauffeur, mais il continuait de fixer un point lointain à l'horizon. Les autres sont montés à leur tour. Et on entendait le petit *cling* de leur carte Navigo. Eux aussi ont essayé de le saluer. Pas une fois il n'a répondu. *Cling*… « Bonjour ! » Silence… « Bonjour ! » *Cling*… Il restait froid, les dents serrées, le regard perdu… « Mais qu'est-ce qu'il a celui-là ? a rugi un petit râblé, l'air pas commode. On dirait qu'il a avalé un manche à balai… » Maintenant je pourrais lui répondre : il était en train de négocier avec l'au-delà.

Aucune place assise. Je me tenais debout, tout devant, près de la porte. Et j'ai vu ses lèvres bouger. Parlait-il au téléphone ? J'avais beau chercher un fil, une oreillette, un micro… Rien ! Il s'adressait à un être invisible. Le chauffeur de bus serait-il devenu fou ? J'avoue que l'espace d'un instant j'ai pensé à un épisode hallucinatoire aigu. Et puis j'ai compris. C'était bien plus simple : il priait.

Il a terminé sa prière, j'ai cru entendre « Amen » ou « Amine », a actionné les manettes pour refermer les portes, s'est retourné un instant vers les passagers avec un sourire sardonique puis il a appuyé sur le champignon comme un forcené. Le bus a bondi dans un rugissement d'enfer. Dans la montée de la rue Monge jusqu'à Cardinal-Lemoine, il n'a pu dépasser les soixante ou soixante-dix kilomètres-heure. Mais il zigzaguait entre les voitures à grands coups de volant, nous propulsant dans tous les sens. Nous nous cramponnions des deux mains aux barres de métal. Des femmes hurlaient. Un vieux l'a apostrophé. Il a même voulu le molester. Un autre vieux est intervenu pour l'en empêcher. « T'es fou ? Tu veux tous nous envoyer dans le décor ? » Cette phrase surgie d'un autre temps a tournoyé dans ma tête. Et si, en effet, le monde n'était qu'un décor ? De fausses maisons en carton, de faux pavés en matière plastique, de fausses personnes en silicone, comme les sex-dolls japonaises, agitées à l'aide d'invisibles ficelles... Et s'il n'y avait rien de réel ; rien que cet autobus rendu fou par la prière d'un homme... Cet autobus qui dévalait maintenant la rue Monge, passant en trombe devant la Mutualité et l'église Saint-Nicolas-du-Chardonnet, pied de nez rageur aux rouges et aux chrétiens. Quatre-vingts, quatre-vingt-dix kilomètres-heure, ou même davantage, il vibrait de partout, les vitres, le plafond, le moteur surchauffait… J'ai pensé que nous allions mourir, et que penser d'autre ? Je me suis dit que j'avais mal interprété l'apparition de mon père ce matin. Peut-être ne venait-il pas me protéger, plutôt me chercher pour m'emporter avec lui ? On ne peut pas faire confiance aux morts. Comment savoir si ce sont des ancêtres protecteurs ou des spectres pervers ? Au croisement Saint-Germain, l'autobus lancé à pleine vitesse a brûlé le feu rouge, est miraculeusement passé entre deux voitures, s'est arraché une aile contre un camion bien réel, a cassé un phare contre un réverbère tout aussi réel. Mais il a traversé le boulevard. Quand il s'est engouffré comme une fusée rue Lagrange, envoyant les poubelles éclater les vitrines, je me suis dit qu'à cette allure, si nous ne nous écrasions pas contre un mur dans un feu d'artifice, nous finirions noyés dans la Seine. Une cycliste, terrifiée, a lâché son vélo et s'est réfugiée sous une porte cochère. L'autobus a grignoté la bicyclette. Au croisement de la rue Dante, j'ai vu arriver l'enfer. Un gigantesque car de couleur violette vomissait sa cargaison de touristes chinois agitant des fanions rouges. L'espace d'un instant, j'ai imaginé le massacre. Et puis nous avons aperçu la longue file de voitures de police stationnées jusqu'au quai de Montebello. Et j'ai compris. C'était notre destination. Ce chauffeur, un djihadiste fou, sans doute, voulait jeter son 47 plein à ras bord de kouffars contre l'armada de cars des tuniques bleues. D'une pierre, il voulait faire des centaines de coups. Il a donné l'ultime tour de volant qui devait nous écraser contre sa cible. Les Chinois se sont précipités sur le trottoir.

Et il s'est passé un événement étrange. Un éclair bleu fluo s'est soudain reflété sur le pare-brise. On aurait dit le flash d'un appareil photo mais en plus puissant et plus coloré. Le visage congestionné de notre chauffeur rougissait, rougissait, et le durillon sur son front s'est mis à grossir, comme une balle de ping-pong, et soudain l'autobus a freiné. On a entendu les pneus hurler sur le bitume durant les derniers mètres qu'il a franchis de biais. Beaucoup sont tombés au moment de l'arrêt brutal à quelques centimètres du premier car de police. Et pour finir, un bruit, comme celui d'un bouchon qu'on retire du goulot d'une bouteille, un petit *plop*. J'ai regardé le chauffeur. Sur son front, la boule avait éclaté et un filet de sang coulait le long de l'arête de son nez. Sa tête est tombée en avant. Et son sang, goutte à goutte, sur le volant. Il était mort.

Une voix d'enfant, un peu grave, un peu éraillée, sortit du haut-parleur. C'était la voix de Youri, parfaitement reconnaissable, avec sa manie de rouler les *r*. Et la phrase qu'il a prononcée ce jour-là depuis les viscères de cet autobus en folie restera gravée à jamais dans ma mémoire :

« On peut vaincre la mort qui survient, qui surprend, qui effraie. On peut vaincre la mort qui s'installe, qui paralyse d'ennui, qui vide l'esprit. Vous qui l'avez vaincue, rejoignez les combattants de la lumière ! »

La porte du bus s'est ouverte dans un orage pneumatique. Et Youri, vêtu de son complet gris, le haut-de-forme à la main, nous a invités à descendre.

24

Notre monde est conçu pour faire disparaître l'événement, pour le diluer jusqu'à l'inscrire dans une continuité insipide.

Le lendemain de la chevauchée de la rue Monge, tous les journaux, toutes les radios, toutes les télés traitaient d'un seul sujet : le détournement de l'autobus 47 par son propre chauffeur. Et les interminables commentaires de ceux qui n'ont rien à en dire, et les accusations, et les mises en cause, de la RATP, de la justice, de la police, des médias qui avaient offert aux terroristes une publicité extravagante et probablement déclenché de nouvelles vocations. Et c'étaient toujours les mêmes arguments, la même pensée convenue, avec les mines de circonstance, et l'obligatoire compassion envers les victimes, et la nécessaire critique des institutions… Tout cela, je dois le dire, pour maintenir la croyance en cette seule idée : si l'on ne pouvait empêcher les passages à l'acte terroristes, on savait toujours les expliquer !

Le jour qui avait suivi l'attentat, vingt-quatre heures durant, on avait eu droit aux mêmes contenus sur tous les supports. Le lendemain, un peu moins, le surlendemain, encore une dose de moins. L'importance d'une information se mesure en durée de diffusion. Tant d'heures, de minutes, de secondes… Si bien que quinze jours plus tard, on n'avait rien appris de plus mais on estimait l'affaire traitée puisqu'on n'en parlait plus. L'information moderne est une panse de gros herbivore qui transforme n'importe quel végétal en une bouse identique. Ce n'est qu'une question de temps.

Le public s'était laissé embarquer dans l'effervescence médiatique puis dans la dilution sémantique, ne se doutant pas que crier avec les loups ne transforme pas en loup mais en mouton.

Pourtant, dans l'histoire de ce détournement d'autobus, « le premier en France », comme on ne cessait de le répéter, deux faits restaient énigmatiques, auxquels aucun commentaire n'avait apporté la moindre explication. Qu'est-ce qui avait mis fin à la vie de M. Ahmed Mussil el Sayar, le chauffeur de bus de la ligne 47, dont le durillon de prière, plusieurs passagers l'avaient remarqué comme moi, s'était mis à grossir démesurément jusqu'à éclater comme un ballon de baudruche, le vidant de son sang et mettant heureusement un terme à notre calvaire ? À cette première question, nul ne savait répondre. Certains avaient écrit qu'il était décédé suite au choc de son front contre le volant. C'est absurde ! Nous autres qui étions près de lui avons parfaitement vu qu'il était mort bien avant de heurter le tableau de bord. Pour dire les choses crûment, le bus avait terminé sa course piloté par un cadavre, comme ces poules décapitées qui continuent de courir sans tête.

La seconde question concernait cet enfant, ce lutin en habit de cirque, qui était mystérieusement apparu devant l'autobus et nous avait libérés en ordonnant l'ouverture des portes. Je devais être le seul à savoir qu'il s'agissait de Youri… Youri qui avait l'habitude de surgir inopinément du décor. Mais chaque fois que son action modifiait l'ordre des choses, qu'il ait sauvé le président de la République ou soigné en quelques minutes une acné sévère du visage, nul n'en avait fait mention, comme s'il restait invisible au plus grand nombre. Il était comme les esprits des spirites du XIXe siècle, qui n'imprimaient pas les plaques photographiques. Lui n'imprimait pas nos consciences. L'événement, le vrai, je le comprenais maintenant, était l'apparition de Youri. Cet enfant était l'essentiel dont nul ne parlait. Car l'essentiel, on ne savait qu'en dire.

Ce jour-là, je n'avais pu me rendre au centre d'ethnopsychiatrie. J'ai raté le rendez-vous avec la famille Camara. Il paraît que le père a demandé : « Mais où est passé le vieux ? Il n'est pas mort, au moins… » Une fois les interrogatoires de police terminés, les professionnels bidons de la cellule psychologique évités, j'avais pris le chemin du retour. En attendant le bus, j'étais tombé sur Diabaté, le Burkinabé. « Qu'as-tu donc, mon ami Élie ? Tu es si pâle, les yeux exorbités. Reviens-tu de chez les morts ? Crois-moi, mon ami, laisse les morts avec les morts et ne t'aventure pas hors du pays des vivants ! » J'étais rentré chez moi épuisé, choqué aussi, sans doute, par ce que j'avais vécu. Et j'entendais dans ma tête répéter le chant du griot, de l'incroyable Diabaté. « Ce que tu as vécu, cela ne m'intéresse pas ; ta peur, ta misère, cela ne m'intéresse pas ; tes rêves, tes grandeurs, cela ne m'intéresse pas ; ta solitude d'être humain, de vermisseau entre les cuisses de ta mère, cela ne m'intéresse pas. As-tu une parole de vérité capable de s'élever jusqu'au ciel ? »

Je m'étais endormi comme une masse sur mon divan. Je ne l'ai pas entendu. Il s'était approché sans faire de bruit et voilà qu'il soufflait sur mon visage. Ça me chatouillait. Je crois bien avoir pensé qu'il s'agissait d'une mouche ou d'un insecte. J'ai fait un mouvement de la main, ai ouvert les yeux.

– Que fais-tu, Youri ? lui ai-je demandé.

– Je te protège, Élie.

– Tu me protèges ? Et ton souffle suffirait pour cela ? Pour me protéger ?

– Ce n'est pas un souffle, m'a-t-il répondu, mais une émanation.

Allons bon ! Que voulait-il dire par là ? Et il a continué de souffler, lentement, un tout petit filet qui irradiait sur ma peau en sensations électriques. Je percevais la transformation de l'air qu'il exhalait en étincelles, minuscules lumignons que je voyais se répandre ensuite sur les murs, encadrer les ouvertures, les portes et les fenêtres. C'est à ce moment que j'ai compris qu'il me pensait réellement en danger. Étrange inversion, alors que je m'étais fixé pour tâche de le protéger, obéissant sans même y penser à l'injonction de sa mère ; aujourd'hui, après m'avoir sauvé la vie en stoppant l'autobus fou, voilà qu'il me constituait une enveloppe, une membrane invisible qui devait écarter de moi les violences des humains. Auréolé d'étincelles diffuses, j'ai replongé dans le sommeil. Et j'ai rêvé.

C'était un rêve, oui, mais avec une seule image, un paysage de montagne au bord d'un lac au crépuscule et un château qu'on apercevait de loin, l'une de ses fenêtres vivement éclairée. Et c'était comme si j'y étais introduit ou bien que je disposais d'un système audio particulièrement sophistiqué car j'entendais une conversation qui s'y déroulait. Une voix, une grosse voix grave, et d'autres voix qui répondaient. Et ça ne cessait de parler de concours entre les dieux, ou entre les religions… On se demandait laquelle remporterait l'adhésion du peuple. On y parlait aussi de la résolution d'un conflit millénaire. Et ça se disputait, se contredisait. Puis ça revenait en arrière, ça reprenait la démonstration, ça se perdait... Et puis ça recommençait... Ce rêve qui a duré toute une nuit, interminable discussion faite de raisonnements, de ratiocinations, de négociations, de propositions... ce rêve, je n'obtiendrais son interprétation que quinze jours plus tard.

Quinze jours plus tard, je m'étais endormi dans mon fauteuil, tout habillé, il devait être près de 2 heures du matin quand j'ai été réveillé par la sonnette de l'entrée. J'ai attendu un instant, pensant que Youri ouvrirait la porte ou, au moins, me renseignerait sur l'identité du visiteur. La sonnette se faisait insistante.

– Oui ! ai-je fini par crier.

J'ai remis un peu d'ordre à mes vêtements, ai ramassé mes lunettes et j'ai ouvert. Elle m'a toisé de bas en haut d'un air méprisant, s'attardant d'abord sur mes chaussettes (j'avais retiré mes souliers), puis sur l'érection qui enflait mon pantalon (je venais de me réveiller), enfin sur mon visage, sans doute fripé, hirsute. J'ai passé une main dans mes cheveux et me suis écarté pour la laisser entrer.

– Vous savez l'heure qu'il est ?

– Non, m'a-t-elle répondu, et vous ?

– Non ! Mais je sais qu'il est tard. Et ce n'est certainement pas l'heure d'un rendez-vous chez son psy.

Avril était vêtue d'une veste de brocart, rouge vif, brodée de fleurs d'or, largement échancrée, laissant apercevoir ses seins, de beaux seins, fiers et fermes, et d'un pantalon en peau de panthère.

– Je ne pouvais pas attendre. J'ai fait un rêve !

– Vous rêvez en habit de soirée ?

– Vous psychanalysez les âmes ou les vêtements ?

Je la connaissais ; je savais que je n'aurais pas le dernier mot. La voyant prendre ses aises sur le divan, j'ai persiflé :

– Inutile de vous proposer de vous installer...

Elle s'est étendue, oui, mais à l'envers, non pas en me tournant le dos, comme il est de coutume, mais le visage vers moi, étendant ses jambes, dévergondée, me présentant les semelles de ses élégantes bottines dorées.

– Où est le petit ? a-t-elle demandé.

– Je ne sais pas. Je le croyais endormi. Il sera sorti. Croyez-vous qu'on peut surveiller un être comme celui-là ? C'est du vif-argent.

– C'est de lui que j'ai rêvé.

S'est ensuivi un silence. Elle me regardait fixement de ses grands yeux clairs, sa crinière dorée lui dessinant une tête de soleil.

J'aurais pensé qu'elle me raconterait immédiatement ce rêve qui l'avait tant impressionnée au point qu'elle vienne me réveiller en pleine nuit. Mais non ! Elle a repris le récit de sa vie à l'endroit où elle l'avait interrompu lors de sa dernière séance.

Elle vivait donc en couple avec son père dans leur petit pavillon du XIIIe arrondissement de

Paris. Au début, leur activité sexuelle débridée leur avait permis de mutuellement s'apprivoiser. La folie des corps vient parfois suppléer aux années perdues, aux tendresses ratées. Le temps passant, le père comprit qu'au-delà de cette cohabitation, Avril était un monde qu'il n'avait pas les moyens de pénétrer. Elle finit par admettre que leur lien était fragile ; s'il lui permettait d'attendre le vent de sa destinée, il ne tenait qu'à un fil. Son père avait par le passé trop taquiné le litron, fumé à en avaler ses poumons. Il partirait comme il était entré dans sa vie : par le cœur. C'est pourquoi elle voulait à tout prix un enfant. Ce devait être un garçon, tellement singulier, frère de sa mère, petit-fils de son propre père, qu'il accéderait aux impénétrables secrets.

– Mais pourquoi, ai-je osé, la singularité constituerait-elle un accès plus facile aux secrets…

Elle ne m'a pas laissé terminer ma phrase.

– Ah, vous n'allez pas me sortir vos idées convenues, mais biscornues, saugrenues, dont vous tirez vos revenus ; vous n'allez pas m'exposer vos interdits qui n'interdisent qu'à ceux qui n'y auraient jamais songé. Adultes et consentants, nous étions, vous comprenez ? Et heureux de faire la nique aux bien-pensants. Comme vous et vos semblables ! Alors quoi ? Vous m'auriez préférée sur le trottoir, charognard ? Ou bien obèse, dégoulinante de graisse comme une merguez ? Vous m'auriez aimée déprimée, monsieur de la catéchèse, pleurant les larmes de mon corps, opprimée par un mari balèze, assommée de coups, me dissimulant sous un tchador ? En ce cas, j'aurais eu droit à votre compassion et plus que de raison, j'en suis sûre... et à ces formules qui vous mettent à l'aise. Vous m'auriez dit (elle s'est mise à ânonner) : « Vous de...vriez vous o...ccu...per de vous... » Et gnangnangnan... (J'ai pensé qu'en effet elle avait dû fréquenter des psys.) Vous, profession maudite, qui vous nourrissez des malheurs et des douleurs, des rumeurs et des tumeurs... Ma fragilité, vous y croirez sans hésiter, dur comme fer, mais ma passion de connaître, ma fureur d'agir, mon invention, mes dons... vous n'en avez que faire ! Ou plutôt une seule envie, celle de les défaire.

Elle me regardait bien en face en déversant sa fureur. Alors, calmement, je lui ai demandé :

– Et ce rêve... Vous ne voudriez pas me le raconter ?

Elle a poursuivi encore un peu l'exposé de ses ressentiments, comme un poids lourd sur sa lancée qui met un certain temps avant de s'arrêter...

– Nous autres, adultes majeurs et consentants, lui et moi, d'une même voix, désirants de cœur, excités d'amour et de rancœur...

Puis, se ravisant :

– Que m'avez-vous demandé ? Ah oui, le rêve de cette nuit. Oh, c'était beau, étrange et beau. Vous y étiez, mais on ne vous voyait pas... Je devais prévenir au plus vite le destinataire du rêve.

Et c'était vous. Cela se passait au bord du lac de Côme, près de Milan, en Italie. J'ai reconnu l'endroit ; j'y suis déjà allée. Les faubourgs de la commune de Cernobbio, près de la frontière suisse, au bord du lac. Au milieu d'un parc, il y a un château qu'on appelle Villa d'Este. Vous connaissez ? Tous les ans s'y déroule un concours d'élégance automobile où l'on peut voir défiler les belles des belles, une Bucciali, l'unique, la seule survivante, une Bugatti Atlantic, une berlinette Maserati A6 de 54… Vous m'écoutez ? On aurait pu penser que les jurés allaient décider dans la nuit de l'attribution du grand prix de l'année entre ces trois splendeurs. Et moi, j'entendais clairement leur discussion à travers les murs du château.

À cet endroit, je l'ai interrompue. Son récit ressemblait à mon rêve. Je lui ai demandé :

– Vous étiez au loin et entendiez la discussion. Vous saviez que c'était ce qui se disait dans une salle du château, mais vous n'y étiez pas. C'est ça ?

– Ah ben… Vous voyez, quand vous y mettez de la bonne volonté, il vous arrive de comprendre…

– Et vous distinguiez les paroles… Mais est-ce que vous compreniez ce qui se disait là-bas ?

– Oui ! Ils parlaient un peu toutes les langues. Ou bien était-ce seulement l'impression d'un mélange de langues. Ils parlaient ensemble, mais c'était chacun. Ils avaient des voix et c'était une voix. Et alors il ne s'agissait plus de concours automobile mais de dieux. Ils disaient qu'il y aurait bien un concours entre les trois dieux, qu'on en finirait de cette lutte millénaire à condition d'éliminer l'autre, le nouveau. Il n'y avait pas de place pour un quatrième. Ensuite, c'étaient les trois dieux qui parlaient… Oh, je ne les nommerai pas, j'ai trop peur… Enfin, vous les connaissez, ces trois dieux… Ils étaient en train de s'entendre pour se débarrasser de celui qui arrivait. Le petit dernier… Ils mettaient au point un plan pour agir au plus vite, avant qu'il ait monopolisé les consciences. Et ce dieu dont il fallait se débarrasser, c'était lui, c'était Youri. Vous comprenez ?

Et Avril s'est effondrée. Elle pleurait, pleurait… comme si Youri était déjà mort.

L'irruption d'un nouveau dieu dans le monde que nous connaissons, aux divinités usées, aigries, agressives, incontrôlables, qui se sont révélées au cours des temps capables de tous les massacres, de toutes les inquisitions, de tous les génocides. Pourquoi ce nouveau dieu se présente-t-il en enfant ? Peut-être parce que dans le monde qu'il annonce, les enfants seront au moins aussi compétents que les adultes. Un dieu moderne. Car ce monde, le nôtre, ne tardera pas à faire disparaître la distinction entre adulte et enfant, comme il a fait disparaître celle qui existait entre l'homme et la femme. Un dieu pour ce monde-là, un dieu pour les jours à venir…

J'ai senti monter en moi l'enthousiasme.

– Youri ! me suis-je exclamé.

– Oui Youri ! Notre enfant et notre dieu.

– Notre enfant ?

Et je l'ai embrassée, Avril, un long baiser sur les lèvres, et nous avons roulé sur le canapé.

25

Ce que je vais raconter maintenant, tout le monde en a entendu parler, cette gigantesque manifestation qui a rassemblé des mille et des cents dans les rues de la capitale et qui n'avait pourtant été programmée ni par un syndicat ni par un parti politique. Mais ne vous interrompez pas, poursuivez la lecture, car je vais rapporter ici des détails que vous ne connaissez pas, les faits authentiques, surpris de l'intérieur, moi qui ai vécu cette manifestation en son cœur. Elle a spontanément débuté aux portes de Paris et a cheminé de toutes les directions jusqu'à converger en cette boutique du boulevard Arago.

C'était le mois de mai ; les beaux jours étaient revenus depuis une semaine. J'ai pensé qu'il était temps de songer à renouveler ma garde-robe. Cet après-midi, quand je suis arrivé chez Samuel, Old-New-Sex m'a accueilli à sa façon :

– Ah, mais le voici ! Le grand, le beau, l'établi. Lui qui sanglote entre les mamelles et qui jouit en se frottant la chandelle. Salut à toi, fils du vent, voleur de mots, oublieux de tes amants. Que ne sais-tu t'ouvrir au plus offrant ! L'amour se paie comptant. Tu remplis ta bourse, tu vides tes bourses. C'est la dure loi des amants.

Je me demandais s'il ne filait pas un mauvais coton. Dans notre métier de psy, nous savons que les rafales de jeux de mots et de calembours sont parfois signes d'un épisode maniaque. Mais je n'ai pas voulu l'inquiéter avec mes diagnostics d'un autre âge. Je lui ai répondu sur le même ton, selon une habitude établie entre nous.

– Tu es complètement rétro, Satanas ! Le sexe au petit déjeuner, l'après-midi, de cinq à sept et en soirée, c'est du passé, repassé, dépassé… Et si tu en es encore possédé, c'est que tu es un ado, un bouc ou un chien, un clando, un clodo. Que Dieu brûle ta foi, chien, fils de chien, aboutissement d'une longue génération de chiens noirs…

Et nous nous sommes embrassés.

– À propos de chien noir, m'a-t-il dit en s'éloignant, es-tu au courant de la procession ?

– Au courant de quoi ?

– Je pensais qu'il t'avait prévenu, m'a-t-il glissé, ton hybride messager, ton étrange magico, ton Tziganeau.

Il parlait de Youri, bien sûr.

Je me disais bien qu'il mijotait quelque chose, le gamin. Cela faisait des semaines qu'il se promenait dans le quartier, apostrophant les passants, fier dans son costume trois-pièces, pantalon trop long, plié sur ses mocassins vernis, gilet tendu d'une chaîne dorée, haut-de-forme du même gris, luisant de crasse. Et un chien noir le suivait partout. Je ne sais où il l'avait ramassé mais il lui était devenu une ombre. Le cabot, c'était un petit bâtard, râblé, le poil dru, légèrement frisé, deux brosses blanches en guise de moustaches, les yeux aussi vifs que la queue. Le soir, le chien se postait à la porte de mon immeuble et n'en bougeait plus jusqu'au matin. Lorsque Youri sortait, il lui emboîtait le pas. Et lorsqu'il s'adressait à quelqu'un, le chien se posait sur son séant et les regardait parler. On aurait juré qu'il n'en perdait pas un mot. Et il regardait l'un et il regardait l'autre. Quand Youri concluait, il aboyait d'un seul jappement, comme s'il voulait dire : « Voilà ! » Mais si l'interlocuteur insistait, s'il voulait poursuivre la conversation, le chien montrait les dents en grognant.

J'avais tout de suite prévenu le petit : je ne voulais pas de chien chez moi. Je déteste les chiens et leur passion pour la servitude, leur manie de s'offrir corps et âme au premier venu à condition qu'il soit autoritaire et violent. Je déteste les chiens et leur manie de prendre la défense de leur maître, même s'il est le plus méchant des hommes. Les chiens sont masochistes par nature. Youri m'avait regardé en souriant et m'avait sorti une de ses phrases :

– Mais lui, ce n'est pas un chien…

Ce jour-là, je n'étais pas d'humeur à m'engager dans une discussion métaphysique.

– Écoute petit, chien, crapaud, souris ou araignée déguisée en chien, pour moi c'est tout pareil ! Ça bave pareil et ça pue tout pareil. Et je lui avais même balancé une phrase de parent autoritaire : Ce clébard n'entrera pas chez moi. Point barre !

Il n'avait pas insisté. Mais je n'étais pas dupe. Youri n'est pas accessible aux arguments.

C'était donc, disais-je, Old-New-Sex qui m'avait alerté. Ils arrivaient de la porte d'Orléans ; ils s'étaient regroupés sous le lion de Belfort, place Denfert-Rochereau, noire de monde depuis 10 heures ce matin. Et maintenant, ils étaient des milliers, à descendre le boulevard Arago, en procession. En tête marchait Youri, l'enfant magique, de gris vêtu, prince du boulevard. Derrière lui trottinait Nérou, c'est ainsi que nous l'avions baptisé, le Noir bâtard, à la moustache raide comme le crin, qui regardait de droite, qui regardait de gauche, si vite qu'on eût pu le croire à deux têtes, ce foutu gardien. Plus ils avançaient, plus le cortège s'allongeait. Juste derrière, une femme, brandissant une photo de Youri, inscrivait ses pas dans les siens. Elle s'appelait Augustina Pereira. C'était la charcutière de la rue Mouffetard, qui n'en pouvait mais des boules qui apparaissaient sur son corps, quasiment sur l'instant, comme des bulles de savon. Elle en avait partout, sur le ventre, sur le crâne, sur les jambes et même sur une part de son anatomie qu'elle ne pouvait apercevoir que dans un miroir. Tout en marchant, elle racontait à Honorina, son amie de toujours, elle aussi portugaise : « Il fait des miracles, l'enfant de Dieu. On dit qu'il a vu la Vierge à Saint-Médard, qu'il a vu le Christ à Saint-Bernard et qu'il est monté si haut au Sacré-Cœur qu'on l'aurait cru perché sur coussin d'air… » Et l'autre d'opiner du bonnet, seulement à moitié convaincue. « On en raconte, des choses, madame Augustina ! On en raconte tellement… »

Et au cœur du cortège, dépassant tout le monde d'une bonne tête, s'avançait Diabaté, maître de la faconde, la guitare en bandoulière… Diabaté, le Burkinabé, noueux comme une branche, le musicien aux doigts en pattes d'araignée… Diabaté aux lèvres bleu nuit sur un sourire de lumière ; aux traits si fins qu'il ressemblait à une statue de bois sculpté… Diabaté qui faisait chanter les ancêtres du Manding au rythme lascif du blues des cités… Diabaté qui s'étonnait de voir ici Lahmi le nanti.

Car au croisement de la rue de la Santé, s'extrayant de sa Mercedes modèle bulldozer, voilà que le millionnaire adressa un signe de la main à l'immense black à la démarche de panthère.

– Que viens-tu faire ici, toi qui t'appelles Lahmi ? lui a demandé l'autre. Qu'aurais-tu à demander à l'enfant, alors que le destin t'a doté des richesses infinies et gratifié des plaisirs réservés aux immortels ?

Et l'homme, rosette à la boutonnière de son costume bleu, n'a même pas pris la peine de refermer la portière de son carrosse. Se précipitant pour rejoindre le cortège, il s'est écrié :

– On dit que Dieu est descendu sur Terre. Ça fait grand bruit. Je ne pouvais pas rater ça !

Diabaté, le Burkinabé, était capable de chanter les dix générations des Touré en commençant par le valeureux Almamy Samory, fondateur de l'empire du Wassoulou. Lorsque Samory était dans son ventre, sa mère rêva d'un serpent si grand qu'il atteignait le ciel. C'est pourquoi Diabaté, éboueur du tôt matin, griot du soir, avait l'habitude de chanter : « Oh l'Almamy, ta gloire enveloppera la Terre comme les anneaux infinis du python solaire. »

Ce jour-là, en apercevant Lahmi, il lui était venu une autre phrase qu'il répétait maintenant en la rythmant de ses mains sur le dos de sa guitare : « Cache donc ta monture de nabab avant de nous rejoindre sous le baobab. »

Lahmi, qui faisait orthographier son nom « Lamy » pour paraître français, venait lui aussi de très loin, non pas de Ouahigouya, dans la province de Yatenga, au Burkina, comme Diabaté, mais d'Alepo en Syrie. Son nom – mais le savait-il ? – était un adjectif. Lahmi, « l'homme de Bethléem », c'est cela que signifiait son nom – sans doute était-il descendant d'un ancêtre de là-bas, Juif ou Arabe de Palestine –, se savait seulement ancien Syrien devenu banquier libanais avant de faire fortune en Europe dans la revente d'immenses animaux sauvages en polyester moulé, des orangs-outangs écarlates, des panthères émeraude et des crocodiles safran.

Que faisaient-ils là ces deux superbes, le gentil et le nanti, le doué et le roué, dans cette longue procession d'éclopés, de boiteux, de scrofuleux, de brutalisés du destin ? Je l'ai appris plus tard. L'un comme l'autre, une histoire de femme les obsédait...

La femme de Lahmi, lasse de ses tromperies, de ses secrétaires et de ses adultères, était partie sans crier gare, emmenant leur fille avec elle. Quant à Diabaté, une femme était venue qu'il n'attendait pas. Elle arrivait de Zanzibar. Elle s'était installée dans sa maison, dans son cœur, jusqu'au tréfonds de son âme, dans ses jours et dans ses nuits... Une femme qu'il ne voyait pas, pourtant, une femme qui n'en était pas, une djinna !

Ces deux-là s'étaient raconté leurs déboires féminins qui les laissaient désemparés, l'un de la voir partir, l'autre de s'en être laissé pénétrer. Car elle le possédait maintenant, la femme-démon de Diabaté. Elle l'avait assailli alors qu'il psalmodiait les chants secrets sur le linge de corps d'un collègue de travail qui avait été ensorcelé. Et ses doigts cadençaient sur sa guitare le dandinement d'avant en arrière du chameau. De sa voix nasillarde et voilée, il répétait la même phrase, le même couplet, qu'il savait agréable aux esprits de la nuit. On l'avait prévenu bien des fois, on ne chante pas impunément ces prières lorsqu'on est seul, sans maître tambour pour les diriger, sans maître de la terre pour apaiser les invisibles. Mais il était têtu, Diabaté, qui pensait que son don pour la musique le protégerait. Il avait insisté. Et elle était venue, la sublime, la madrée, aux larges hanches et aux pieds de chèvre. Elle l'avait monté, l'enfourchant comme on grimperait un ânon. Et il avait dansé, Diabaté, dirigé par la femme-esprit qui lui serrait fort le mors. Et il avait pleuré, Diabaté, quand elle l'avait fouetté. Et il avait été humilié, lorsque à l'issue de la danse il avait senti son caleçon trempé. Depuis lors, chaque matin, il se levait perclus de douleur, traînant sa mélancolie à travers les ruelles du quartier. Car chaque nuit elle le montait, sa djinna, comme il l'appelait, la maline, jusqu'à l'épuiser, sa kahine.

Et voilà qu'aujourd'hui l'espoir de guérir les emportait tous deux, Lahmi et Diabaté, dans le flot des quêteux et des mendigots. Ils savaient ce qu'ils demanderaient à l'enfant magique : Lahmi, le retour de son épouse, et Diabaté d'être débarrassé de sa djinna. Et ils frappaient dans les mains avec les galeux, les parias, les décrépits, les dartreux.

Viens avec nous, toi le fou, toi l'étranger, viens saluer le divin visiteur ; viens avec nous, toi le mal en point, le déprimé, viens accueillir l'enfant fondateur ; viens avec nous, toi le perplexe, le curieux, l'accro du sexe, viens installer le culte à l'éclaireur.

Les premiers avaient dépassé le croisement de la rue de la Glacière et on les apercevait maintenant depuis la boutique.

Il rigolait, Samuel, il me tournait en dérision :

– Vous ne vouliez pas que le petit vienne faire des guérisons dans la boutique… Saviez-vous, Élie, que lui, le malin, il voyait plus grand, qu'il recruterait tout Paris ? Regardez-les arriver. Ils vont tous défiler chez moi !

Et il a éclaté de rire, ajoutant encore :

– Je ne pense pas avoir de marchandise pour tout ce monde.

Je me sentais un peu ridicule, moi qui voulais contenir la force qui animait Youri. En regardant cette foule qui déferlait en ordre sur le boulevard, j'ai pensé : « Un dieu qu'est-ce que c'est ? Rien d'autre que la force qui anime un peuple. »

Quelques rangs derrière Lahmi et Diabaté, les deux malheureux éplorés, marchait une dame chinoise, elle aussi victime de l'amour. Dans les quarante ans, mais on lui en donnait dix de moins, vêtue d'une jupe noire, de collants noirs et, par-dessus son pull à paillettes, d'une doudoune orange fluo. Ses cheveux harmonieusement partagés en deux croissants encadraient un visage de poupée. C'était une marcheuse de Belleville sur ses hauts talons rouges, pour qui Mao devait être contemporain de Confucius. Certainement adepte du culte aux ancêtres, sans doute bouddhiste aussi, elle ne négligeait pas les divinités locales : une croix d'argent soulignait le tendre relief de sa poitrine. Elle criait et chantait avec les autres en frappant dans les mains. Autrefois en Chine, ingénieure dans une usine de jouets, spécialisée dans les peluches, elle avait conçu un tigre bondissant, aux dents pointues sur fond de gorge dégoulinant de sang, qui avait terrorisé des générations d'enfants de Wuhan. Un serpent articulé, aussi, en caoutchouc à l'aspect humide qui copiait à la perfection la vipère du Mangshan. Mais un jour, l'usine, principal employeur de cette petite ville de deux millions d'habitants, avait fermé. Pas d'indemnités ni de plan social, aucune possibilité de s'employer… Le mari de « Fleur d'automne », c'est ainsi qu'elle se nommait, en avait profité pour s'échapper, parti à Shanghai tenter sa chance dans la revente des comprimés de Flakka, la drogue qui rend fou. Elle avait alors confié son unique enfant, son fils de six ans, à sa propre mère et décidé d'enjamber le continent. On lui avait dit : « Là-bas, en Europe, tous les hommes blancs rêvent d'épouser une Chinoise. » Depuis qu'elle tapinait sur le boulevard de Belleville, des hommes au long nez, elle en avait vu défiler ! Pas beaucoup de Blancs, néanmoins, presque pas, mais des Sénégalais, oui, des Camerounais, par dizaines, des Algériens et des Marocains, surtout… Mais des Blancs désireux de se marier, aucun ! Elle avait entendu parler du petit Youri, l'espoir des déclassés, redresseur des destins mal emmanchés. Et aujourd'hui, sur le boulevard, ce n'était pas la dernière à chanter : « Viens avec nous, toi le perplexe, le curieux, l'accro du sexe, viens installer le culte à l'éclaireur… »

Une rumeur enflait depuis le boulevard. La marée atteignait maintenant la rue Broca. J'ai pris peur.

26

Les dieux choisissent les peuples et non l'inverse. C'est de cette seule vérité que les Juifs tirent leur maigre avantage, du fait de savoir qu'ils ont été choisis par leur dieu. Les autres peuples, qui souvent croient qu'ils se sont convertis, et donc qu'ils ont adopté le leur, ont en vérité eux aussi été sélectionnés, captés, puis assujettis. Car les dieux examinent, évaluent les forces en présence avant de décider d'investir l'endroit et les personnes – l'endroit d'abord ! Lorsqu'on sait cela, on peut comprendre qu'un nouveau dieu décide d'arriver aujourd'hui précisément en France. Il a repéré un lieu et les gens qui y sont liés, je dirais plutôt un emplacement sous le ciel, intensément sacré, où des strates de cultes se sont superposées depuis des millénaires, cultes aux sources et aux fontaines, si nombreuses en ce pays, aux esprits des forêts, aux noyaux des cités. Là réside un peuple désabusé, ayant cumulé les défaites depuis plus d'un siècle, dans un espace déserté par d'anciens dieux ramollis, recroquevillés, figés. C'était facile d'occuper la place ! Il ne restait plus au nouveau dieu qu'à saisir les personnes à bras-le-corps et ensuite à se faire aimer d'elles...

S'il s'agissait de cela, de se faire aimer par le peuple, l'affaire semblait bien engagée. Je les entendais chanter, ceux qui dévalaient depuis Denfert-Rochereau, marteler le sol de leurs souliers, hurler leur joie d'honorer le petit dieu secoureur, qui se faisait appeler « l'Éclaireur ». Une autre foule commençait à s'amasser carrefour des Gobelins, où débute le boulevard Arago. Là, des curieux, des surpris, observaient l'impressionnante marée enflant au loin, au-delà du croisement Broca, rumeur sauvage qui s'annonçait comme un tsunami. Chez Samuel's, nous étions pris en sandwich entre les deux mouvements, les prosélytes à l'ouest et les néophytes à l'est. Nous nous sommes regardés, la joyeuse bande d'amateurs de vêtements vintage, tous bobos d'un certain âge, Old-New-Sex, Le-Professeur, Son-Excellence, Le-Poète et notre guide à tous, le bon Samuel, et la belle Avril aussi, qui venait d'arriver et se tenait près de moi... Nous étions tous les sept sur le trottoir les yeux éberlués.

Nous regardions les longues files d'automobiles à l'arrêt, les conducteurs sortis de leur véhicule et grimpant sur le toit pour comprendre les raisons du gigantesque embouteillage qui s'étendait à perte de vue, d'un côté jusqu'au Panthéon, de l'autre à la Salpêtrière. Et ça klaxonnait, et ça criait, et ça demandait : « Une manif ? Mais je n'en ai pas entendu parler… » « Ils n'ont rien dit à la radio… » « Ni même à la télé… » « Sur Internet, peut-être… »

– Ben ça alors ! répétait Samuel. Ça alors ! Puis, l'inquiétude le reprenant, il m'a saisi le bras, m'a encore posé son éternelle question : Mais qu'est-ce qu'on va devenir, Élie, vous pouvez me le dire ?

– Ce qui me paraît certain, c'est que nous ne serons pas les mêmes demain.

Ma réponse l'a alarmé.

– Vous voulez dire… Élie, vous savez que je respecte votre parole… Vous voulez dire qu'il va se passer quelque chose de grave, ici, maintenant ? C'est ce que vous voulez dire ?

Je n'ai pas eu le temps de lui répondre. Nous avons d'abord entendu les sirènes hurler. Puis, déboulant dans l'avenue des Gobelins depuis la place d'Italie, au moins une dizaine de motards qui sifflaient pour dégager le passage. Derrière eux, essayant de se faufiler entre les voitures bloquées, une suite de Renault Espace dernier modèle, grises ou noires, vitres fumées, phares allumés, gyrophare affolé – et ça criait…

– Un ministre ? a suggéré Old-New-Sex. Un de ces rigolos en costard avec une foule de jeunots derrière qui rêvent de lui astiquer le braquemart…

– Un ministre, a commenté Le-Professeur, ou bien plus grave encore…

– Plus grave ? Tu veux dire… plus important ?

– Le Président ! s'est écrié Samuel. Mais oui ! Autant de voitures officielles, ce ne peut être que le Président !

Si vous regardez bien, attenante à la boutique de Samuel, une porte cochère attirera votre attention. Celle d'un immeuble d'aspect banal mais dont l'entrée est surmontée d'une voûte en ogive et d'arabesques dorées. Sa lourde porte à deux battants ne laisse planer aucun doute ; c'est la façade d'une église désaffectée. Je me suis renseigné. Une église s'élevait en effet à cet endroit, bâtie au XIe siècle, en partie reconstruite au XVe au moment de son agrandissement, lorsqu'on lui adjoignit un nouveau clocher et une chapelle en rotonde, détruite à la fin du XIXe quand il fallut creuser le boulevard Arago. Sur son emplacement, on érigea donc l'immeuble mais on conserva l'ancienne façade. Depuis que je l'avais appris, il m'arrivait souvent de penser que son sous-sol, mais aussi celui de la boutique que nous fréquentions, devait être truffé de reliques, de textes sacrés, d'objets ayant absorbé mille libations, d'ossuaires de moines consacrés et de saints béatifiés, de reliquaires d'or et d'argent et probablement des fragments d'une pierre de fondation. Le cimetière bordant l'église devait s'étendre de l'autre côté d'Arago jusqu'à la rue des Marmousets. J'ai compris pourquoi en traversant le boulevard je ressentais la présence de ces morts abandonnés, déclassés, dont on avait oublié le nom et l'histoire. Mais je n'avais pas réfléchi plus avant. Ce n'est qu'aujourd'hui, en voyant converger vers ce même point les amoureux du dieu nouveau, les futurs adeptes et même le président de la République, que j'ai compris que l'on avait délibérément choisi ce lieu intensément chargé pour installer le nouveau culte.

Remontés en tête de cortège, Diabaté avait pris sa guitare, Lahmi un tambourin, et ils entamaient l'hymne qui avait spontanément surgi du cœur de la foule :

« Viens avec nous, l'avant-coureur, toi l'insensé, toi l'étranger, le mal en point, le déprimé, paraphrénique, schizophrénique, et toi qui pleures, mélancolique… Viens avec nous ! »

Et Youri marchait en tête, fier comme un paon, suivi par son ombre, son noir Cerbère. Le voyant arriver ainsi à la tête d'une foule immense, lui l'étranger, le Gitan, le sans-papiers, sans écriture, sans orthographe, enfant aux mains vides, visage moderne de l'innocence, j'ai sursauté du palpitant, je veux dire : j'ai été pris d'un sombre pressentiment. Qu'était ce déferlement d'étrangers, d'immigrés, plus ou moins intégrés, assimilés, désintégrés, fracassés, debout, assis, mêlés ? Était-ce là le premier rassemblement du nouveau culte ? La police ne l'entendrait certainement pas ainsi.

« Viens avec nous, ai-je entendu alors, toi le perplexe, toi l'excentrique, l'accro du sexe. Viens avec nous, la fille des rues, talons aiguilles, toi la morue. Viens avec nous, l'amant déchu, toi le cardiaque, l'hypertendu, l'insomniaque, toi le maniaque, toi l'obsédé, le possédé, le corps en feu, le nauséeux, toi l'orgueilleux, le pointilleux... Viens avec nous ! »

– Youri, ai-je crié, Youri, si tu veux te reposer un peu, je t'emmène à la maison !

J'avais pensé que c'était le dernier moment où l'on aurait pu s'échapper et rejoindre Mouffetard par les petites rues. J'étais même prêt à accueillir son noir clébard. Mais Youri ne m'a même pas concédé un regard. Imperturbable, il avançait de son pas de sénateur.

Quand les motards ont débarqué, sirènes et sifflets, puis les mastards, les gardes du corps, les malabars, avec leurs fils-téléphones dans les oreilles, la main sur la crosse de leur pétard, encadrant le Roi-Soleil, devant la boutique Samuel's, « Chaussures, vêtements, objets, vintage », Youri s'est retourné et a dit : « Un à la fois ! » Et il est entré. Nous les fidèles de la première heure, nous l'avons suivi.

Le Président, sûr de lui, s'est approché, entendant ne pas être arrêté par la porte d'une friperie. Mais devant lui se sont dressés deux gardiens, le gigantesque Mirko, Polonais de deux mètres, et le petit cabot qui maintenant aboyait comme un forcené.

Avec cette foule qui l'observait, qu'aurait-il pu faire ? Il a croisé les bras en souriant :

– J'attendrai mon tour.

À l'intérieur de la boutique, l'escalier contre le mur du fond conduisait à la remise de Samuel. Quelquefois, lorsqu'on insistait, il descendait chercher un foulard de soie ou des « bretelles du patron » ou encore un pantalon (« Vous n'avez jamais touché un pareil velours ! »). Mais il ne nous y avait jamais invités. Youri a filé là comme une flèche. Et nous l'avons suivi. Mais après le premier escalier se sont ouverts un deuxième, un troisième et encore un escalier. Je n'ai pas compté, d'escalier en escalier, nous avons bien dévalé une centaine de marches jusqu'à parvenir à une sorte de crypte. Tout au fond, juste un tabouret de bois et, assis là, détendu, souriant, le jeune Redha qui inscrivait de son bâton le nom de Youri dans la poussière recouvrant le sol.

Je me suis vivement retourné vers Samuel :

– Vous le cachiez là ? Savez-vous que c'est la personne la plus recherchée par toutes les polices ? Vous êtes fou, Samuel !

Par un soupirail qui permettait l'alimentation en air de la crypte, on entendait chanter la foule :

« Viens avec nous, le mal-aimé. Viens l'accueillir, et l'acclamer, et le bénir, et le grandir, et l'honorer, et l'applaudir, et l'admirer et le chanter, et l'exalter et le saluer, Youri, le divin visiteur, le merveilleux, le fondateur. Ce dieu qu'on appelle l'Éclaireur… Viens avec nous ! »

Raconterai-je ici la façon dont Youri s'est occupé de tous ces éclopés du destin agglutinés devant la minuscule boutique du boulevard Arago ? Je ne le pourrais, même si je le souhaitais. C'est allé si vite. Peut-être a-t-il aussi le pouvoir de contracter le temps car en moins de deux heures il n'en a oublié aucun. Mais les témoins des premiers moments, ceux qui lui avaient permis d'arriver en France, d'atterrir à Paris, il les a bénis avant les autres. Et pour chaque traitement, chaque onction, chaque friction, chaque guérison, Redha Carbonnier l'assistait comme s'ils avaient travaillé ensemble depuis des lunes, l'un magicien, l'autre assesseur, l'un technicien, l'autre guérisseur. Ils se sont occupés tout d'abord d'Avril, qui entretenait avec Youri un lien viscéral, communiquait avec lui par-delà les membranes, les parois, les murs et les frontières. Il a attendri son âme et l'a embellie au point qu'en sortant elle irradiait d'or. Belle Avril, amour de printemps ! Puis est venu le tour de Mirko, le géant, qu'il a débarrassé de ses démons en un instant. Le Polonais a semblé émerger du néant, purifié, lucide, apaisé, et il s'est mis immédiatement au service de la cause. Il est remonté dans la boutique et a pris sa fonction de gardien des seuils. Et Honorina, la charcutière de la rue Mouffetard, qui s'avançait vers lui rampant sur ses genoux… Elle est repartie le corps remis à neuf, la lymphe déferlant dans ses veinules comme le flux d'un torrent. Et Sabrina, ma complice, ma rouée, la duplice, l'enjouée, elle qui ne souffrait de rien, qui croquait la vie avec appétit, il l'a bénie aussi. Belle, il l'a embellie ; sensuelle, il l'a enrichie d'une flamme nouvelle dans les yeux et d'une mèche d'argent dans les cheveux. Et Diabaté, désormais son musicien, son chantre, son poète attitré, il a craché dans sa bouche, sur sa langue, et l'on a vu alors surgir une belle femme noire qui s'est échappée par le soupirail en maugréant : « Biracolo. » Il paraît qu'il serait inconvenant de traduire ce mot prononcé en dioula. Et Lahmi, le milliardaire libanais abandonnique, il lui a confié un caillou dans chaque main et lui a fait promettre de n'en lâcher aucun jusqu'au retour de son épouse. Elle n'a guère tardé. Elle l'attendait devant la porte de la boutique, souriante, résignée. Et Son-Excellence s'est dressée de toute sa taille en secouant sa belle chevelure d'argent. Il était grand ! Tous ceux qui avaient demandé ont obtenu. Et Fleur d'automne, poupée chinoise, étrange madone qui a résisté aux grisailles de fer s'abattant du ciel... Fleur d'automne a épousé L'Intello, qui ne l'était pas, client occasionnel de Samuel, et français pardessus le marché, depuis une génération, c'est bien assez ! Quant à Old-New-Sex, virtuose des mots de l'instant, Youri et Redha l'ont installé dans le temps. J'ai vu ses traits se détendre, ses yeux s'agrandir, ses mains se reposer. Un grand éditeur de Montparnasse, qui lui aussi se nommait Samuel, lui a signé sur-le-champ un contrat pour son livre d'ivresses sexuelles imaginaires.

Ah, pour le Président, ça n'a pas été pareil ! Plus le temps passait, plus il s'énervait. Les puissants ont bien moins de patience que les pauvres gens. Il terminait sa quatrième année de mandat ; il entrerait bientôt en campagne électorale. On savait ce qu'il venait quémander au petit Gitan. Lorsque tous ceux qui le souhaitaient furent passés dans la crypte, est arrivé enfin son moment. Mirko barrait toujours le passage. « Un à la fois », avait ordonné Youri. Alors oui, le Président pouvait passer, mais seul ! La sécurité ne l'entendait pas de cette oreille. Le Président descendrait accompagné de tous les membres du GSPR, le Groupe de sécurité de la présidence de la République, c'est-à-dire, ce jour-là, vingt-cinq personnes. « Non c'est non ! » assenait Mirko. Et si le Président n'acceptait pas les conditions, il pouvait aussi bien repartir à l'Élysée.

Ils ont parlementé. Et on a appelé le préfet de Paris, et la maire aussi, mais rien n'y fit. Mirko qui venait d'être délivré, auréolé de sa nouvelle liberté, aurait sacrifié sa vie plutôt que changer un iota à la parole de Youri. Alors, le Président s'est soumis. Il a franchi seul le pas de la porte, s'est engagé dans la friperie au moment précis où nous remontions en courant.

Nous étions restés en bas, nous les premiers fidèles, l'assistant comme nous le pouvions, le rédempteur des ribambelles. Mais une fois que Youri a eu fini avec le dernier quémandeur de la foule, nous avons frémi. Un trou s'est ouvert sous le tabouret, petit cratère d'une terre qui palpitait comme les viscères d'un gigantesque animal sacrifié. Redha a sursauté et s'est précipité vers nous, près de l'escalier. Le trou s'est agrandi et la terre a vibré et tremblé et glougloutè. Un tremblement de terre, avons-nous imaginé. C'était de l'eau qui bouillonnait avant de jaillir comme un geyser.

– Une source ! s'est écriée Avril.

Et soudain, l'eau a débordé, s'engageant avec force dans la crypte comme si on avait ouvert les vannes d'un barrage. En un instant, nous en avons eu jusqu'à la taille. Elle montait à une vitesse terrifiante, provoquant même des vagues qui venaient lécher les marches où nous nous étions réfugiés.

– Viens, Youri, vite, nous remontons ! lui ai-je crié. Allez, viens !

Oh ! Pourquoi, mon Dieu, ne l'ai-je pas attendu ? Pourquoi ne l'ai-je pas emporté sous le bras, comme un paquet ?

Nous avons grimpé au pas de course tous les escaliers que nous avions dévalés deux heures auparavant, poursuivis par les bouillons qui écumaient à nos trousses.

Arrivés dans la boutique, nous avons tout juste eu le temps d'entraîner le Président vers la sortie avant que l'eau ne déferle et n'explose au-dehors en faisant voler la devanture en éclats. Le déluge s'est engouffré dans le boulevard Arago et a roulé en grondant vers les Gobelins.

– La Bièvre ! s'est émerveillée Avril.

C'était la Bièvre, oui, la rivière oubliée, autrefois refoulée par le baron Haussmann, et qui surgissait de la terre de Paris après avoir été foulée par des millions de pieds, torturée. Elle passait là, autrefois, et prenait déjà ce même chemin pour se jeter dans la Seine, à Austerlitz.

J'ai demandé :

– Et Youri ?

– Youri ?

27

Le lendemain, il faisait plein soleil. La source s'était tarie. La Bièvre avait sans doute creusé un nouveau lit souterrain. L'eau avait été évacuée après avoir lavé le boulevard. Nous nous étions tous mis au travail pour remettre en état la boutique de Samuel, changer la grande vitre, repeindre l'enseigne et nous consoler autour d'une bouteille de pinard. Nous écoutions la radio. Les informations tournaient le Président en dérision, lui dont chaque sortie provoquait un séisme. La presse n'avait pas oublié le prétendu glissement de terrain du jour de son enlèvement.

Ni la veille au soir, ni ce jour-là, ni aucun jour, ni aucune nuit depuis, personne n'a jamais revu le divin Youri. Certains disaient qu'emporté par le torrent qui avait jailli de la source, il s'était écrasé contre le mur de la crypte et que son corps avait disparu… Qui sait ? D'autres qu'il avait fendu les bouillons et plongé dans les entrailles de la Terre rejoindre son père, le petit Juif de la rue Horea. D'autres encore qu'il s'était envolé avec une nuée d'étourneaux et qu'il voletait quelquefois les soirs de forte chaleur au-dessus du carrefour des Gobelins et même jusqu'au Panthéon. Je ne crois pas à toutes ces fadaises.

Ce qui est certain, c'est que Youri a disparu le jour de la grande procession qui a vu déferler de Denfert-Rochereau jusqu'à l'église souterraine du boulevard Arago la multitude des sans-voix, rugueux parigots, pouilleux et poulbots… disparu ainsi qu'il était venu. Point. Je ne peux pas croire qu'il est mort. Youri ne peut pas mourir ! Peut-on tuer le feu, supprimer le vent ? assécher l'eau de tout un continent ? Je préfère penser qu'il a disparu, voilà tout, sans crier gare, sans adieu, sans explication, nous laissant la charge, nous les premiers fidèles, de transmettre son héritage.

Nous nous y employons, chacun selon ses dons, chacun selon ses moyens. Pour ma part, j'ai pensé que la meilleure façon était de restituer le plus fidèlement possible les étapes de son passage. Je m'y suis efforcé tout au long de ce récit, qui raconte son arrivée, mineur étranger sans papiers, l'expression progressive de ses dons, la frénésie des guérisons et cela jusqu'à sa disparition. Il faut prendre garde aux étrangers ; parmi eux se cachent des êtres d'exception.

Il est resté près d'une année avec nous, imposant par sa seule présence l'idée d'un monde derrière le monde, invitant à questionner les hommes et les dieux, à ne jamais accepter les mises en demeure ni des uns ni des autres. Et s'il me fallait résumer son message, je le dirais d'un mot : l'Éclaireur est venu nous enseigner la puissance de l'événement contre l'explication, la statistique, l'acceptation benoîte d'un monde statique. Oui, l'événement ! Comprenne qui peut !

Avant de partir, je l'ai raconté, il a béni chacun de ceux qui l'avaient aimé, celui qui l'avait espéré tout autant que celui qui l'avait approché. Innombrables sont ceux qui, depuis, entrent dans la boutique pour recueillir quelque effluve du divin visiteur et s'en vont avec une chemise de prince, un manteau de seigneur. Car à Samuel, le roi des *shmattes*, il a confié le lieu de l'apparence et de la profondeur.

Dernière question que je n'ai pas évoquée : Que m'a-t-il laissé, à moi qu'il a désigné dès le premier moment, moi qui, durant son bref passage parmi nous, l'ai sans doute côtoyé le plus longtemps ? Il est vrai qu'à l'heure de recevoir sa bénédiction, je ne lui ai rien demandé. Aurais-je osé ? Ce que je souhaitais du plus profond de mon cœur, c'était qu'il rentrât avec moi dans mon deux-pièces de la rue du Pot-de-Fer, que nous reprissions la vie que nous avions partagée un temps. Finalement, il était mon seul compagnon, ma compagnie, mon trublion. Je n'ai pas été exaucé.

Au soir du surlendemain de la disparition de Youri, une fois le calme revenu, fidèles et quémandeurs repartis, l'eau du grand lavage évanouie dans les égouts de Paris, la boutique Samuel's à nouveau fonctionnelle, j'ai repris le chemin de la maison. Je marchais tête basse, lentement, un pas après l'autre, envahi de tristesse. J'aurais voulu pleurer. J'aurais voulu crier. Mais rien ne sortait. Étrange sensation d'électricité glacée qui fusait dans mes veines. Une présence derrière moi. Je me suis retourné. Je n'ai vu personne. Il faisait nuit. J'ai frissonné. J'ai continué d'avancer, mais la présence, j'en avais l'intuition, trottinait sur mes pas. Ce n'est que lorsque je me suis arrêté devant la porte cochère de mon immeuble que je l'ai vu. Nérou ! Dans la cohue, on l'avait oublié, celui-là. Il m'a regardé au fond des yeux et, penchant la tête, il a poussé un petit cri, un jappement presque joyeux, quelque chose comme : « Ça va, toi ? »

– Viens ! lui ai-je proposé. Viens !

Et il a filé.

Libre à lui…

Je ne retrouvais plus le code d'entrée. J'essayais une combinaison après l'autre. J'étais troublé. Et je l'ai entendu qui revenait, avec son petit cri et sa drôle de bouille de loutre surgissant d'une rivière.

– Viens ! lui ai-je répété.

Une nouvelle fois il est reparti en jappant et en remuant la queue. On aurait pu croire qu'il riait.

Et il est encore revenu. Ce n'est qu'en lui adressant ma troisième invitation que j'ai retrouvé le code de l'immeuble.

Il m'a alors suivi.

Il est entré.

DU MÊME AUTEUR (suite)

Du commerce avec les diables, *Paris, Les Empêcheurs de penser en rond, 2004.*

Nous ne sommes pas seuls au monde, *Paris, Les Empêcheurs de penser en rond, 2001 et Points Seuil, 2007 et 2015.*

Médecins et sorciers *(avec Isabelle Stengers), Paris, Les Empêcheurs de penser en rond, 1998 et La Découverte, 2012.*

L'influence qui guérit, *Paris, Odile Jacob, 1994.*

Le Sperme du diable. Éléments d'ethnopsychothérapie, *Paris, PUF, 1988.*

La Folie des autres. Traité d'ethnopsychiatrie clinique, *Paris, Dunod, coll. « Psychismes », 1986 et 2013.*

Cet ouvrage a été composé
par Nord Compo
et achevé d'imprimer sur Roto-Page
en mai 2018
par l'Imprimerie Floch à Mayenne
pour le compte des Éditions Stock
21, rue du Montparnasse, 75006 Paris

PAPIER À BASE DE FIBRES CERTIFIÉES

Stock s'engage pour l'environnement en réduisant l'empreinte carbone de ses livres. Celle de cet exemplaire est de :
950 g éq. CO_2
Rendez-vous sur www.editions-stock-durable.fr

Imprimé en France

Dépôt légal : août 2018
N° d'édition : 01 – N° d'impression : 92804
11-51-2573/9